海外ミステリーBOX

ラスト★ショット

Last Shot

ジョン・ファインスタイン 作

唐沢則幸 訳

評論社

ラスト★ショット——目次

〈主な登場人物〉


スティーヴン・トーマス……主人公。スポーツ記者志望の十三歳《さい》。スティービーと呼《よ》ばれる。

スーザン・キャロル・アンダーソン……十三歳。スティーヴンと同じくスポーツ記者志望。

チップ・グレイバー……ミネソタ州立大学バスケットボールチームのスター選手。

ビル・トーマス……スティーヴンの父。

ドン・アンダーソン……スーザン・キャロルの父。牧師。

アラン・グレイバー……チップの父。ミネソタ州立大学バスケットボールチームのコーチ。

ディック・ウェイス……新聞記者。スティーヴンの案内役。

ビル・ブリル……新聞記者。スーザン・キャロルの案内役。

コーチ・K……マイク・シャシェフスキー。デューク大学バスケットボールチームのコーチ。

ベンジャミン・ウォジェンスキー……ミネソタ州立大学の元学生部長。

トーマス・R・ホワイティング……ミネソタ州立大学の教授。バスケットボールチームの顧問《こもん》。

ラスト★ショット

ペンシルヴェニア州ノリスタウン、ノースビュー通り七三五
スティーヴン・トーマス様

前略

本年度の全米バスケットボール記者協会（USBWA）主催《しゅさい》、十四歳《さい》以下の学生を対象とする記者コンテストにおきまして、貴殿《きでん》は受賞者二名の一人に選ばれたことを、ここに謹《つつし》んでお伝えいたします。貴殿の『比類なきパレストラ』は、二百通を超《こ》える応募作《おうぼさく》から、厳正《げんせい》な審査《しんさ》により選ばれました。心よりお祝い申し上げます。貴殿には、同受賞者のスーザン・キャロル・アンダーソン殿《どの》とともに、USBWAの招待により、ニューオーリンズで開催されるファイナルフォー期間中、実際に記者として活動していただきます。貴殿と保護者殿には記者証ならびに宿泊《しゅくはく》用《よう》のホテルをご用意いたしますとともに、USBWA理事ジョー・ミッチが、飛行機の手配および日程に関するご質問にお答えすべく待機しております。なお、授賞式は金曜日の朝にとりおこなわれる予定ですので、おそくとも木曜日の夜までには現地においでいただき、できれば月曜日の夜おこなわれる決勝戦まで御滞在《ごたいざい》いただけますようお願い申し上げます。今回のファイナルフォーが貴殿の記者歴における第一歩となることを願いつつ、ニューオーリンズにて心よりお待ち申し上げております。

追伸　実にすばらしい取材に基づいた記事でした。

草々

USBWA代表　ボビー・ケルハー

1　手紙

　スティービー・トーマスは手紙に目を通すと、あらためて読みなおし、本物であることをたしかめようと、さらにもう一度読みなおした。それから大声をあげた。

「ママ！　ママ！　ママ！」

　母さんが、父さんも自分も仕事を休んでつきそって行けるかわからないし、だいたい学校を休むわけにはいかないでしょと言い始めると、スティービーは少しばかり落ちこんだ。けれど、なんとなく父さんはだめとは言わないだろうとわかっていた。

　なにしろ、息子《むすこ》である自分にスポーツを、なかでもバスケットボールのおもしろさを教えてくれたのは、父さん、ビル・トーマスなのだ。手始めに、スティービーがまだ四歳《さい》のころ、フィラデルフィア地区のビッグ・ファイブに連れていってくれた――テンプル大、ヴィラノヴァ大、セント・ジョセフ大、ペンシルヴェニア大、ラ・セール大によるリーグ戦だ。それ以来、バスケットボール観戦はビルとスティービーの楽しみになった。時には、７６ｅｒｓ《セブンティシクサーズ》の試合に行くこともあったが、スティービーは、ＮＢＡ（全米プロバスケットボール協会）の試合は、わざわざ見に行くまでもないと思った。学校の月刊新聞「メインライン」紙に、７６ｅｒｓの選手のことを書いたことがある。おそまつなワシントン・ウィザーズに残り数分で二十点差をつけられていながら、ベンチでジョークを飛ばして笑っていたのだ。カレッジの選手は、そんなことはぜったいにしない。

ＵＳＢＷＡ（全米バスケットボール記者協会）主催《しゅさい》の記者コンテストのことを知ったのも、「メインライン」紙を通じてだった。十四歳以下ならだれでもコンテストに参加できるという募集要項《ようこう》が載《の》っていたのだ。スティービーが興味をかき立てられたのは、最後の一文だった。「受賞者二名はニューオーリンズに招待され、ファイナルフォー（カレッジバスケットボールの準決勝戦・決勝戦）期間中、記者として活動する機会があたえられる」――この一文は、スティービーの二つの夢を同時にかなえてくれるものだった。ファイナルフォーを見られる。それも記者証を持って。

五歳の時、スティービーは新聞のスポーツ欄《らん》で字の読み方を覚えた。だから、スポーツ記者は選手やコーチ同様、スティービーにとってはヒーローなのだ。お気に入りのフィラデルフィアの記者はディック・ジェラルディだった。しかし、ほどなくインターネットでほかの新聞を検索《けんさく》して、「ニューヨーク・デイリーニュース」のマイク・ルピカやディック・ウェイスの記事を読んだりするようになった。スティービーが尊敬するトニー・コーンヘイザーとマイク・ウィルボーンが「ワシントンポスト」紙の記者だということも、毎日テレビで「ちょっとおじゃまします」を見ていて知った。

自分の取材の腕《うで》を審査員《しんさいん》たちに印象づけたかったスティービーは、「デイリーニュース」の代表電話にかけて、ディック・ジェラルディと話したい旨《むね》を伝えた。翌日《よくじつ》、意外にもディック・ジェラルディ本人から電話がかかってきた。スティービーがパレストラ（ビッグ・ファイブの本拠《ほんきょ》地《ち》にあるアリーナ。「カレッジバスケットの聖堂《せいどう》」と呼《よ》ばれる）の記事を書きたいと思っていると言うと、ジェラルディは助けになりそうな地元のSID（スポーツ情報局長）の名前と電話番号を教えてくれた。

ペンシルヴェニアのSID、ショーン・メイは、ペンシルヴェニアとコロンビアの対戦を取材できる記者証を発行してくれた（SIDという言い方は、プロっぽくて気に入った）。パレストラには父さんといっしょに数え切れないほど行っていたが、今回は父さんが一般席《いっぱんせき》なのに対して、スティービーは記者席だった。その夜、スティービーは、記者席にすわって記事を書く前に心を決めていた。これこそ、大人になった時にやりたい仕事だと。最高の席にすわって給料がもらえる？　選手に話しかけたり、コーチのフラン・ダンフィにインタビューできる？　タイムアウトごとに、だれかに統計を持ってこさせる？　試合の前に、プレスルームでただで食事ができる？

「この仕事をやりたくない人間なんていると思う？」

そう言うと、ダウンタウンの大きな法律《ほうりつ》事務所で働いている父さんはうなずいた。

「パパもそれは考えたことはある。もちろん、スポーツ記者はそれほどもうかる仕事ではないがな」

「コーンヘイザーとウィルボーンは別だよ。ルピカもね」スティービーは言い返した。

「千人のうちの三人だろ。それに、彼《かれ》らがもうかっているのはテレビに出ているからだ」父さんは答えた。

たしかにそうだ。それでも、試合を見に行って最上の席にすわり、そのうえ給料がもらえるなんて、やっぱりめぐまれている。

スティービーは何時間もかけて記事をまとめていった。内容は試合そのものよりも、パレストラに焦点《しょうてん》をあてた。十年分のファンとしての思いの丈《たけ》を注ぎこみ、完成した時には三千字あまりにもなっていた。コンテストの規定は、千字を越《こ》えないことだ。書き上げた記事の三分の二を削除《さくじょ》しなければならないのはつらいことだったが、結果はかえって力強い記事になったと思った。締《し》め切《き》りの一月十五日ぎりぎりに記事原稿《げんこう》を送ると、スティービーはただひたすら通ってくれるようにと祈《いの》った。

そして今は、父さんが帰宅《きたく》して正式な決定をくだすのを待っているというわけだ。いつもながら、父さんの帰りはおそかった。車がガレージに入る音が聞こえたのは、七時近かった。父さんが部屋に入ってきた時、スティービーは受賞通知をにぎりしめて待っていた。

「ただいま」と言う父さんに、スティービーは返事もせずに通知を差し出した。父さんは読み始めた。

「ワオッ、すごいじゃないか、スティービー！　パパも誇《ほこ》らしいよ！」

「じゃあ、行ってもいい？」スティービーはきいた。

「ママはなんて言ってる？」

「パパがついてきてくれるなら行ってもいいって」

父さんはにっこり笑った。

「なんとかなると思う。だが、行くなら現地でダフ屋からチケットを買うしかないな」

「ダフ屋がどうしたの？」母さんが言いながら部屋に入ってきた。

「ファイナルフォーのチケットだよ」父さんが通知をふりながら答えた。

「仕事はどうするの？　スティービーの学校は？」

「だが、これは一生に一度のチャンスなんだぞ。プラス、こいつは自分の力で勝ち取ったんだ。この旅でいろいろ学べると思うがね」

母さんは笑《え》みを浮《う》かべた。

「へえ、そうなの。で、あなたも行くのはかまわないと」

「ああ、ちっともね」

話は決まった。けれど、一つだけ父さんはまちがっていた。これは、一生に一度の経験なんかじゃない。スティービーは、これからの人生で最初の経験だと思っていた。

それを現実のものにするつもりだった。


自分に万事まかせてもらえるなら、スティービーは父さんといっしょに、木曜の朝一番の飛行機でニューオーリンズに飛んだだろう。そうすれば、午後いっぱいコーチたちの宿泊《しゅくはく》するホテルで過ごすことができる。

「コーチたちのホテル？　そりゃまたなんなんだ？」スティービーが計画を披露《ひろう》すると、父さんがたずねた。

「ファイナルフォーは、アメリカじゅうのバスケットボール・コーチたちが見にくるんだ。おたがいに話やなにかをするんだろうね。で、コーチみんなが泊《と》まって顔を合わせたりするホテルがあるってわけ。もち、試合をする四つの大学をのぞいてね」

スティービーは説明した。

「どうしてそんなことを知ってるんだ？」

「去年のクリスマスにパパがくれた本で読んだ」

「そういうことか」

けれど、どうがんばっても、父さんが出られるのは早くて夕方六時半だということがわかった。二人はアトランタで合流し、ホテルについたのは十一時を数分まわったところだった。時差を考慮《こうりょ》すると、スティービーの体内時計では真夜中過ぎだ。それでも、ニューオーリンズ・ハイアットリージェンシーホテルのまばゆいばかりのロビーに足をふみ入れると、スティービーの疲《つか》れは吹《ふ》っ飛《と》んだ。エントランスを入ってすぐのところに、「歓迎《かんげい》ファイナルフォー報道《ほうどう》陣《じん》」という横断幕《おうだんまく》がでかでかとかかげられていた。誇《ほこ》らしいと同時に少しとまどいながら、スティービーは思った。ぼくのことだ。

二人はチェックインをするためにフロントに向かった。カウンターの向こうにはフロント係が一人いるだけで、スティービーたちの前に立つ男の客と大声で言い合っていた。

「いいかね、今日わたしはもう十四時間も車に乗ってきたんだ」男が言うのが聞こえた。「こんなものは受け入れられない。わたしはたしかにスイートを予約したんだ。一般《いっぱん》向けのせまっくるしい部屋なんぞだめだ。わざわざおし入れで五日間も寝《ね》るためにここに来たのではないぞ」

「ですがお客さま、これはキングサイズのお部屋でございまして。それに、申し上げましたとおり、明日もっといいお部屋をご用意できれば、おうつりいただけますので。明日の朝にでも、当方のマネージャーにその旨《むね》お伝えください」

「その旨！」客は大声をあげた。「その旨とはなんだ。そっちのミスだろうが。こんなのはがまんならん。わたしがだれだか、わかっているのか？」

その瞬間《しゅんかん》、スティービーはその男の正体に気づき、声をひそめて言った。

「パパ、あの人、トニー・コーンヘイザーだよ！」

父さんはニッと笑った。

「どうやら彼《かれ》は窮屈《きゅうくつ》な夜を過ごすことになりそうだな」

その時、コーンヘイザーがふり返って、二人に目をとめた。

「すみませんな。予約を取りちがえられまして」

うんざりした顔で、フロント係の差し出した鍵《かぎ》を受けとると、コーンヘイザーは言った。

「これで納得《なっとく》したわけではないからな」

そして、スティービーと父さんに「お休みなさい」と言いながら、エレベーターに向かって歩きだした。

「お休みなさい、コーンヘイザーさん」スティービーは言った。「スイートにうつれるといいですね」

コーンヘイザーは足を止めて笑いかけ、フロント係に向かってスティービーを指さした。

「ほら見ろ。こんな少年だって、わたしがだれだか知っている」

そして、背《せ》を向けて歩き去った。

「パパ」スティービーはニヤニヤしながら言った。「なんだかスゴイ週末になりそうな気がするよ」

2　もう一人の受賞者

翌朝《よくあさ》は、興奮《こうふん》をおさえきれず、七時には起きだしていた。その日の最初の行事は、全米バスケットボール記者協会（ＵＳＢＷＡ）の朝食会だ。そこで共同受賞者のスーザン・キャロル・アンダーソンとともに受賞盾《たて》を受けとり、この週末の案内役と引き合わされるのだ。部屋においてあった記者発表によれば、スーザン・キャロルはノースカロライナのゴールズボロ出身だという。

「デューク大のファンじゃなきゃいいんだけど」スティービーは父さんに言った。

「ノースカロライナの出なら、おそらくお気に入りはデュークかノースカロライナだろうな」父さんは答えた。

どちらだろうと、スーザン・キャロルは会いたい人間ではなかった。ＵＳＢＷＡは同時に、年間最優秀《さいゆうしゅう》選手賞と年間最優秀コーチ賞の発表もおこなうことになっていた。コーチ賞を受賞したのはジョージア工科大のポール・ヒューイット。ちなみに、ジョージア工科大は東部地区ファイナルでコネティカット大に負けている。選手賞はノースカロライナ大の偉大《いだい》なるガード、レイモンド・フェルトンだ。タールヒール（ノースカロライナ大チームの俗称《ぞくしょう》）は十六チーム予選でセント・ジョセフ大に不覚をとっていたが、フェルトンは出席するはずだ。

スティービーにしてみれば、今回のファイナルフォーはほぼ完璧《かんぺき》といってよかった。四校のなかに、フィラデルフィアのチーム、セント・ジョセフ大がふくまれているのがうれしかった。ビッグ・イーストの有名校、コネティカット大の存在《そんざい》もうれしい。ビッグ・イーストはお気に入りのリーグだった。ビッグ・テンのチームもいた。ミネソタ州立大（ＭＳＵ）だ。それも問題ない。なんといっても、チップ・グレイバーのプレーを見るのは大好きだったから。もしも朝目がさめて、だれにでもなれると言われたら、チップ・グレイバーを選ぶ。グレイバーは身長は一七八センチしかないが、テレビでディック・ヴァイタルが言っているように、「最速ジェット」だった。ほかの選手がなにが起こったか気づく前に、小柄《こがら》な選手がその間を駆《か》けぬける。チップは大学四年生で、父親のアラン・グレイバーはチップのチームのコーチだ。この父と息子《むすこ》のエピソードのおかげで、ＭＳＵはメディアのお気に入りだった。スティービーは、チップは背《せ》が低いにもかかわらず、ＮＢＡ（全米プロバスケットボール協会）のドラフトで最初の五人の一人に選ばれるかもしれないという記事をどこかで読んだ。チップのことを、「入《い》れ墨《ずみ》のないアイヴァーソン」と呼《よ》ぶ者もいる。それぐらいすごい選手なのだ。

スティービーは八学年（日本で言うと中学二年生）のうちに七・五センチのびたから、今は一六〇センチ、つまりチビだ。それに、ジェットとはほど遠い。せいぜいプロペラ機というところだ。学校では八年生のチームに入っているが、大勝ちか大負けしている時にしか出してもらえない。

「この競技でのぼくの能力は、いい選手と悪い選手のちがいを見ぬけるってことだよ」

ベンチから一歩も出なかった試合のあと、スティービーは父さんに説明した。

「だったら、それで人の上に立てるだろ」父さんが指摘《してき》した。

ニューオーリンズ行きを決めたチームのなかで、スティービーが唯一《ゆいいつ》気になるのはデューク大だった。泣く子も黙《だま》るブルーデビルズは、ファイナルフォーの常連、と言ってもいいぐらいだ。ESPN（娯楽とスポーツ番組ネットワーク）を見るたびに、ディック・ヴァイタルかだれかが声高に、デューク大がどれほどすごいかとか、マイク・シャシェフスキー（コーチ・Kと呼ばれる。つづりはKrzyzewski）は最高のコーチであり、この世で最もすぐれた人格者だとかまくしたてていた。

うんざりだ。

たしかにいいコーチではある――ファイナルフォー出場は十回、優勝《ゆうしょう》も三回している。でも、決して負けないチームというのは、どこかしら鼻につくものがある。それに、デューク大はしょっちゅう審判《しんぱん》からファウルを取られる。メリーランド大と対戦する時は特に。メリーランド大は、スティービーお気に入りのＡＣＣ（大西洋岸連盟《れんめい》）のチームだ。できることなら、十六チーム予選でヴィラノヴァ大にデューク大をたたきのめしてほしかったが、そんなことは起こらなかった。その後、デューク大は地区ファイナルで十三ポイント差をひっくり返してルイヴィル大を退《しりぞ》けた。そして今、土曜日の第二試合でコネティカット大とあたることになっている。第一試合はミネソタ州立大対セント・ジョセフ大だ。両試合の勝者が月曜の夜に全米チャンピオンをかけて対戦するのだ。

朝食会に出席するためにエレベーターをおりた時、スティービーは「ＡＢＤ」と書かれたバッジをつけた女性を見かけた。

「あの、それってどこのチームですか？」スティービーはたずねた。

その女性はにっこり笑いながら答えた。「これはね、『デューク以外ならどこでも（Anybody But Duke）』の略《りゃく》よ」

「ぼくも一つほしいよ」宴会場《えんかいじょう》に向かいながら、スティービーは父さんに言った。

「そんなことをしたら、偏見《へんけん》なき記者のイメージが吹《ふ》っ飛《と》ぶんじゃないか？」

「シャツの下につけるから。心臓《しんぞう》のすぐ近くにね」

父さんは笑った。

宴会場の入り口で、二人は口ひげとメガネの男に出迎《でむか》えられた。

「スティーヴン君？　それから、トーマスさん？」男はいっしょに歩きだしながら言った。「ぼくはジョー・ミッチといいます。受賞おめでとう」

三人は握手《あくしゅ》をかわし、ジョー・ミッチはスティービーたちを案内した。「ぼくは今回審査員《しんさいん》をやらせてもらったけど、全員君の記事には心から感服していたよ。前に出よう。スーザン・キャロルとお父さんに会ってくれ。二人も今来たところだ」

ポール・ヒューイットや、レイモンド・フェルトンや、ほかの本物の記者にはぜひ会いたかった。スティービーはミッチに言った。「ゆうべ、トニー・コーンヘイザーさんに会いました。顔を合わせたっていうか」

「そう、今日はもっとたくさんの人に会うことになるよ。保証する。ほら、アンダーソンさんだ」ミッチは言った。

スティービーが足を止めると同時に、自分の名前を耳にしたスーザン・キャロル・アンダーソンがふり向いた。

第一印象は、二・五メートルはあるかと思うぐらい背《せ》が高いことだった。ハイヒールでもはいているかと足元を見たが、残念なことにベタ靴《ぐつ》だった。

「こちらはスティーヴンとビル・トーマスさん。で、こちらがスーザン・キャロルとドン・アンダーソンさん」ミッチがそれぞれを紹介《しょうかい》してくれた。

四人がそれぞれに握手《あくしゅ》をかわし、スティービーの父さんがドン・アンダーソンに、ニューオーリンズへの旅はいかがでしたとたずねた。

「まあ快適でした。そちらは？」ドン・アンダーソンは答えた。

スーザン・キャロルはスティービーを値《ね》ぶみしていた。スティービーは精いっぱい背《せ》すじをのばした。自分より七、八センチは高い。わかったよ、十センチだ。髪《かみ》は茶色で長く、たしかにかわいかった……キリンにしては。

「あなたの記事、読んだ。受賞したやつ。すごくよかった。あたしも、いつかパレストラに行ってみたいな」スーザン・キャロルは言った。

言葉をのばして発音する、いわゆる南部なまりというやつだ。「パレストラ」が、彼女《かのじょ》に言わせると「パァ・レェ・スター・ラ」と四音節《おんせつ》になる。最低でも。

「ありがとう。いつ読んだの？」スティービーはきいた。

「ああ、前の方にあるわよ。演壇《えんだん》のわきの画架《がか》に、あたしたちの記事の拡大版《かくだいばん》が展示《てんじ》してあるの。来て。見せてあげる」

それはたしかに見てみたい。「パパ、ちょっと見てくるよ」スティービーは言ったが、父さん、ジョー・ミッチ、ドン・アンダーソンは話しこんでいた。父さんがうなずいて手をふるのを見ると、スティービーはスーザン・キャロルについて、人ごみをかき分けながら前に出て行った。スーザン・キャロルの言ったとおり、自分たちの記事は本物の新聞記事のように印刷《いんさつ》されて、画架に展示されていた。

「ワオッ。これ、ほしいな」

「もらえるみたい。ミッチさんが、朝食会がすんだら持って帰っていいって」スーザン・キャロルは言った。

「ワオッ」スティービーは言ってから、二回も「ワオッ」なんて言って、ちょっと子どもっぽかったかなと思った。「っていうか、すごくいい人たちだね」

スティービーは、『パレストラ——八十年後になお息づく』と見出しをつけられた、自分の書いた記事をながめた。すべてを心に焼きつけておきたかった。それから、スーザン・キャロルの記事が展示されたもう一つの画架に目をうつした。見出しを見たとたん、スティービーは息が止まるかと思った。『コーチ・K——偉大《いだい》なるコーチ、その人となり』

「つまり、デューク大のファンてことか」記事の内容をわざわざ読む気にはなれなかった。

スーザン・キャロルはパッと顔を輝《かがや》かせた。「ええ、もちろん（「もぉ・ち・ろぉん」と聞こえた）。父さんはあそこの神学部に通っていたし、あたしは（あたしはぁ）ゆりかごのころからファンだったの。自分の（自分のぉ）記事を書くのに、コーチ・K本人に取材までしたんだから。ほんっとに、いい人だった」

スティービーは、「ほんっとに」気分が悪くなった。聖人《せいじん》コーチ・Kから話題をそらそうと、スティービーは言った。「君の父さんは神学部だったわけ？」

「そうよ。牧師なの」スーザン・キャロルは答えた。

「でも、どう見ても……」

「牧師に見えない？　でしょうね。カラーをつけてるのは、たいてい司祭だから。父さんはいつでも平服よ」

牧師の娘《むすめ》でブルーデビルズ（青い悪魔《あくま》）のファン……そう思うと、スティービーは思わず笑《え》みを浮《う》かべた。

「コーチ・Kはしょっちゅうののしってるって聞いたけど。君の父さんはそれをどう考えてるのかな？」

「コーチ・Kだって完璧《かんぺき》じゃないって」聖人をからかわれても、怒《おこ》った様子もなくスーザン・キャロルは答えた。

そこへ、背後《はいご》からだれかが近づいてきた。

「君たち二人が受賞者だね。記事を読ませてもらった。じっつによかった」

聞いただけでフィラデルフィアなまりだとわかった。スティービーがふり返ると、ディック・〝フープス〟・ウェイスだった。かつて「フィラデルフィア・デイリーニュース」の伝説だったが、今は「ニューヨーク・デイリーニュース」に移籍《いせき》している。

「ディック・ウェイスだ」スティービーとスーザン・キャロルに自己紹介《じこしょうかい》してから、ウェイスは言った。「スティーヴンはまさにフィリー人（フィラデルフィア出身者）だな。パレストラの記事、気に入ったよ。そしてスーザン・キャロル、君のコーチ・Kの記事もすばらしかった」

二人はウェイスに感謝の言葉を述《の》べた。ウェイスの説明によれば、賞を手わたしてくれるのは、「ワシントンヘラルド」のコラムニストでUSBWAの会長でもあるボビー・ケルハーだという。

「朝食会がすんだら、十一時半にロビーで落ち合って、スーパードームに向かおう」ウェイスは言った。「スティーヴンはぼくがつきそう。スーザン・キャロルにはビル・ブリルがつく。わが記者殿堂《でんどう》のメンバーで……」

「えっ、ビル・ブリルなら知ってる」スーザン・キャロルは言った。「子どものころから記事を読んでるから。すごい人よね」

ウェイスは笑った。「そうだね、いいことを教えてあげよう。彼《かれ》も、コーチ・Kがお気に入りだよ。それと、デューク大もね」

スティービーが思わず口を開きかけた時、ビル・ブリルその人があらわれた――チェックのスポーツコートに名札《なふだ》がついていたのだ。見たことがないほど大きな衿《えり》だ。

「フープス、この子たちかい？」ブリルは言った。

「ああ、受賞者の二人だ」

「ふむ。二人とも、おめでとう。スーザン・キャロル、君は今日一日、わたしといっしょだから。十一時には動きだせるといいんだが」ブリルは言った。

「十一時？」ウェイスがきき返した。「最初の練習が始まるのは正午だろ。ドームまでは歩いて五分だぞ」

「そうだ」ブリルは言った。「だが、われわれの記者証と子どもたちの分を受けとらなくちゃならないし、新しいセキュリティチェックを通らなくちゃならないからな」

「それに、最初の練習はデューク大だしな」ウェイスが笑いながら言った。

「うん、まあな」ブリルはわずかに顔を赤らめた。

「恥《は》じることないですよ、ブリルさん」スーザン・キャロルが言った。「デュークのファンに悪い人はいません」

「君たちは仲よくなれそうだな」ウェイスは言った。「さて、行こうか、スティーヴン。ポール・ヒューイットに紹介《しょうかい》するよ。それじゃ、ドームで会おう」

ウェイスとともに、ブリルとスーザン・キャロルに背《せ》を向けて歩きだすと、スティービーはホッと息をついた。

「まったく、デュークの話ばっかりで吐《は》きそうになっちゃいました」スティービーはウェイスに言った。どうやら、ウェイスもアンチ・デュークのようだ。

「スーザン・キャロルの記事は読んだかい？」

ウェイスにきかれて、スティービーはニッと笑った。「いや、まだ。ひどかった？　コーチ・Kべたぼめ？」

「いや、じっつによかったよ。君のように批判的《ひはんてき》な人間でも心変わりするかもしれない。才能のある書き手だよ」ウェイスは言った。

スティービーはうめいた。身長二・五メートルで、才能のある書き手か。すごいや。すごすぎる。

3 ディック・ヴァイタル、ベイベー！

　全員が着席すると、朝食会自体はそれほど長くかからなかった。スティービーの計算では、ほかの二人の受賞者のスピーチは、合わせて九十秒ぐらいだった——ポール・ヒューイットが七十五秒、そしてレイモンド・フェルトンは十五秒に満たないぐらい。フェルトンはチームメイトとコーチに感謝の言葉を述《の》べただけですわった。次に、ボビー・ケルハーがスティービーとスーザン・キャロルを紹介《しょうかい》し、二人の書いた記事の出来をほめ、なぜ記者コンテストが重要なのかについて語った。つまり、老《お》いた記者が若手《わかて》をはげますことがなにより必要なのだと。

「今日《こんにち》、大人になったらテレビに出たいと願う子どもは山ほどいます」ケルハーは話した。「テレビの仕事にたずさわるのは悪いことではありませんが、残念ながらテレビは底が浅《あさ》い。その上、生涯《しょうがい》を通じ、マイクに向かって各コーチがどれほどすばらしいかと絶叫《ぜっきょう》し続けることを求めるのです。われわれが真の報道を鼓舞《こぶ》するのは、それが重要だからです」

スティービーは、自分もスーザン・キャロルもスピーチを求められなかったことにホッとした。受賞盾《たて》を手に、ケルハーとともに写真を何枚《まい》か撮《と》っただけだ。朝食会が終わったのは十一時近くだった。ウェイスがスティービーを見つけてくれ、父さんといっしょに出口に向かった。

スティービーはウェイスを父さんに紹介した。「子どものころ、あなたの記事を読みました」ビル・トーマスはウェイスと握手《あくしゅ》をしながら言った。

「なんだか年よりになったような気分だな」ウェイスは笑いながら言った。

それからウェイスは、十五分後にロビーで落ち合おうと提案《ていあん》した。「ラップトップは持ってきたかい？」

スティービーは持ってきたと答えた。USBWAは、予算がなくてファイナルフォーの取材に来られない小都市の新聞社二十社と提携《ていけい》し、スティービーとスーザン・キャロルに、今日から毎日一本ずつ特集記事を書かせることになっていた。

「今日のネタが決まったら、部屋よりドームで書く方が楽だろう。今までに、締《し》め切《き》りに合わせて書いたことは？」ウェイスはきいた。

「学校で、試験の終了《しゅうりょう》時間に追われる時ぐらいでしょうな」父さんが代わりに答えた。

「その時の気持ち、覚えてます」ウェイスは言った。「でも、だいじょうぶだよ。ぼくが手助けしてあげられるし、必要とあらばそこらへんのだれからでもコメントをもらえるから」

すでにスティービーは、なにを書くかある程度決めていた。最初に考えたのは、自分の印象を書きとめることだった――生まれて初めて記者証を持ってファイナルフォーに望むのがどんな気分か。でも、それでは自分がまるで目を丸くした子どもみたいだと思った。ベンチウォーマーを分析《ぶんせき》するとか、それぞれのチームの練習がどうちがうかを書こうかとも考えた。それとも、ファンにとって、ファイナルフォーとはなんなのかをきいてまわるとか。どれもよさそうなアイディアだった。けれど、本当の望みは、チップ・グレイバーに焦点《しょうてん》をあてることだった――小柄《こがら》な選手を応援《おうえん》するのだ。

「ただ、一つだけ」ウェイスはつけ加えた。「同じような記事でないことをスーザン・キャロルにたしかめること」

スティービーはうなずいた。そして、ウェイスにノートパソコンを取りにいくと告げ、父さんといっしょにエレベーターに向かった。アンダーソン親子がエレベーターの前で待っていた。

「自分のノートパソコンをドームに持っていった方がいいよ」スティービーは言った。「ウェイスさんが、その方が記事を書きやすいだろうって」

「ああ、そうね、じゃあそうすれば」スーザン・キャロルは言った。「あたしは今日の分はもう書いちゃったから」

「マジ？」

「うん。コーチ・Kの記事を書いた時、デューク大の人たちはすごくよくしてくれたの。それで月曜に電話して、シラキュース大のボーヘイム・コーチにインタビューする方法はないかってきいてみた。二年前の決勝戦でついに優勝《ゆうしょう》したあと、ここに来ることをどう思うかって。実はコーチ・Kはボーヘイム・コーチの友だちで、わざわざ連絡《れんらく》してくれたの。それで、きのうの午後、ボーヘイム・コーチの泊《と》まってるホテルで本人に会ったってわけ！　あんないい人いないわ。そういうわけで、ゆうべ記事を書き上げたの」

「コーチ・Kを知っているとずいぶん役に立つんだな」アンダーソンさんが言った。

「成功《せいこう》への鍵《かぎ》はコーチ・Kのコネだね」スティービーは言った。

父さんがじろりとにらんだ。アンダーソン親子はなにも言わなかった。幸い、エレベーターが自分たちの階についたため、スティービーたちはそそくさとおりた。

「あの言い草はないだろ」父さんが言った。

「うん、わかってる。でも、パパ、コーチ・Kの話なんか聞いていられる？」

「だが、スーザン・キャロルを助けたのはいいことだろ。おかげで彼女《かのじょ》は信用を得た。だからジム・ボーヘイムにインタビューできた。いいことじゃないか」

スティービーはうめいた。どうやら「公正かつ偏見《へんけん》なき記者」でいるのは、思ったよりも大変らしい。

ウェイスとともにドームに向かって歩きだすと、スティービーの気分はよくなった。よく晴れた早春の朝で、ホテルからスーパードームへと続く歩道には人々があふれていた。どこを見ても、四校のチームカラーに身を包んだファンだらけ。スタンドでは〝公式〟ファイナルフォー・グッズを売る声がひびき、何メートルか進むごとに、片手《かたて》に携帯《けいたい》、片手にチケットの束をつかんだ男とすれちがう。「売るやつはいないか？」男たちは呼《よ》びかけている。

「どうしてチケットを買おうとしてるんだろ？」スティービーがきくと、ウェイスは笑って言った。

「チケットを買おうとしてるんじゃない。あいつらはダフ屋だ」

「だったら、どうして売ってくれって言うんですか？」

「私服警察対策《けいさつたいさく》の暗号さ。ルイジアナ州じゃ、ダフ屋がチケットを買わせるのは違法《いほう》なんだ。だが、チケットを売ってくれと言うのは別に違法じゃない」

「でも、手にチケットを持ってるってわかるのに」

「そうだ。だから、チケットを買いたそうな人間がいると、やつらは足を止めて『買うよ』と言うんだ。そして、どこか人目のないところで取り引きをする」

「そのチケットって、いくらぐらいするんですか？」

「きのう聞いたところじゃ、一階席で二五〇〇ドル、二階席で一五〇〇ドル近くするらしい」

スティービーはポカンと口をあけた。「大変だ！　父さんもチケットを買うつもりなんです。一番安いのでいくらですか？　正規の値段《ねだん》だと？」

「一階席で二五〇〇ドルだったかな。もちろん、チケットを買う機会のある人間は、そもそもチケットを買う権利を手に入れるためにもっと支はらっているがな」

「はあ？」なにかを買う権利を手に入れるためにお金をはらう？

「チケットを手に入れようと思う人間は、ファイナルフォーに出場を果たした大学にあたるんだ」ウェイスは説明してくれた。「ドームには六万五千席あるが、ほとんどはコートから遠くてまともに見えない。本当にいい席はコーチ協会と、スポンサー向けにＮＣＡＡ（全米大学体育協会）と、各大学に割《わ》りあてられる。各大学に割りふられたチケットを手に入れられるかどうかは、運動部にどれぐらい寄付《きふ》をしたかによるんだ」

「チケットを手に入れるには、どれぐらい寄付すればいいんですか？」

ウェイスは肩《かた》をすくめた。「少なくとも五万ドルだな」

「一人あたり？」

「そう」

スティービーはめんくらって首をふった。「大金持ちなんだ」

「ファイナルフォーに関しては、貧《まず》しい人はいないよ」ウェイスは言った。

「学生は？　五万ドルもはらえないと思うけど」スティービーはきいた。

「そうだな」ウェイスは答えた。「だから、どの大学も通常七十五から百席分しか売らない」

二人は歩行路へと続く傾斜路《けいしゃろ》に出た。標識によれば、歩行路をたどれば報道出入り口につくはずだ。また携帯《けいたい》男が近づいてきた。「あんたたち、売るかい？」男は白いカウボーイハットをかぶり、黒革《くろかわ》のズボンにカウボーイブーツをはいていた。

ウェイスはにっこり笑って足を止めた。「売ると言ったら、いくら出す？」

男はカウボーイハットの下から、胡散臭《うさんくさ》そうにウェイスを見た。「あんた、サツか？」

「いや、警官《けいかん》じゃない。記者だ」ウェイスは言った。「君たちがどれぐらいかせいでいるのか知りたくてね」

ダフ屋はニヤッと笑って、背後《はいご》に目を走らせた。「おれたちの望む値段《ねだん》と実売の値段は同じとは言えないが、おれの持っている席は、フロア席のコートから二十列目だ。できりゃ大きいの三つはほしいところだな」

スティービーは息が止まるかと思った。三千ドル？　チケット一枚《まい》で？

「はらうやつがいるかな？」ウェイスがきいた。

「今は無理だな」ダフ屋は答えた。「だが、まだ早い。土曜の朝には、きっと売れる。もっと高くてもいいかもな。ほしいやつがいたら、ビッグ・テックスをさがせって言っといてくれ。帽子《ぼうし》が目印だからな」

ビッグ・テックスは、スティービーと同じぐらいの背丈《せたけ》だった。スーザン・キャロルがビッグ・テックスに会ったら、どんな顔をするだろう？　あるいはビッグ・テックスがスーザン・キャロルを見たら？

「ああ、言っておくよ」ウェイスは言った。

「たのむぜ」ビッグ・テックスは言いながら、ポケットから名刺《めいし》を取り出してウェイスにわたした。ウェイスは名刺を見てにんまり笑うと、スティービーにわたしてくれた。そこには白い大きなカウボーイハットが描《えが》かれ、その上に赤い字で〝ビッグ・テックス〟とあった。一番下には、電話番号が書いてある。「こいつだ」ビッグ・テックスはスティービーの心を読んだかのように、携帯電話を見せた。「二十四時間営業中だ」

スティービーは名刺を尻《しり》のポケットにおしこみ、二人は歩きだした。

「ちょっと変わった記事を書きたいなら、ああいうダフ屋をあたってみてもいいかもな」ウェイスは言った。「おもしろい話を聞かせてくれること請《う》け合《あ》いだ」

たしかにそうだ。スティービーは思った。スーザン・キャロルはジム・ボーヘイムの独占《どくせん》インタビューを配信し、自分はビッグ・テックスのインタビューで応酬《おうしゅう》する。みんな、きっと驚《おどろ》くぞ。

「考えてみます」スティービーは言った。

ウェイスは笑った。「やめとけ。君はこのなかの人々のことを書きたいんだろ？　外の人間じゃなくて」

スティービーはホッとした。一瞬《いっしゅん》、ウェイスが本気でビッグ・テックスを取材させる気でいるのかと思った。その後二人は、別のダフ屋にも、派手な服やカウボーイハットの人間にも出くわすことなく、「報道入り口」と書かれたドアについた。そこで列にならんでしばらく待たされた。警備員《けいびいん》が一人一人のバッグを調べ、空港でやるように金属探知器《たんちき》をかけている。列にならびながら、ウェイスはため息をもらした。

「前はこうじゃなかった」

「じゃあ、昔はどんなだったんですか？」スティービーはきいた。

ウェイスは笑って言った。「どれぐらい昔だい？　ぼくが覚えている昔といえば、一試合九十分だったころだが」

「九十分？」スティービーはきき返した。「そんなことできたんですか？」

「かんたんさ」ウェイスは答えた。「そのころは、ハーフタイムごとに五回のコマーシャルタイムアウトなんかなかったし、タイムアウト自体三分じゃなくて一分だった。それに、ハーフタイムも二十分もなかった」

わずか一時間半で終わるカレッジバスケットボールの試合なんて、想像できなかった。スティービーにとっては、二時間十五分以内なら短い試合なのだ。

セキュリティチェックはそれほどかからなかった。時間がかかったのは、記者証を受けとる手続きだった。というのも記者証をわたしてくれた係の男が、スティービーに運転免許証《めんきょしょう》を見せろといってきかないのだ。

「この手引き書にちゃんと書いてある」男は電話帳のようにぶあつい冊子《さっし》を取り出した。「ほら、ここ、十八節の第三項四行目だ。『記者証を受領するにあたっては、政府発行の身分証明、すなわち運転免許証またはパスポートなどを提示しなければならない』」

ウェイスは両目をぐるりとまわして見せた。「たのむよ、マイク。この子は十三歳《さい》だぞ。運転免許証を持っているはずないだろ。パスポートだって持ってないんじゃないか？」スティービーはうなずいた。「この子は記者コンテストの入賞者だ。そこにあるじゃないか。この子の身分はぼくが保証するよ」

名札《なふだ》つきの青のブレザーを着て、「自由通行証」と書かれたＩＤパスを首からぶらさげたＮ

ＣＡＡの男は、疑《うたぐ》り深《ぶか》そうにスティービーとウェイスを見て、それは無理だとでもいうように首をふった。「ここにスティーヴン・トーマスのパスがあるからといって、そいつがスティーヴン・トーマスだという証拠《しょうこ》にはならない」

「学生証ならあるよ」スティービーは言った。「写真もついてる。空港ではこれで通れたよ」

「政府発行じゃない」青いブレザーは言った。

「ちょっと待ってくれ。スティービー、君の学生証を見せてくれ」

スティービーは財布《さいふ》を引っぱり出して、学生証をウェイスにわたした。それを見たウェイスは、にっこり笑って学生証の向きを変えた。「一番下を見てくれ。『ペンシルヴェニア州モンゴメリー郡発行』とある。この子は公立学校に通ってるんだ。学生証は郡が発行している。郡は行政機関だ。パスをわたしたまえ」

青ブレザーは学生証を手にとって、永遠の生命の秘密《ひみつ》を解く象形文字でも書かれているかのようにじっくりながめてから、おもしろくなさそうな顔でスティービーに返してよこした。

「いいだろう」青ブレザーは言って、封筒《ふうとう》の束のなかから、『ＵＳＢＷＡ　スティーヴン・トーマス』と書かれたものを選び出した。

「正式にはアメリカ合衆国《がっしゅうこく》政府のＩＤであるべきだが、今回は大目に見よう」

「それこそ、ＮＣＡＡを偉大《いだい》な団体たらしめているスバラシイ考え方だよ」ウェイスは皮肉たっぷりな口調で言った。スティービーはまた少しウェイスが気に入った。青ブレザーはなにも言わなかった。それから青ブレザーは、スティービーにペンをつきつけて、封筒にサインをしろと言った。「次は、運転免許証《めんきょしょう》を持ってこいよ」

スティービーは言い返さずにはいられなかった。「ぼくが十四歳《さい》になった時、あなたがぼくの父さんと陸運局にかけ合ってくれるなら、喜んで持ってくるよ」

青ブレザーが答える前に、ウェイスがスティービーを引《ひ》き離《はな》した。二人は首に記者証をかけて、建物に入っていった。さまざまな案内表示にしたがって進んでいく。フロア、報道区画、ロッカールーム。二人は広い報道区画でいったん足を止めて、自分たちのノートパソコンをおいてから、フロアに向かった。フロアとカーテンで仕切られた空席の区画をぬけ、カーテンをまわりこむと、二人は試合コートのはずれに出た。

スーパードームに入るのはこれが初めてだ。ドームは、ふだんはアメリカンフットボールに使われ、八万人を収容する。その大きさが、スティービーにはピンと来なかった。パレストラ全体でも、カーテンで仕切られた使われていない区画にすっぽり収まってしまうぐらいだ。スティービーはドームの向こう正面の二階席を見上げた。「あんなところで見るんですか？」スティービーは指さしながらたずねた。

「そうだよ」ウェイスは答えた。「ここに来られただけで、みんなワクワクするんだ」

「でも、見えるんですか？　十五キロも離《はな》れてるみたいだけど」

「いや、見えないね」そう言いながら、ウェイスはコートの両はしにつりさげられた巨大《きょだい》なスクリーンを指さした。「みんな、あのテレビスクリーンで見るんだ。ぼくはあそこに上ったことがあるけど、君もいつか見に行くといい。思ったよりもずっと高いから」

二人は記者席に近づいていった。人々があふれ、のんびりしたり、おしゃべりしたりして時間をつぶしている。スティービーとウェイスが入っていった時、スコアボードの時計は八・三〇からカウントダウンしていた。フロアにはデューク大の選手が数人、ストレッチしたり、おしゃべりしたりしている。マネージャーたちが指示を待つかのように、ボールラックのわきに立っている。

「あの時計は？」スティービーがきいた。

ウェイスが説明してくれた。「選手たちは正午にならなければ練習を始めない。各チームのコート練習の持ち時間はきっかり五十分。長くても短くてもだめだ。それに、あの時計がゼロにならなければ、ボールにさわってもいけない。仮《かり》にコーチが五十分も練習時間はいらないと判断しても、選手たちは五十分が経過するまでコート上にいなければならない。ルールブックで決められているんだ」

「コートを離れるには、政府発行のＩＤがいるとか？」

スティービーがきくと、ウェイスは笑った。その時、背後《はいご》から大声で呼《よ》びかけられた。「フープス！　ヘイ、フープス！」

ウェイスとスティービーは声のした方をふり返った。声の主を見ると、スティービーはあっと息をのんだ。ディック・ヴァイタルだ。ESPNのアナウンサーであり、カレッジバスケットボールの世界で最も有名な人物だ——コーチ・Kやボブ・ナイトよりも、どの選手よりもまちがいなく有名だ。スティービーはディック・ジェラルディの話を思い出した。ディッキー・V（ディック・ヴァイタルの通称《つうしょう》）のすごいところは、放送中でなくても、同じように興奮《こうふん》してどなりまくることだという。「あれは演技じゃない。あれこそ彼《かれ》そのものだ」とジェラルディは言っていた。

「おいで。ディック・ヴァイタルに紹介《しょうかい》するよ」ウェイスは言った。

「かみつきませんか？」スティービーはきいた。

「いや。せいぜい鼓膜《こまく》をやぶるぐらいだ」ウェイスは答えた。

二人はコートのはしに設置された急ごしらえのひな壇《だん》に向かった。正面には「ESPNファイナルフォー・フライデー」というネオンサインが光っている。スティービーは、ESPNが練習風景を実況中継《じっきょうちゅうけい》をするほどファイナルフォーが大きな大会になっていることを、すっかり忘《わす》れていた。バスケットボールの大ファンではあったが、午後の時間をテレビの前にすわって各チームが練習するのを見たり、コーチたちがディッキー・Vやほかのアナウンサーに向かって、出場できて心から光栄だと話すのを聞いているなんて、とても想像できなかった。

ウェイスとスティービーが近づいていくと、ひな壇《だん》のわきに立っていたヴァイタルが両手を大きく広げて、もう一度ウェイスのあだ名を大声で呼《よ》んだ。「フープス、大将《たいしょう》！　ビッグ・イージー（ニューオーリンズの俗称《ぞくしょう》）に来た気分はどうだい？」

ヴァイタルがウェイスを抱《だ》きしめると、ウェイスは聞きとれない声でなにか答えてから、あらためて言った。「ディック、記者コンテストの受賞者を紹介《しょうかい》するよ。スティーヴン・トーマス君、フィリー人だ」

「スティーヴン、ベイビー！」ヴァイタルは大声で言って、スティービーの手を勢いよく上下にふった。「光栄だ、実に光栄だよ！　フィリー人か。だったら、ビッグ・ファイブびいきだな？　どこが好きだ？　セント・ジョセフか？　おれと同じイタリア野郎《やろう》のフィル・マルテッリみたいに。あいつはピーティパー（PTPer）だぞ、ベイビー、最高なやつだ。ついでに言うとな、ここにいるこいつもピーティパーだ、ベイビー、フープス大将だ。君もいつか花形記者になりたいんだろ？　この男がそうだ。この男のすることを見ておけよ、ベイビー。顔が広いからな。たいていのやつを知っている。そうだ、こいつはディッキー・Vの本を三冊《さつ》も書いてるんだ！　すごいだろ？　それで、君はだれが好きだ、スティービー？　ドゥキーズだろ？　いや、待て、君はフィリー出身か、だったらビッグ・イーストファンか！　ハスキーズ（ノースイースタン大学のチーム）か、ベイビー、そいつはいい！」
スティービーはうなずきながら、ピーティパーがプライムタイムプレーヤーのことだというのをなんとか思い出し、ヴァイタルがなにを話しているのかを理解しようとしていた。その間も、ヴァイタルは水くみポンプのように口から水が出てくるとでもいわんばかりに、スティービーの手を上下にふり動かしていた。

　質問に対するスティービーの答えを待つことなく、ヴァイタルはウェイスに向きなおった。

「そうだ、フープス、例のうわさ、聞いたか？　ナイトが引退するってやつ。たしかな筋《すじ》からの情報だ。たしかめてみろ」

「それは放送にのせるのか？」ウェイスがきいた。

「いや、そこまで確実じゃない。そうそう、『放送』といえば、あと二分で始まるんだった！それじゃな、ベイビー。話ができてよかったよ、スティービー！　いつでも来るといい！　そうだ、アドレスを教えてくれ、ディッキー・Vネタを送ってやろう！　新刊も送るよ！　フープスが書いてくれたやつだ！　サインをしてな！」

　スティービーが礼を言いながら自分のアドレスを書こうとノートを取り出した時には、ヴァイタルはすでに駆《か》けだして、ひな壇《だん》に飛び乗っていた。「フープスにわたしといてくれ。そいつから受けとるから。君と話せて楽しかったよ！　フープス、あんたは最高だ、ベイビー！

あのうわさをたしかめろよ、でかいネタだぞ！」

「さて、どうだった？」ヴァイタルがヘッドセットをつけるのを見ると、ウェイスがきいた。

そして、スティービーとともにコートに向きなおった。時計の数字は一分を切っていた。

「疲《つか》れました」スティービーは答えた。

「あれでも今日は静かな方だ」ウェイスは言った。「おいで、シャシェフスキーに紹《しょう》介《かい》してやろう。大ファンだって話すといい」

スティービーは神経質に笑った。ファイナルフォーの会場にはまだ八分もいなかったが、とっくに熱気にあてられていた。

ブザーが鳴りひびいた。時計が残り時間五十分にセットしなおされ、デューク大のマネージャーたちがボールをつかんでは、待ち受ける選手たちに向かって投げていく。コートの一隅《いちぐう》、青と白に統一されたデューク大のファンたちが集まり始めている方から、歓声《かんせい》が聞こえてきた。スティービーがそちらに目を向けると、スウェットの上下に、首から笛をぶらさげたシャシェフスキーが、入場トンネルから出てくるところだった。

「見物だぞ」ウェイスが言った。

背後《はいご》で、ヴァイタルの声が聞こえた。「ビッグ・イージーに来て、ガンガン熱くなってきたぞ！　ヘイ、今日はファイナルフォー・フライデーだ！　盛《も》り上《あ》がるぞ、ベイベー！」

4 「体育学生」

ウェイスとスティービーは、コートのごくせまい制限区域《せいげんくいき》にひしめく、小型テレビカメラやスチルカメラマンの海をかき分けていった。そのわきにはむっつりとしたNCAAの保安係が立ち、制限区域の床《ゆか》に貼《は》られたテープをまたがないように警告《けいこく》している。

「テープをまたいだらどうなるんだろ？」スティービーはウェイスにきいてみた。

「二つのうちどちらかだ」ウェイスは言った。「記者証を失うか、親指をしばられて屋根からぶらさげられるか」

NCAAの保安係の表情からすると、あながち冗談《じょうだん》ではないような気がしてくる。

二人は記者席に沿《そ》って中央に向かって歩いた——記者席は三列あり、コートのはしからはしまでのびている。シャシェフスキーがCBSのジム・ナンツとビリー・パッカーと話している。すわっている席は、まちがいなく明日自分たち二人がすわる席だろう。

「コーチたちは、何分かはCBSのアナウンサーの相手をしなくちゃならない」歩きながら、ウェイスは説明してくれた。「たいていのコーチはマイクのように、早い時間にすませてしまうがな」

「どうしてそうしなくちゃならないんですか?」スティービーはきいた。

ウェイスは笑いながら答えた。「理由はいくらでもあげられるが、CBSはNCAAに莫大《ばくだい》な放映権料《ほうえいけんりょう》をはらっているからな。アナウンサーたちも『きのう、コーチ・Kに話を聞いたところ……』とか言いたいんだろうな」

スティービーはうなずいた。実際、アナウンサーたちは前の日にコーチから聞いた話を話題にするものだ。ヴァイタルなどはよく、コーチたちとランチやディナーをともにした話をしている。

数名の人間が、有名コーチと有力テレビのアナウンサーの会話を聞こうと取りかこんでいる。そのうちの二人は、ビル・ブリルとスーザン・キャロル・アンダーソンだった。スティービーとウェイスが近づいていくと、シャシェフスキーがナンツとパッカーから離《はな》れて、右側に立つブリルとスーザン・キャロルに近づいた。その顔には、満面の笑《え》みが浮《う》かんでいた。

「なあ、ブリル、君がつきそう記者の質はずいぶんと向上したようだな」シャシェフスキーは言いながら、ブリルと、次にスーザン・キャロルと握手《あくしゅ》をした。

「おかげで、自分が記者コンテストの受賞者になったような気分を味わえるよ」ブリルは答えた。「本物の記事を書ける人間のツアーガイドをやっているとな」

スーザン・キャロルの顔が赤くなった。額《ひたい》に手をあてて、そのままうしろに卒倒《そっとう》するんじゃないかとスティービーが思った時、シャシェフスキーが言った。「また会えてうれしいよ。おめでとう」

ブリルには、ウェイスとスティービーが近づいてくるのが見えていたのだろう。スティービーを指さして言った。「もう一人の受賞者のおでましだ」

シャシェフスキーが笑顔のままふり返るのを見て、スティービーの胃《い》がキュッとちぢんだ。

「よお、フープス、調子はどうだ？」ウェイスと握手をしながら言うと、シャシェフスキーはスティービーにも手を差し出した。「USBWAの会報で君のパレストラの記事を読んだよ。すばらしかった。パレストラはわたしも好きだ」

今度は、スティービーが顔を赤らめる番だった。やばっ、赤くなるなんて女の子みたいだ。コンテストで優勝《ゆうしょう》して以来、スティービーはシャシェフスキーの記者会見に加わって、勇敢《ゆうかん》にもただ一人立ち上がって質問するところを夢見てきた。「コーチ、年がら年じゅう警告《けいこく》を受けていることを悪いとは思いませんか？」とか、「コーチ、どうして審判《しんぱん》はあなたを見のがしてくれるのだと思いますか？」

たしかにデューク大はうまい。けれどそれは、接近戦においてブルーデビルズがただついているだけのように思えた。

スティービーには、シャシェフスキーの怒《おこ》った顔が目に浮《う》かぶようだった。そして、きっとこう言う。「そんな質問をするのはだれかね？」すると、スティービーは立ち上がって言う。「ぼくはスティービー・トーマスです。残念ながらぼくは、ほかの人たちのようにひるみはしませんから」。きっと、ファイナルフォーの語り草になるだろう。強大で邪悪《じゃあく》なコーチ・Kに敢然《かんぜん》と立ち向かった少年。

ところが今、当の強大で邪悪なコーチ・Kが、親しげな笑《え》みを浮《う》かべて、わずか数十センチ先に立ち、自分の書いた記事をほめてくれているのだ。スティービーはなにか言おうとしたが、言葉はのどの奥《おく》のどこかに引っこんだまま、出てきてくれなかった。それでもやっと、これだけ言うことができた。「ありがとう、コーチ」

だれもが、まごつくスティービーを見ておもしろがっていた。手を差しのべてくれたのは、ブリルだった。「あのな、マイク、スティーヴンはビッグ・ファイブのファンで、ビッグ・イースト出身だ。デュークのファンじゃないんだよ」

「別にいいじゃないか」シャシェフスキーは言った。「わたしはシカゴ育ちだが、そのころはACCなんぞ知らなかった。ずっとビッグ・テンびいきだったからな。自分がだれを応援《おうえん》するか、人にとやかく言われることじゃない」シャシェフスキーは親しげにスティービーの肩《かた》をたたくと、言葉を切った。

「もちろん、わたしたちのことを記事に書く時は、ほかの優秀《ゆうしゅう》な記者同様、君も公平であってくれるだろうがな。そうだろ、ブリル？」

話を聞いていた全員が、今度はどっとわいた。そこにスーザン・キャロルが口をはさんだ。

「ブリルさんはいつでも公平だと思うけど」

「いかにも」シャシェフスキーは言った。「それを言うなら、わたしもだ。ただ、ロイ・ウィリアムズは別の考えを持っているかもしれんが……」

「ぼくはロイとはうまくやっているよ」赤面パレードの仲間入りをしながら、ブリルが言った。

「あいつはいいやつだ」

「カロライナの人間にとってはな」シャシェフスキーは自分の話にけりをつけるように言った。

背後で笛が吹き鳴らされた。シャシェフスキーはもう一度その場にいた面々と握手《あくしゅ》をかわしながら、スティービーとスーザン・キャロルに言った。「週末をたっぷり楽しんでくれ。この男たちの仕事ぶりをよく見ておくといい。最高の仕事をする連中だからな」。それから、スティービーに向かって言った。「いつか、デューク大に来るといい。キャメロンはパレストラほど古くはないが、かなりいけてるぞ。わたしの事務所に連絡《れんらく》をくれれば、うちのベンチのすぐうしろの席を用意しよう。いつでもいいから」

シャシェフスキーは背《せ》を向けて、コートのまんなかに円陣《えんじん》を組み始めた選手たちに加わった。

ウェイスがスティービーの肩《かた》に腕《うで》をまわした。「悪いやつだろ？」

「いや、なんていうか……席を取ってくれるって、本気だと思いますか？」

「本気も本気だ」ウェイスは言った。「さて、席にすわって、練習を見ようか。少し気持ちを落ちつけた方がいいみたいだぞ」


カレッジバスケの練習を見るのは初めてだった。実のところ、自分が経験したことのある練習は、学校とサマーキャンプで自分自身が参加した練習だけだったが、それとは何光年もの開きがあった。スティービーが学校で練習した時は、コーチは一人、選手は十人だった。ところが、デューク大の練習には、とても目で追いきれないほどの人々が関わっていた。ざっと数えたところでは、青と白の練習着姿《すがた》の選手が十四人いる。それから、シャシェフスキーのようなスウェット姿の人が何人か。そのうちの三人は、アシスタントコーチのジョニー・ドーキンス、クリス・コリンズ、スティーヴ・ヴォイチェホフスキーだ。ほかにも二十人ほどの人間がコートの周囲をうろついていた。そのなかの一団は、明らかにマネージャーたちだ。選手がたおれたり、もつれ合ったりすると、プレーが移動《いどう》するのを待って、すかさず何人かのマネージャーが飛び出していき、床《ゆか》に落ちた汗《あせ》をタオルで手早くふきとっている。

「あの人たちはだれなんですか？」CBSスタッフからそう離《はな》れていない「ニューヨークタイムズ」「シカゴトリビューン」と記された席につくと、スティービーはウェイスにたずねた。ファイナルフォーの試合中、自分がこの席にすわっているところを思《おも》い浮《う》かべただけで、めまいがしてきた。

「マネージャーは十二人いる」ウェイスは答えた。「この仕事につくために面接を受けるんだ。四年生が新入生を面接して選ぶ。とても名誉《めいよ》な仕事さ」

「汗をふきとるのが？」

「それだけじゃない。偉大《いだい》なバスケットボールイベントに加われるんだ。いいコーチのもとでマネージャーをつとめた学生が、やがてコーチになることも少なくない。ローレンス・フランクは、インディアナ大学でボブ・ナイトのマネージャーだった。コーチ・Kのマネージャーも、何人かは有能なコーチになった」

スティービーはちょっと意外だった。ニュージャージー・ネッツのコーチであるローレンス・フランクが、かつてはインディアナ大学で選手たちの汗をふきとっていただなんて。

「年のいった連中は、チームトレーナーやドクターや広報の人間だ」ウェイスは続けた。「一流カレッジバスケのチームというのは、移動《いどう》サーカスみたいなものだ。そして、君は今日リングサイドの席にいるというわけだ」

冗談《じょうだん》なんかじゃない。スティービーは思った。あたりを見まわすと、テレビクルーがさまざまな位置から練習風景を熱心にテープに収めていた。いつだったか父さんが、以前76ers《セブンティシクサーズ》でプレーしていたという理由でいいやつだと言っていたドーキンスが、メモを取りながら耳をかたむける男に話しかけている。すみの方にしつらえられた台の上には、ESPNの男たちが立っている。ヴァイタルが話すのを、ディガー・フェルプスとクリス・ファウラーが聞いている。というか、実は聞いてなどいないのかもしれない。

その時、スコアボードの時計が残り時間四十分を切ったことに気づいてきいた。「練習時間五十分って、ちょっと短くないですか？」

「ほんとうに練習しているわけじゃない」ウェイスは言った。「見てみな。本気でやっていないだろ。記者会見をこなしたら、あとでどこか人目につかないところで本式に練習するんだろう」

ウェイスが記者会見にふれるのを聞いて、スティービーは今日じゅうに記事を書き上げなければならないことを思い出した。数席前にすわっているスーザン・キャロルに目をやると、デューク大の練習に目をうばわれているようだった。スティービーは、スーザン・キャロルに嫉《しっ》妬《と》している自分に気づいた。もうとっくに記事を書き上げてしまったため、のんびり楽しんでいられるのだ。

「最初の記者会見はいつですか?」スティービーはウェイスにきいた。「ぼく、記事を書かなくちゃならないんで」

「デュークの練習が終わり次第だ。最初にデューク、そのあと三十分おきにほかの三チームが出てくる」

「選手も話をするんですか? それともコーチだけ?」

「コーチと選手二名だ。ほかの選手たちは、その間ロッカールームで待機している。実のところ、記者会見に出るより、そっちに行った方がいいぐらいだ。記者会見じゃ、『出場できてうれしいです』なんて月なみのことしか言わないからな。ロッカールームで、スター選手ではないが記事になる選手が見つかれば、幸運をつかめるかもな」

チップ・グレイバーの記事を書きたいというスティービーの望みは、どうやらかないそうもない。グレイバーはミネソタ州立大の単なるスター選手ではない。チームの要石《かなめいし》、つまりロックスターなのだ。まちがいなく、記者会見に出る二人に選ばれるだろう。つめかけた記者たち全員が話を聞きたがるのだ。

「チップ・グレイバーの記事なんて問題外だな」

ウェイスは笑った。「えせバスケットボールコラムニストと同じ記事が書きたいなら、チップ・グレイバーだろうな」

「えせバスケットボールコラムニスト？」

「ふだんはバスケなど見向きもしないのに、ファイナルフォーになるとあらわれる連中だ。ミネソタ州立大の記者会見を聞いてみるといい。だれがそうかわかるから。『チップ、お父さんのためにプレーする心境は？』なんて質問をする連中だ。十月以来、そんな質問には山ほど答えてきているのにな。そういう連中を、ぼくたちは『イベント屋』って呼《よ》んでるよ。連中はイベントだからここに来てるんであって、バスケがわかっているわけじゃない」

スティービーは、そんなイベント屋にだけはなりたくなかった。特に、生まれて初めてのイベントでは。

「だれか別の選手にします」

「それがいい」ウェイスは答えた。

ブザーが鳴りひびいて、デューク大の練習時間の終了《しゅうりょう》を告げると、コートサイドに陣《じん》どっていた記者やカメラマンはスタンドの下へともどっていった。シャシェフスキーと選手たちは、コートから去り際、熱心なデューク・ファンに向かって手をふり、マネージャーたちは選手たちの残していったタオルやペットボトルをかき集めている。ウェイスは立ち上がって、スティービーについてこいと合図し、二人はスタンド下のトンネルに向かった。そこでビル・ブリルとスーザン・キャロルに合流した。

「すごいと思わない？」スーザン・キャロルがうわずった声で言った。

それは認《みと》めるしかない。たしかに圧倒的《あっとうてき》だった。巨大《きょだい》なドームには観客が一万人はいた。そのなかで自分は、コートからわずか数メートルの場所から、ファイナルフォー出場チームの練習をながめているのだ。ウェイスにほんとうの練習ではないと言われようが、スティービーには本気そのものに見えた――最後のダンクコンテストは特に。

「ただの練習さ」スティービーは肩《かた》をすくめ、できるだけさりげなく言った。

今朝、顔を合わせて以来初めて、スーザン・キャロルの顔にわずかにかげりのようなものがよぎった。「フィラデルフィアでは、カレッジチームの練習なんてしょっちゅう見てるんでしょうね」スーザン・キャロルはわずかに皮肉をまじえた口調で言った。あいかわらず「見てるんでしょうね」が「見てーんでしょうね」になっていたが。

「いや、ぼくは、ただの練習だって言っただけだよ」スティービーは、つい身がまえるような口調で言った。

「あるコーチが言っていたな。なによりワクワクするのは、ファイナルフォー・フライデーの練習でコートを歩く時だ」ブリルが言った。「とにかく練習、練習だと」

「だったらコーチ・Kの練習もだろ、ブリル？」ウェイスが言った。

「ああ、もちろん」ブリルは笑いながら答えた。

四人はスタンドをくぐり、案内表示にしたがって会見場に向かった。今まで目にしてきたものと同様、会見場もスティービーの想像のおよぶレベルの十倍は広かった。パレストラの会見場は、せいぜい自分の寝室《しんしつ》よりもいくらか広い程度だった。ところがここは、実際には部屋ですらなく、あたかも「部屋」であるかのような印象をあたえるために両側に青いカーテンの引かれた巨大《きょだい》な空間だった。サッカー場よりも長く、巨大なテレビスクリーンが何か所かに設置され、うしろの方からでも見えるようになっている。

「すごいね」足をふみ入れると、スーザン・キャロルが言った。

「ああ」クールに決めていたことも忘《わす》れて、スティービーも言った。

「パレストラみたいか、スティーヴン?」ウェイスが言った。

スティービーはうなるしかなかった。上座《かみざ》では司会者が、午後の日程についてだらだらと話している。デューク大の人間は、まだだれも来ていない。

「会見が始まったら」司会者は話している。「最初にデューク大の体育学生に質問をします。体育学生への質問は十五分間、その後ロッカールームにもどります。体育学生が退席後、コーチへの質問が十五分おこなわれ、その間体育学生にはロッカールームで話を聞くことができます。ただし、会見場からロッカールームに移動中《いどうちゅう》は、体育学生に質問をしないようお願いします」

「四回だ」ブリルが言った。

「いや、一つぬけてる。五回だ」ウェイスが言った。

「なんの話ですか?」スティービーはきいた。

「『体育学生』という単語だよ」ウェイスが答えた。「司会者はNCAAから、選手たちのことは『体育学生』と言えと厳命《げんめい》を受けているんだ。事前にわたされる公式規則集に書いてある。司会者たちはあやつり人形みたいなものだから、バカみたいに『体育学生』を連呼《れんこ》するんだ。あの司会者は好調にすべりだしたわけだな」

「あいつは何者だ？」ブリルはきいた。

「たぶん、『栄誉《えいよ》の殿堂《でんどう》』のティム・シュミンクだと思う。まちがいなく、血の誓《ちか》いを立ててるぞ。この週末が終わるまでに、『体育学生』を百回は言うってな」

「じゃあ、あとたった九十五回ね」スーザン・キャロルが言ったので、スティービーは驚《おど》いた。

五分の間に、皮肉を言ったかと思ったら、今度はジョークか。

シャシェフスキーが演壇《えんだん》へとのぼってきた。うしろに、選手のJ・J・レディックとシェルデン・ウィリアムズがしたがっている。

「さて、準備は整いました」ティム・シュミンクは言った。「シャシェフスキー・コーチと体育学生のJ・J・レディックとシェルデン・ウィリアムズです。ではまず、体育学生への質問からどうぞ」

「あと九十三回」スティービーとスーザン・キャロルが同時に言って吹《ふ》き出《だ》した。

やばっ、この子ほんとにかわいい。そう思った自分が、スティービーはおもしろくなかった。

5　ドーム内の探索《たんさく》

十五分後、六回の「体育学生」のあと、デューク大の体育学生は退席した。二人とも、「進歩」という言葉を二回ずつ使った。ここにいることが心からうれしそうで、レディックは「百十パーセントの力を出せるようがんばる」と誓《ちか》った。スティービーはどこかで、百パーセントを越《こ》えることはぜったいにできないというおもしろい記事を読んだことがある。そのくだりを拝借《はいしゃく》しようと思ったが、スーザン・キャロルがなんとも夢見心地な表情を浮《う》かべているため、軽口はつつしむことにした。

レディックとウィリアムズが退席するころには、スティービーは落ちつかなくなっていた。くやしいが、シャシェフスキーの方がずっとおもしろかった。進歩だの、百十パーセントだの聞かされることもなかったし。シャシェフスキーが何度かこんな席にすわったことがあるのはまちがいない。「体育学生」のことを、「選手」と呼《よ》びさえした。司会者はきっとおもしろくないだろうなとスティービーは思った。

　次の会見はセント・ジョセフ大だった。記者席においてあったスケジュール表を見ると、どんな時間割《わり》になっているのかがわかった。一時から二時までコネティカット大が練習をし、その間に、一時半からセント・ジョセフ大の会見がおこなわれる。二時になると、練習を終えたコネティカット大が会見をおこない、セント・ジョセフ大がコートに出る。ミネソタ州立大は二時半に会見をすませてから、三時から練習をおこなうというぐあいだ。

　セント・ジョセフ大の会見も、デューク大と似たりよったりだった。セント・ジョセフ大ホークスの選手がロッカールームに引きあげるころには、「体育学生」は二十一回にはねあがっていた。コーチのフィル・マルテッリは、記者たちのメモ帳をジョークでうめつくした。コネティカット大学が会見場にあらわれるころには、スティービーはどうにもじっとしていられなくなった。たしかにウェイスの言うとおりだ――こういう記者会見では、おもしろいことはなにも出てこない。ジム・カルホーン・コーチと選手たちが席について、司会者がふたたび「体育学生」がどうとか始めた時、スティービーは心を決めた。最初の記事はこれでいこう。少年記者のファイナルフォー体験記。ヴァイタルや、シャシェフスキーや、ビッグ・テックスのことを書いてもいい。コネティカット大の選手への質問が始まったら、「体育学生」の数チェックをしてもいいが――現在のところ二十六回だ――それよりもここからぬけ出して、ロッカールームとほかの場所がどうなっているかを見てまわる方がいい。なかでも一番見てみたいのは、ロッカールームでのチップ・グレイバーの様子だった。たとえ、十五分の会見のあと、話を聞こうとおしよせる人々の輪に入れなくてもいい。

「ちょっとそのへんを歩いてきます」スティービーは、ラシャド・アンダーソンの話を書きとめているウェイスに言った。「ロッカールームものぞいてみたいし」

「一人でだいじょうぶか？」ウェイスはきいた。

「はい。記者証があればどこでも行けるんですよね？」

ウェイスはうなずいた。「ぼくはミネソタ州立大の会見が終わるまでここにいるから。それから、プレスルームにもどる」

「じゃあ、あとで行きます」

スティービーは立ち上がった。

「あたしも行っていい？」

スーザン・キャロルがはにかんだような笑《え》みを浮《う》かべて立ち上がるのを、スティービーは驚《おどろ》いて見つめた（となりにすわっていてくれる方が、立っているよりも気が楽だった）。

ほんとうは、自分の代わりに「体育学生」の数を最後まで数えてくれとたのもうと思っていたのだが。

「え、ああ、うん、いいけど。ぼくは記事のネタをさがしに行くんだけど、君はもう書いちゃったんだろ。できれば、今から会見が終わるまでに、あの人が何回『体育学生』を口にするか、数えてほしかったんだけど」

「今は何回ぐらいだ？」ウェイスがきいた。

「二十六回」二人は同時に答えた。スーザン・キャロルがまだ数えていたことに、スティービーはつい感心してしまった。

「それはぼくが引き受けよう」ウェイスは言った。「たしかにおもしろい小ネタになりそうだ」

「じゃあ、行ってもかまわないでしょ？」スーザン・キャロルは言った。

「うん、もちろん」スティービーは答えた。「それじゃ、行こうか。そのへんを見てから、二時四十五分にはミネソタ州立大のロッカールームに行きたいんだ。グレイバーが会見からもどってくるから」

「でも、近づけないぞ」ウェイスが言った。

「いいんです。近づかなくても」

ウェイスは腑《ふ》に落ちない顔をしたが、説明している余裕《よゆう》はない。廊下《ろうか》に出ると、スーザン・キャロルが言った。「これっていい考え――あたし、死ぬほどたいくつしてたの」

「コーチ・Kが話している時は、たいくつそうには見えなかったけど」

「コーチ・Kのなにが問題なの？　すばらしいコーチじゃない。彼《かれ》がどんな人か、たった今見たでしょ。記者になるつもりなら、偏見《へんけん》は捨《す》てないと」

「君だって同じだろ？」スティービーは、スーザン・キャロルが口火を切ったことにホッとしながら言い返した。「君は、コーチ・Kが悪いことをするはずがないと思ってる。それだって偏見じゃないのか？」

「そうよ」スーザン・キャロルは答えた。「でも、彼がなにか悪いことをすれば、悲しむとは思うけど、悪いことは悪いって認《みと》めるわ」

「今までにそういうことってあった？」スティービーはきいた。

スーザン・キャロルはしばらく考えてから言った。「そうね、彼は共和党《きょうわとう》よ」

「南部の人間は、みんな共和党じゃないのか？」

「まあ、そうね。それに、南部人はみんな気のいい男に、かわいいお嬢《じょう》ばっかりよ。言っとくけど、スティーヴン・トーマス、あなた、まあるで誤解《ごかい》してる」スーザン・キャロルは、長くのばした口調で言った。

こいつ、ほんとに気にさわるやつだ。でも、たいてい言ってることが正しいから、なおさらだ。

「そうか、訂正《ていせい》してくれてありがとう」

やがて二人は、ロッカールームに続く広い通路に出た。四チームそれぞれのロッカールームへの方向案内のほかにも、さまざまな場所への道順を示す案内表示があった。保安係の男が、通路に入ってくる人間の通行証をためつすがめつ確認《かくにん》している。保安係はスーザン・キャロルの記者証をチラッと見てうなずいてから、手を上げてスティービーを止めた。

「おっと、君、ここはメディアの人間以外、立ち入り禁止だ」

スティービーは、自分の首からさがった記者証を見た。スーザン・キャロルがかけているのとまったく同じものだ。それを言うなら、ディック・ウェイスやビル・ブリルやほかの記者たちが持っているものとどこも変わらない。自分の名前と、「USBWA」と「記者」という文字が書かれている。だれが見たってまちがいようがない。

「ぼくは記者ですけど」スティービーは記者証を指さして、保安係をまわりこもうとした。こういう時はぐずぐずしない方がいい。先に行っていたスーザン・キャロルが足を止め、何事かとふり返った。

「ちょい待ち、ぼうず。どこでその記者証を手に入れたか知らないが、すぐにまわれ右して来た方にもどらないと、保安課に連絡《れんらく》して悪ふざけをやめさせるぞ。さあ、行った行った」

スティービーは体じゅうが怒《いか》りで熱くなるのがわかった。よほど、どうしてスーザン・キャロルは通して、自分は通してくれないのかときいてやろうと思ったが、答えはわかりきっていた。自分は十三歳《さい》にしか見えないが、スーザン・キャロルは余裕《よゆう》で十八歳で通るのだ。今にも、かならず後悔《こうかい》しそうなことを口走りかけた時、スーザン・キャロルが保安係のわきに進み出て言った。「あの、混乱《こんらん》させてすみません。でも、あたしたち二人とも、USBWAの学生記者コンテストの受賞者なんです」そしてノートを開いて一枚《まい》の紙切れを取り出した。スティービーには、受賞通知だとわかった。

「これがUSBWAからもらった手紙です。二人の名前が書いてありますよね？　あたしがスーザン・キャロル・アンダーソンで、こっちがスティーヴン・トーマスです。読んでもらえばわかりますが、あたしたち、ファイナルフォーの公認記者なんです」

保安係は手紙に目を通した――スティービーは、保安係が字が読めることがわかってホッとした。それから保安係は、記者証の名前を確認し、もう一度スーザン・キャロルを見た。「つまり、君たちは高校生ということか？」

「中学生です」スーザン・キャロルはにっこり笑って答えた。十三歳より上に見られたのは、これが初めてではないのはたしかだ。「あたしたち二人とも、八学年です」

保安係は明らかに納得《なっとく》がいかない様子だった。「いいだろう。八学年生に記者証をあたえるというなら、それはおえらいさんの勝手だ。通っていいぞ」そして保安係は、もう一度スティービーを見た。「だが、人のじゃまになるなよ。いいな？」

「それより、『記者証を盗《ぬす》んだなんて言って悪かった』っていうんじゃないんですか」

「いいか、ぼうず、おれに生意気な口をきくんじゃない。記者証があろうとなかろうと、おまえを追い出せるんだぞ」保安係は言った。

スティービーが生意気にさせたのはだれだと言おうとした時、スーザン・キャロルに腕《うで》をつかまれ、おし立てられるようにして保安係から離《はな》された。「助言をありがと」スーザン・キャロルは言うと、スティービーが最後によけいなことを言わないように、もう一度グイッとおした。スティービーはよろけたが、なんとかバランスを取ってころばずにすんだ。

「今のはなんだよ？」スティービーは横にならんだスーザン・キャロルに言った。背中《せなか》には、前に進めといわんばかりに、スーザン・キャロルの手がおしあてられている。

「トラブルを避《さ》けるためよ」スーザン・キャロルはおし殺した声で言った。「捨《す》てぜりふを言わなきゃ気がすまないのって、男だから？　それとも北部の人間だから？　あの人はあたしたちを通してくれたのよ。言って気がすむなら言わせておけばいいじゃない」

「かんたんに言うなよ――止められたのは君じゃないだろ」

「そうね、あたしは大ごとにせずに、あなたを通してあげただけ」

また、やられた。

「どうしてあの通知を持ち歩いてるんだ？」

「ひょっとしたら、さっきみたいなことが起こるんじゃないかってね。だれかに、あたしは記者になるには若《わか》すぎるって言われるかもしれないでしょ」

スティービーは笑った。「そんな心配、してないだろ?」

スーザン・キャロルがわずかに顔を赤らめたのを見て、スティービーは気をよくした。

「そうね、背が高いのも強みね。でも、通知を持ち歩いていて正解だったでしょ?」

「ああ、そうだね」

スティービーは、自分たちのやりとりをだれかに採点《さいてん》されていなくてよかったと思った。自分が大負けしているのはたしかだ。

通路は混雑《こんざつ》していた。最初のロッカールームには「セント・ジョセフ大」と書いてあった。開いたままのドアの前には、数人の保安係がうろついている、スティービーは、保安係の目が全部自分に向けられているような気がした。その一人の体越《ご》しにロッカールームをのぞきこむと、なかにはだれもいなかった。それもそのはず、ホークスの選手たちはコートで練習中だった。ひいきのチームの練習を見ないことに軽くうしろめたさを感じたが、自分にはやることがある。腕時計に目をやると、二時十二分だった。ということは、チップ・グレイバー・サーカスが始まるまでに、三十分ほどあるわけだ。

次のデューク大のロッカールームも、セント・ジョセフ大同様からっぽだった。練習も記者会見もとっくに終わって、ブルーデビルズは立ち去っていた。ひときわにぎやかだったのは、コネティカット大のロッカールームだった。ビッグ・イーストのファンであるスティービーは、ユーコン（コネティカット大チームの俗称《ぞくしょう》）は通常の試合でも、全米のどの大学よりも記者を集めていることを知っていた。ユーコンを追いかける記者たちは、〝群れ〟と言われていた。

スティービーとスーザン・キャロルが近づいていくと、ドアの外で選手以外の人間がインタビューされていた。コーチのようにも見えたが、ジム・カルホーンはまだ会見場のはずだ。

「あれはだれだ？」スティービーはスーザン・キャロルにきいた。

スーザン・キャロルは首をふってから、人垣《ひとがき》の外に立っている記者の一人の肩《かた》をたたいてきいた。「すみません、今インタビューされているのはどなたですか？」

記者は肩越《かたご》しにふり返って、小声で言った。「ジョージ・ブレイニー」

「だれ、それ？」スティービーはきいた。

記者はスティービーを、なにも知らない子どもを見るような目つきでながめた――実際、そのとおりだったが。「第一アシスタントだよ」記者は短く答えると、背《せ》を向けてブレイニーの話に耳をかたむけた。

「いやあ、すごいな」スティービーはスーザン・キャロルに言った。「あの記者たち、よっぽど必死なんだな。アシスタントからも競ってネタを引き出そうとするなんて」

「デューク大じゃ、ジョニー・ドーキンスなんてしょっちゅう取材されてるけど」

「ああ、そうだろうね」スティービーは言った。「デュークとユーコンの共通点はなんだ？」

「すばらしいバスケのチーム？」

「それと、両方ともプロチームのない地区だ。つまり、メディアが取材するのはカレッジバスケだけってこと」

スーザン・キャロルは、スティービーがマヌケなことを言った時に母親がするように、やれやれと首をふった。「プロならノースカロライナには三つあるわ。アイスホッケーと、アメフトと、バスケットボールのね。それに、ノースカロライナじゃ州のほとんどの人がノースカロライナ大のファンだから、デューク大よりもメディアの規模《きぼ》が大きいの。デューク大だけが注目されてるわけじゃないわ。あなた、フィラデルフィアが世界一のスポーツの町だと思ってるんでしょうけど、ノースカロライナだって山奥《やまおく》の村ってわけじゃないのよ」

スティービーはため息をついた。「まちがいを認《みと》めるよ、今度も」

スーザン・キャロルはにっこり笑った。「なかに入って、選手に話しかけてみる？」

スティービーはまよった。記事のなかのエピソードとして、〝群れ〟がジョージ・ブレイニーからネタを引き出そうと奮闘《ふんとう》するさまを書こうかと考えていたが、それなら別に選手の話はいらない。その時、壁《かべ》に「ミネソタ州立大ロッカールーム」と「CBS区画」と案内表示があり、通路の奥《おく》を指す矢印が書かれているのに気づいた。スティービーの頭にアイディアが浮《う》かんだ。

「このまま奥へ行ってみよう」スティービーは言った。「あとでミネソタ州立大のロッカールームには行くけど、先にあっちを見てみたいんだ」

スーザン・キャロルは肩《かた》をすくめた。「なにをさがしてるの？」

「わからない。だれも持っていないようなネタがほしいんだ。このあたりじゃ、そんなもの見つかりそうもないからね」

スーザン・キャロルはうなずき、二人は通路を歩き始めた。ミネソタ州立大のロッカールームのあたりには、やかましい保安係と、スーツ姿《すがた》でゴルフカートにすわる男以外、人けはなかった。男はトランシーバーを持っている。

「チームはまだ来ないんですか？」スティービーがゴルフカートの男にきいた。

「もうすぐだ」男は陽気に答えた。「たった今、バスが駐車場《ちゅうしゃじょう》に入ったという連絡《れんらく》を受けとった」

スティービーは、男の首にさがる通行証に気づいた。大きく「AA」と書かれ、補足《ほそく》するようにその下に「自由通行証」とある。

「NCAAで働いてるんですか？」スティービーはきいてみた。

男は笑った。「とんでもない。おれの名前はロジャー・ヴァルディセリ。前はノートルダムでスポーツ情報局にいた。この週末は、メディアの手伝いだ」

男は人なつっこそうな笑顔で自己紹介《しょうかい》しながら、握手《あくしゅ》をしようと手を差し出した。

「ぼくはスティービー・トーマスで、こっちがスーザン・キャロル・アンダーソンです」スティービーは、大人の世界ではスティーヴンと言うべきなのを忘《わす》れて言った。

「ああ、そうか」ヴァルディセリは言った。「君たちは記者コンの受賞者だな。君たちの記事を読んだよ。おめでとう。楽しんでるかい？」

二人はうなずいた。

「ゴルフカートはなんに使うんですか？」スティービーはきいた。

「グレイバー・コーチが到着《とうちゃく》したら、二人の選手といっしょにここに乗せるんだよ」ヴァルディセリは、運転席に背《せ》を向けた二列のバックシートをポンとたたいた。「会見場まではな。ここからだとけっこう距離《きょり》があるだろ」

「それじゃ、もうすぐチップ・グレイバーがこのカートに乗るってこと？」スーザン・キャロルがきいた。

「たぶん、彼《かれ》が会見に出る選手の一人だろう」ヴァルディセリは言った。「サインをもらってやろうか？」

スーザン・キャロルは心外だと言わんばかりに、わずかに背《せ》すじをのばした。「もちろん、いりません。あたしたち、記者ですから」

ヴァルディセリはにっこり笑った。「いい心がけだ、お嬢《じょう》ちゃん」

「CBSの区画には入れますか?」スティービーはきいた。

「かまわないんじゃないか?」ヴァルディセリは答えた。「テレビレポーターは入れているし、君たちは記者証を持っているからな。なにかあったら、おれに言え。できるだけのことはしてやるから」

二人は礼を言い、もう一度握手《あくしゅ》をしてから、通路を歩きだした。通路のはずれには大きな観音開きのドアがあり、驚《おどろ》いたことに保安係は一人もいなかった。二人はドアをおし開き、のぞいてみた。こちら側よりいくらか暗い。なんだか荷おろし場のようにも見える。左手は、フットボール場の一部のようなスペースになっていた。わきにはCBSのロゴのはいった巨大《きょだい》なトラックと、ちょっとしたトレーラーの集落ができていた。荷おろし場のはずれにはCBS区画へとおりる階段《かいだん》があり、スティービーとスーザン・キャロルが様子を見ていると、二人の若《わか》い男がトランシーバーを手に階段を上ってきた。

「バスがついた」そのうちの一人が言うのが聞こえた。「クルーはいるのか? 三十秒でエントランスホールに入ってくるぞ」

「パープルタイド（ミネソタ州立大チームの俗称《ぞくしょう》）がついたみたいだ」

二人のCBS関係者がこちらに目を向けることなく通り過ぎ、観音開きのドアからなかに入ってしまうと、スティービーが言った。ロジャー・ヴァルディセリの言ったとおりだ。CBSの関係者は、メディアの人間が区画に入っていっても気にしない。そして、反対側から区画に入ってきた者は、問題なく観音開きのドアからロッカールームや通路へと入っていける。だから、保安係がいないのだ。スティービーは、トイレにも保安係がいるのではないかと思い始めていたのだが。

「下に行って、だれかおもしろい人がいないか見てみる？」スーザン・キャロルがきいた。

「そうだね」スティービーはあいまいに答えながら右手に目をやった。荷おろし場の向こうのはずれから明かりがもれている。「あそこはなんだろう？」

「なにもないわよ」スーザン・キャロルは言った。

「ちょっと見てみよう」

スティービーは先に立って、明かりのもれてくる場所に向かった。荷おろし場の奥《おく》には、さまざまな物が山のように積み上げられていた。明かりは荷おろし場の二十メートルほど先にある、ドームへの裏口《うらぐち》からもれている。

「ほら、なにもない。だから……」スーザン・キャロルは言葉を切った。「ねえ、あれなに？」

スーザン・キャロルはドアの外の、なにもない暗がりを指さした。スティービーが目をやると、紫《むらさき》と白のスウェットに身を包んだ若者《わかもの》の一団がドアから出てくる。「この通路のつきあたりを右だ」どこか見えないところから声がする。「君らのロッカールームは右側の最初の部屋だ」

「案内表示を見ればわかるだろうに」スティービーが言った。

「相手が『体育学生』だってこと忘《わす》れてるのよ、きっと」スーザン・キャロルが言った。

スティービーは笑った。認《みと》めるのはシャクだが、スーザン・キャロルはかなりおもしろい。

「さて、あたしたちは……」

スーザン・キャロルはまた言葉を切った。ふり向いたスティービーは、紫と白の最後の一人がドアから出てくるのを見た。だれもいないことをたしかめるように、あたりを見まわしている。くたっとした金髪《きんぱつ》頭を見て、だれだかすぐにわかった。チップ・グレイバーだ。そのうしろから、黒っぽい灰色《はいいろ》のスーツに身をかためた男が、これまたあたりをうかがいながら出てきた。スティービーは本能的にスーザン・キャロルの腕《うで》を取り、背後《はいご》に積まれた人工芝《じんこうしば》のロールの陰《かげ》にかくれた。

グレイバーと灰色スーツの男はようやく安心すると、荷おろし場に向かって来た。スティービーたちのほぼ真下だ。スティービーもスーザン・キャロルも、驚《おどろ》きと好奇心《こうきしん》に身をかたくしている。

「よし、チップ。記者会見までに二分ある」スーツの男が言った。「おじけづいたんじゃないだろうな」

「おじけづかなかったことなんてないよ」チップ・グレイバーはささやき声で答えたが、それでもスティービーたちにははっきりと聞こえた。「もしも断ったら？」

「断ったら、チームの勝利はすべて無効《むこう》になり、君の父親は首になる。そのことはもう言ったはずだ……」

長い沈黙《ちんもく》があった。スティービーは、話が終わったのかと思ったが、下に動きはない。スーザン・キャロルがなにか言おうと口を開きかけるのを、スティービーは自分のくちびるに人さし指をあてて黙《だま》らせた。

自分の判断がまちがっていたかとスティービーが思い始めた時、グレイバーの声が聞こえた。

「こんなのあり得ない」

「なあ、チップ、時に世界は冷たい場所にもなるんだよ。協力すれば、君は数か月のうちに億《おく》万長者になり、君の父親もファイナルフォー出場を果たしたことで、大幅《おおはば》な契約更改《けいやくこうかい》になるだろう。泣き言を言わずにやれと言われたことをやれ。それでみんな幸せになれるんだ」

「でも、もしも土曜日におれたちが負けたら？　勝つって保証はないんだから。どうして月曜日なんだ？」

「君が心配することじゃない。君はセント・ジョセフ大戦では最高のプレーをし、デューク大の時は力をおさえるだけでいい。あとはわたしたちがやる」

「かならずつぐなわせてやる。あんたたちみんな」

「いいか、君はわれわれのことをなにも知らない。君がわたしに対してなにかしようとすれば、いたい思いをするのは君と父親なんだぞ。さあ、行け。記者会見だろ」

今度は、遠ざかる足音が聞こえた。スティービーとスーザン・キャロルは、顔を見合わせたまま、しばらく動けずにいた。

「今の、なんだったの？」ようやくスーザン・キャロルが言った。

「ぼくの頭がおかしくなったんじゃなきゃ、全米トップの選手が優勝《ゆうしょう》決定戦で負けろと脅迫《きょうはく》されたんだろ」

「うん、あたしにもそう聞こえた。でも、明日は勝たなくちゃならないって。これっておかしくない？　賭《か》けのことはよくわからないけど、ミネソタ州立大の負けに賭けてもうけようと思うなら、どうして月曜日まで待つ必要があるの？」

「グレイバーもそう言ってた。きっと、月曜日でなきゃならない理由があるんだ。それに、あの男は月曜日にデューク大に負けろと言っていた。なんで明日デューク大が勝つって知ってるんだ？」

朝知り合って以来、初めてスーザン・キャロルが途方《とほう》に暮《く》れている気がした。「どうしよう？」

スティービーは首をふった。「わからない。だれかに話してみる？」

「だれに？　話して信じると思う？」

「いや、ぼくでも信じないよ」スティービーは言った。「まったく、だれも知らないようなネタはほしかったけど、こんなのどうかしてる。さっさとここから出よう。気分が悪い」

スーザン・キャロルも異《い》を唱えなかった。

二人が通路にもどるドアをあけると、まぶしい光に目がくらんだ。映画《えいが》のシーンからぬけ出したみたいだ。けれど、ぬけ出したわけではない。それどころか、自分もスーザン・キャロルも、今ではりっぱな登場人物だった。

6　今度はなんだ？

ロッカールームのならぶ通路をもどり始めてすぐに、二人は保安係の一団にぶつかった。スティービーは黒っぽい灰色《はいいろ》のスーツの男を見つけて、顔を見てやろうと思ったが、どこにもいなかった。

トランシーバーを手にした男がつめかけたメディアに向かって、あと三分でロッカールームが開くと告げた。「きっかり二時半から三十分間、体育学生へのインタビューが許可されます」

「これも数えるの？」スーザン・キャロルがきいた。

「えっ？」

「『体育学生』の回数よ」

そうだ、記事だ！　今さら「すごいぞ、ほんとうに来たんだ」なんて記事が書けるわけない。前代未聞のスキャンダルに出くわした今となっては。

「忘《わす》れてた――これから記事を書かなくちゃならなかった」スティービーはスーザン・キャロルに言った。

「じゃあ、グレイバーとあの男のことはどうするの？」

「だけど、あれがどういう話かも、これからどうすればいいかもわからないんだよ。一時間で記事を書き上げて、そのあとでどうするか決めるっていうのは？」

スーザン・キャロルはうなずいた。「オーケー。でも、グレイバーが会見場からもどるのを待たなくていいの？」

「時間をかけたくないな。そうだ、ヴァイタルとコーチ・Kに会ったことと、保安係と、『体育学生』のことを書こうかな。それならあっという間に八百字ぐらいうめられると思う」

「ほんとに一時間で書く気？」

スティービーはうなずいた。書くことが決まってしまえば、コンピューターの前にすわったとたんに言葉があふれだしてくるのだ。一時間だけチップ・グレイバー以外のことに集中できれば、楽勝で書き上げられる。

「プレスルームに行って、やっつけてくるよ」スティービーは言った。

「わかった」スーザン・キャロルは言った。「じゃあ、あたしはコートにもどる。どこか静かな場所を見つけて、今さっき聞いたことをできるだけくわしく書きとめておく」

あらためてスティービーは、スーザン・キャロルの頭のよさを認《みと》めざるを得なかった。

「うん、いい考えだ。それと、灰色《はいいろ》のスーツの男がいないか見張っていてくれ。でも、だれにも言うなよ。なにしろ……」

スーザン・キャロルが、わかりきったこと言わないでという顔でスティービーを見た。

「ごめん、ちょっと神経質になってるみたいだ」スティービーは言った。

「あたしは、こわいわ」スーザン・キャロルは言った。

またしても、スーザン・キャロルの方が一歩先に行っていた。


スティービーは案内表示にしたがってプレスルームにもどってきたが、この巨大《きょだい》な建物のなかにどれほど人間がいるかにあらためて驚《おどろ》いていた。数時間前に、ウェイスとともにこの部屋に入った時、どう歩いたかを思い出すのに少し時間がかかったが、ようやく「ニューヨーク・デイリーニュース」という表示の近くにならんだノートパソコンを見つけた。スティービーはテーブルの下にもぐりこんでコンセントをさしこみ、パソコンを起動してから記事に取りかかった。すっかり頭に血がのぼっていたため、ウェイスが入ってきてとなりに腰《こし》をおろすまで気がつかなかった。

「動きだしたようだな」ウェイスが言った。

顔を上げたスティービーは、ウェイスが話しかけているのが自分だとわかって、気のきいた返事をした。「へっ？」

「動きだしたようだなと言ったんだ」ウェイスはくり返した。

「ああ、はい。書き始めた方がいいと思ったので」

「いいことだ。書き上がったら、送るのを手伝ってやるよ。グレイバーの記事か？」

スティービーはあやうくのどをつまらせるところだった。「なん？　いえ、あの、ドームの混雑《こんざつ》ぶりを書いてるだけです。記者会見でグレイバーはなにか言ってました？」

「父親のためにプレーできることを誇《ほこ》りに思うってな。でも、みょうにおとなしかったな。ふだんはもっと積極的なのに。まあ、彼《かれ》も人間だったってことか。プレッシャーを感じてるんだな」

「ええ、プレッシャーですね」スティービーは考えこみながら言った。全然ちがうプレッシャーだけど。

「そうそう、『体育学生』の最終回数は三十九回だった」ウェイスは言った。

「それじゃ、四十回だ」スティービーは言った。「ミネソタ州立大のロッカールームの前で、もう一回聞いたから」

ウェイスは笑った。「まあ、お好きに」

ウェイスが仕事を始めるのとほぼ同時に、スティービーは記事を書き上げた。お世辞にもいいできばえとは言えなかった。気がせいていたため、ねらいどおりに書き進めることができなかったのだ。それを言うなら、この週末の計画そのものが、荷おろし場での数分間ですっかりくるってしまった。送る前に、ウェイスが記事を読んでくれた。これ以上時間をかけたくなかったが、ウェイスの好意をむげに断るわけにもいかない。さいわい、ウェイスが読み終えるのに時間はかからなかった。

「いいんじゃないか。ディッキー・Vのことを『二十四時間営業一人スポーツラジオ放送局』というのは気に入った。さえてるな」

「ありがとう。じゃあ、送っちゃいます」スティービーは言った。

ウェイスの助けでオンラインにすると、スティービーは編集者のEメールアドレスあてに原《げん》稿《こう》を送った。編集者はそれを編集して、スティービーとスーザン・キャロルの記事を掲載《けいさい》する各紙に送る。スティービーは、記事を添付《てんぷ》して送信ボタンをおし、無事にメールが送られた旨《むね》が表示されるとホッとした。それから、編集者から教えられた番号に電話をかけた。

「トム・ヴァーノン」最初のコールで男が出た。

「ヴァーノンさん？　ファイナルフォー会場のスティーヴン・トーマスです」決まったかなと思いつつ、スティービーはひと呼吸《こきゅう》おいた。「たった今、記事を送りました」

「ああ、スティーヴン、それはすばらしい。トムと呼《よ》んでくれ。どれ、ちょっと見てみよう」トム・ヴァーノンが言い、キーボードをたたく音が聞こえた。「ああ、受けとった。ちょっと長いが、それは調節できる」

スティービーはそんなに書いたことに驚《おどろ》いたが、考えてみれば、書いている間頭に血がのぼって、書き上がったらどうしようかとばかり考えていたため、文字数のことなどすっかり忘《わす》れていたのだ。

「すみません」スティービーはあやまった。

「気にするな。ずいぶんしっかりと土起こしをしたんだろう。なにか質問があった時のために、一時間後に一度連絡《れんらく》をくれるかな？」

「はい、わかりました。ありがとうございます」

スティービーは電話を切って、ウェイスに向かってきいた。「土起こしって？」

ウェイスはにっこり笑った。「君がつっこんだ取材をしたってこと。いい記事を書くためにな」

スティービーは、その言いまわしが気に入った。ジャーナリストの業界用語だ。でも、今はそれよりももっと大変な仕事が待っている。

スーザン・キャロルは記者席の三列目にすわり、残り十分を切ったミネソタ州立大の練習時間がゼロに近づいていく間、メモを取っていた。となりにスティービーがすわると、スーザン・キャロルは驚《おどろ》いた顔をした。

「もう書き上げたの？」

「ああ」スティービーはなにげない顔で言った。「ヴァーノンさんにちょっと長いって言われたけど、ぼくがしっかりと土起こしをしたからだってさ」

スーザン・キャロルはほほえんだ。「だったら、あたしたちはこれから、ほんとにきつい土起こしに取りかかるわけね」

スティービーはがっかりした。もちろん、スーザン・キャロルは土起こしがなんなのかわかっている――知らないことなどないのだ。

「思い出せるかぎりのことを書きとめておいた」スーザン・キャロルは言った。「まちがってないか、ちょっと読んでみて。練習中、グレイバーを見てたんだけど、おかしな様子は見えなかった。コートに出てきた時も、女の子たちにキャーキャー言われて、にっこり笑って手をふっていたぐらい」

「灰色《はいいろ》スーツの男は？」

スーザン・キャロルはコートの向こう側のベンチを指さした。「あそこ。でも、二人いるけど」

スティービーはベンチのはしに目をやって、ハッと息をのんだ。そっくりな灰色のスーツを着た男が二人、となり合わせにすわっている。二人とも髪《かみ》は白い。男とグレイバーが暗がりに入る前のわずかな瞬間《しゅんかん》に気づいた特徴《とくちょう》だ。

スーザン・キャロルは紫《むらさき》と白の雑誌《ざっし》のようなものを取りあげて見せた。それはミネソタ州立大のメディア向けガイドブックで、バスケットボールチームの関係者全員の写真が載《の》っていた。

「目を通してみたんだけど、疑《うたが》わしい人は最低でも六人いる。写真を○でかこっておいたけど、見ただけじゃだれなのかは特定できないと思う」

「声を聞く必要があるな」スティービーは言った。

「そうね――あの声、忘《わす》れっこないものね。でも、どうやって？」

二人の男に話しかけるのが問題だった。一般人《いっぱんじん》立ち入り禁止区域《くいき》のベンチに腰《こし》かけているのだ。

スティービーは頭をめぐらせた。スコアボードに目をやると、残り時間は八分を切っていた。あと八分でミネソタ州立大はコートからもこの建物からも出て行き、グレイバーを恐喝《きょうかつ》したのがだれなのか知るすべは失われる。

「いいこと思いついた。急いで、こっちだ」スティービーは言った。

初めてスーザン・キャロルは言い返しもきき返しもしなかった。二人は最前列に出て、コートのベースラインに向かった。デューク大の練習時間以来、記者やスチルカメラマンやテレビのカメラクルーは見るからに数がへっていた。記者のほとんどはプレスルームで記事を書き、スチルカメラマンやカメラクルーはすでに撮《と》りたい写真や映像《えいぞう》を撮ってしまったのだ。スティービーとスーザン・キャロルは、コートを横切ってベンチサイドへと向かった。

二人はコートのすみからちょっと離《はな》れたところで、ためらうように足を止めた。もちろんそこにも保安係が配置されていて、ベンチの真うしろを歩かせないように見張っていた。

「よし、ここからは君の出番だ」スティービーは言った。

「あたしの？　なにをすればいいの？」スーザン・キャロルはきいた。

「うん、君はあの保安係の前に行って、目を丸くした南部の女の子のふりをしながら、ＭＳＵのベンチにすわっている〝おじさん〟にどうしても話をしなくちゃならないと言うんだ」

「目を丸くした南部の女の子のふりって、どういう意味？」

「わかるだろ」

「いいえ、わからない。それに、あたしは……」

「文句はあと」スティービーはさえぎった。「もう五分もないんだよ。だから……いつもどおりでいいよ。にっこり笑って、まのびした話し方で、『あたしぃ、おじさんにぃ、話さなくちゃならないんですぅ』って言うんだ」

「あたしのこと、なんだと思ってるの？　スカーレット・オハラ？」

けれど、スティービーが口を開く前に、スーザン・キャロルは前をすりぬけて、保安係に向かって、レット・バトラーでさえとろけさせそうな笑《え》みを投げかけた。そして、ベンチにすわる灰色《はいいろ》スーツの二人を指さして、困《こま》ったような顔をした。三十秒とたたないうちに、保安係はわきにのいてスーザン・キャロルを通してやった。

その様子を見ていたことを気づかれたくなくて、スティービーはバスケットの方へと少し移《い》動《どう》した。その時、自分に向かってなにかが飛んでくる気配を感じてハッと顔を上げると、ボールを追ってきたチップ・グレイバーを間一髪《かんいっぱつ》のところでかわした。パープルタイドは、ファンを喜ばせるためにミニゲームに熱中していたのだが、スティービーの注意はずっとわきに向けられていた。

「気をつけな、ケガするぞ」コートにもどろうと背《せ》を向けながら、グレイバーは言った。その気さくな笑顔を見て、スティービーはうれしくなると同時に、グレイバーの苦境を思いやって気が重くなった。ベンチの方に目をもどすと、灰色スーツの一人が、スーザン・キャロルに道案内をするかのように、ロッカールームの方角を指さしていた。スーザン・キャロルがきっちり役をこなしたことを知って、スティービーは思わずニヤニヤ笑いを浮《う》かべた。

スーザン・キャロルは話を切り上げてベースラインの方にもどってきた。とちゅうで保安係に礼を言うと、保安係も笑顔でこたえた。

「どうだった？」スティービーは待ちきれないように、声をひそめてきいた。

「ちょい待ち。トンネルに入ろ」スーザン・キャロルは言いながら、出口の方に向かってうなずいて見せた。

二人は傾斜路《けいしゃろ》を上り、角を曲がったところで静かな一画を見つけた。その日最後の練習が間もなく終わり、記者会見もすべて終わったためか、あたりに人はほとんどいなかった。「どっちの男かわかった。ＭＳＵのメディアガイドはある？　見ればわかると思う。コートに近い方にすわっていた男よ」

「ガイドは持ってない。おいてきたと思う。ＩＤかなにかで名前を確認《かくにん》できなかった？」

スーザン・キャロルは首をふった。「だめ。ポケットにしまいこんでたのかも。チーム関係者に配られるピンかざりをつけてたから、外に出しておく必要がないのね。取りにもどるわけにもいかないし。プレスルームに別のがあるんじゃないかな」

「どうやって話しかけたんだ？」

「ロッカールームの椅子《いす》の上にメモ帳を忘《わす》れてきちゃったって言ったの。だれか、あたしといっしょにロッカールームまで行ってくれるか、代わりに取ってきてくれる人はいないかって。そしたら、あの男が、まだマネージャーが二、三人いるはずだって言ったの」

「ほんとうに、その男にまちがいないのか？」

スーザン・キャロルはうなずいた。「たしかよ。もう一人の方は、もっと高い声だった。まちがえっこない」

たしかに、おし殺していても、あの恐喝《きょうかつ》男の声は低いバリトンだった。

「よくやった、スカーレット」プレスルームに向かいながら、スティービーは言った。

「やめてよ、えらそうに。ヤンキー野郎《やろう》」そう言いながらも、スーザン・キャロルは笑っていた。

プレスルームは、記事を書く記者たちで活気に満ちていた。あちこちでラジオレポーターが放送を行っているのが聞こえる。記事を書き上げようとする記者たちは、さぞ気が散るだろう。部屋のまんなかにあるテーブルには、四チームのメディアガイドやポストシーズンガイドが山と積まれている。二人はＭＳＵ関係の束をつかむと、あいている席にすわり、ページをめくり始めた。ほどなく、スーザン・キャロルが一枚《まい》の写真を指でおさえて悲鳴にも似た声をあげた。

「こいつよ！」

そこはメディアガイドの前の方、二八六ページあるガイドの七ページ目だった。ガイドの先頭には二ページにわたり、MSU学長アール・A・コヒーンの経歴が載《の》っていた。その次には、副学長のホール・ヤントスともう一人、まちがいなくパープルタイドの優《ゆう》勝《しょう》に欠かせない人物である大学理事長ブレイク・アービュタスが紹《しょう》介《かい》されている。そして、その次に載っていたのが、トーマス・R・ホワイティング、MSUの体育学部教員代表にして……恐《きょう》喝《かつ》者《しゃ》だ。

スティービーはその写真をまじまじと見た。まちがいない。ベンチのコートに近い方にすわっているのがホワイティングだ。なおもガイドに目を通すと、となりにすわっているのはチームドクターのフィリップ・カッツだとわかった。二人はホワイティングの経歴を読んだ。

「MSU教員代表に就《しゅう》任《にん》して十二年、トーマス・R・ホワイティング教授は終身在《ざい》職《しょく》者《しゃ》として、理事、コーチ、体育学生とともに、学生たちがMSUでのスポーツおよび学業体験を満《まん》喫《きつ》しつつ、競技に参加できる最高の機会を得られるよう日々奔《ほん》走《そう》している。ロチェスターキャンパスに着任する以前、ホワイティング教授はフロリダ大学、デラウェア大学および母校であるプロヴィデンス・カレッジで教《きょう》鞭《べん》を取っていた。当時の教え子の一人は、現MSU学長アール・A・コヒーン氏である」

あとの部分もたいしておもしろくなかった。ホワイティングの受賞歴と、従事《じゅうじ》してきた委員会が列挙《れっきょ》されているだけだ。そのなかには、有名かつ重要な「ＮＣＡＡ賭博《とばく》関連小委員会」もふくまれているという。

スティービーは思わず吹《ふ》き出《だ》しそうになった。ところが、それより早くスーザン・キャロルが言った。「最後の行を読んでみて。笑ってなんかいられないから」

スティービーは最後の行に目を通した。

「ホワイティング教授は十八年にわたり、政治科学学部の終身教授を務めてきた。なかでも有名なのは、毎秋受け持つ四年生のセミナー〝現代アメリカ社会の倫理《りんり》と道徳〟である」

7 計画と策略《さくりゃく》

　これで悪者の正体はわかった。少なくとも、悪者の一人は。スーザン・キャロルの怒《いか》りは半《はん》端《ぱ》ではなかった。「倫理学《りんりがく》の教授だって！　吐《は》きけがする」メディアガイドを閉《と》じると、スーザン・キャロルはスティービーが不安になるほどの声で言い放った。

「じゃあ、チームドクターなんかだったら、吐きけはしないってこと？」スティービーはきいた。

「もちろんするわよ」スーザン・キャロルは答えた。「でも、学生が教師を信じられないんだったら、だれを信じればいいのよ？　この経歴を読めば、だれだってあいつは聖人《せいじん》だと思うわよ。おせっかいなぐらいの善人《ぜんにん》だってね」

「で、選手たちの経歴を見れば、みんな『体育学生』に思えるだろ？」スティービーは言った。

スーザン・キャロルは悲しそうに笑った。「テレビを見てれば、ファンになるなんてかんたんでしょ」

それには異論《いろん》はなかった。スティービーはカレッジバスケットボールを内側から見たいと思ってきたが、実際に目にしたのは期待を裏切《うらぎ》るものだった。このイベントを動かす人々のだれ一人として、見かけどおりではなかった――というか、人々にあたえてきた印象とちがっていた。司会者は叫《さけ》び続ければ言葉が実物になるとでもいうように「体育学生」を連呼《れんこ》し、アメリカ社会の倫理と道徳を語る著名《ちょめい》な教授トーマス・R・ホワイティングは、自分自身の倫理と道徳はどこかにおき忘《わす》れてしまったらしい。スティービーは、チップ・グレイバーもほんとうは見た目とはちがうのではないかと思った。被害者《ひがいしゃ》だとばかり思ってきたが、ひょっとしたら実際になにか悪いことをして、それをかくそうとしているのかも。

「あたしたち、だれを信じればいいの？」スティービーの心を読んだかのように、スーザン・キャロルが言った。

「それで、これからどうする？」スティービーは言った。

スーザン・キャロルはちょっと考えこんだ。「助けが必要ね。ウェイスさんとか、ブリルさんは？　それか、NCAAの人とか？」

これにはスティービーは笑った。「ぼくたちに、すべての選手は『体育学生』だと信じさせるのに躍起《やっき》になってる連中か？　助けになるとは思えないけど」

「いやみな言い方。でも、そうね」スーザン・キャロルは言った。

「ぼくは、明日の試合がどうなるか見た方がいいと思う。ミネソタ州立大が負ければ、それで終わりだ」

「賭《か》けは不成立ってことね」スーザン・キャロルは笑って言った。

「おもしろいね。でも、MSUが負けたとしても、ホワイティングがグレイバーを脅《おど》したのは事実だ」

「つまり、だれかに相談した方がいいってことね」スーザン・キャロルは言った。「ウェイスさんかブリルさんが一番いいと思うんだけど」

もう一度、自分たちに取り得る選択肢《せんたくし》を検討《けんとう》して、スティービーはスーザン・キャロルの言うとおりだと判断した。ブリルはノートパソコンを片《かた》づけている。

「わかった、やってみよう」

二人が、ちょっと話がしたいというと、ブリルは不思議そうな顔をしてから「いいよ」と答えた。そして三人は、記事を書いているウェイスのもとに向かった。ウェイスは顔を上げて言った。「ぼく以外は終わったようだな」

「いつものことだろ、フープス」ブリルは言った。「子どもたちが、ききたいことがあるそうだ」

ウェイスはコンピューターから顔を上げた。「信じられないかもしれないが、ぼくももうすぐ終わりそうだ。で、どうしたんだい？」

スティービーはスーザン・キャロルをチラッと見た。どこから始めようか？

スーザン・キャロルはウェイスのとなりに腰《こし》をおろし、ささやくような声できいた。「今までにファイナルフォーで、不正をした人っていますか？」

ウェイスはにっこり笑って答えた。「不正？　いや。ただ、スコアをごまかしたことはあったな。一番新しいのは、八十五年のテュレインだったかな、ビル？　だが、あからさまな不正は、ないな。特に最近は、選手たちはみんなプロになれば大金持ちになれると思っているからな。どうしてそんなことを知りたいんだ？」

スーザン・キャロルはスティービーを見た。スティービーは続けろというようにうなずいた。

「ある人が選手を恐喝《きょうかつ》しているようなんです」

「なんだってまた、そんなことを思いついたんだ」ウェイスはとまどったように言った。

「ぼくたち、その会話を立ち聞きしたんです」スティービーは言った。

「どんな会話だった？」ビルがきいた。

「ええ、その選手に、明日の試合は勝って、月曜日は力をぬけって」

「そうしなかったら？」ブリルは言った。

「えーと、なんていうか……」スーザン・キャロルは言いながら、助けを求めるようにスティービーを見た。

「そいつが言うには、チームは今までの勝利をすべて没収《ぼっしゅう》され、コーチは首になると言ってました。でも、なぜなのかとか、どうやってとかまでは……」スティービーは急に自信がなくなった。自分で言っていても間がぬけているように思えてくる。

「あのな、君たちがなにを聞いたか知らないが」ブリルは言った。「単なる聞きまちがいじゃないかな。フープスの言うとおりだ。カレッジバスケットボールにはいろいろと問題もある。だが、八百長だけはないと信じてるよ。この段階《だんかい》で八百長試合をすれば、何百万ドルもの金が必要になるからな」

ブリルは二人の表情がただならぬことに気づいて、少し言い方を変えた。「だが、もう少しくわしいことがわかれば、調べてみてもいい」

スティーピーはとっさに心を決めた。「いえ、いいです。たぶんぼくたちの聞きまちがいです。全部聞いたわけじゃないですから」

「そうね」スーザン・キャロルも言った。「なにかもう少しわかったら、知らせますから」

「それがいいな」フープスは言った。「目と耳を働かせておくにこしたことはないしな。そうそう、本物のスキャンダルを知りたいなら、ボビー・ケルハーにブリックリー・シューズのことをきいてみるといい。ビルは覚えているか？　あのスニーカー会社の代表が、裏工作《うらこうさく》しているところをボビーが取りおさえたやつ……ルイジアナだったか？」

「ああ、そうだ」ブリルは言った。「バスケットボールの世界もたたけばいくらでもほこりが出る。だが、週末にそんな話ばかり聞くこともない。いい話はいくらでもあるんだから」

「おっと、いい話といえば、記事を書き上げちまわないと」ウェイスは言った。

「ぼくはラジオ番組だ。君たち、待ってるか？」ブリルが言った。

スーザン・キャロルは首をふった。「あたしたちはホテルにもどります。歩いてすぐだから」

「なにかあったら連絡《れんらく》をくれるか、スティーヴン？」ウェイスがきいた。

スティービーはうなずいた。それで思い出した。ヴァーノンさんに連絡を入れないと。

「君はほんとうに十三歳《さい》か？」スティービーが電話をかけると、ヴァーノンは言った。「実によく書けている」

ほかに心配事がなければ、そんなふうにほめられて誇《ほこ》らしさに顔を輝《かがや》かせただろう。それからスティービーとスーザン・キャロルは、荷物をまとめてプレスルームを出た。

「さて、どうする？」通路に出ると、スーザン・キャロルは言った。「グレイバーとホワイティングの会話を聞きまちがえたなんて思ってないでしょ？」

「うん。それに、とちゅうから聞いたんでもない。一部始終を聞いたんだ。ああ言ったのは、どのみち信じてもらえないと思ったからだ。でも、たしかにつじつまは合っていないよな」

「あたしにわかるのは、吐《は》きけがするってことだけ。ぜったいにこのままじゃすまさないから」

「ということは、どうにかして止めなくちゃならないってことだ」スティービーは言った。

「それも、どうやらぼくたちだけで」


橋をわたってホテルにもどると、スティービーは腕時計《うでどけい》に目をやった。もうすぐ五時だ。父さんには、六時までにもどると言っておいたから、まだもう少し時間はある。

「さて、これからどうする？」驚《おどろ》くほど閑散《かんさん》としたロビーに足をふみ入れた時、スーザン・キャロルがきいた。

スティービーは頭をめぐらせた。「ぼくが記事を書いている間にまとめたメモは？」

「うん。メモ帳なら持ってる」

「よし。じゃあ、それを見なおして、事実関係をたしかめよう。それから、どんな情報が必要か、それをどうやって手に入れるかを考えよう」

スーザン・キャロルは笑《え》みを浮《う》かべた。「ヴァーノンさんの言うとおりね。十三歳《さい》にしては優秀《ゆうしゅう》よ」

編集者の言葉を引き合いに出して、自分をからかっているのか、本気なのか、スティービーにはわからなかった。それはさておき、スティービーはロビーのあいている椅子《いす》を指さし、スーザン・キャロルはメモ帳を取り出した。

「それじゃあ、最初から整理してみよ。MSUを代表する教授がMSUのスター選手を恐喝《きょうかつ》している。そいつが単独犯《たんどくはん》でないことはたしかね」

「そして、その恐喝者は、明日の試合は負けさせたくない」スティービーは言った。「負けるのは月曜日だ」

「うれしいことに相手はデューク大ね」スーザン・キャロルはつけ加えた。

「ホワイティングはデューク大のためにやってるのかな？」

スーザン・キャロルは傷《きず》ついた顔をした。「可能性として書きとめておく価値《かち》はあるわね」

「よし。ぼくたちが知らないことは、そいつらがグレイバーのどんな弱みをにぎっているかだ。チームの記録が抹消《まっしょう》され、父親が首になるなんて、どんなことをしでかしたんだろう？」

「イカサマかなにか？」スーザン・キャロルは言った。

「かもね」スティービーは答えた。「でも、ぼくにはグレイバーは無実で、全部でっち上げに思えるんだけど――君はどう思う？」

「うん、あたしもそう思う」

「となると、『だれが』——全員じゃないけど——『なにを』『どこで』『いつ』はわかった
……あとは、『なぜ』と『どうやって』だな」
「でも、『なぜ』と『どうやって』がわからなきゃ、だれも信じてくれない」スーザン・キャ
ロルは言った。
スティービーは、いい記事を書くにはどうしたらいいかをきいた時のディック・ジェラルデ
ィの言葉を思い出した。それが重要なことなら、だれかに公表してもらうことだ。そうしてお
けば、かんたんに否定《ひてい》されることはなくなる。
「やることは二つある」スティービーは言った。「まず、ここでなにが起こっているのかをつ
きとめること。それから、それをだれかに公表してもらう」
「なるほど」スーザン・キャロルはメモ帳をパタンと閉《と》じながら言った。「ホワイティング教
授が必要なことを教えてくれるわけないよね」
「そうなると、一人しかいない」スティービーは言った。
「うん。チップ・グレイバー」
「ああ。なんとかしてグレイバーに事件のことを公表させる方法を考えないと。恐喝《きょうかつ》されて
いると話させることができれば……」
「ちょい待ち、ちょい待ち。どうやってチップ・グレイバーに話しかけるの？　ＭＳＵがどこ

に滞在《たいざい》しているかわかったとしても、ホテルには保安係がうようよいるのよ。近づくこともできないわ」

たしかに言うとおりだ。だったら、明日の試合が終わったあと、ロッカールームで話しかけられるかもしれない。いや、それも無理だ。ロッカールームには人があふれている。あるいは、ロジャー・ヴァルディセリのゴルフカートに乗せてもらって、話しかけるというのは？　それも現実的ではない。明日の試合の前に、一人でいるところをつかまえなくては。

「まずは、どこに滞在しているかをつきとめないと。でも、それはそんなにむずかしくないと思う。やっかいなのは、ホテルにもぐりこんで、チップを見つけることだ」

「マジで言ってるの？」スーザン・キャロルはきいた。

「昔の人はなんて言った？」スティービーは言った。「意志あるところに道あり。ぼくたちには意志がある。道だって見つかるさ」

ミネソタ州立大の滞在ホテルをさがしあてるのは、たしかにむずかしくなかった。二人は、自分たちのホテルの地下にメディアの作業室があったことを思い出した。スーザン・キャロルは、各チームのメディアガイドや、関連書籍《しょせき》や記者会見の内容を紹介《しょうかい》する報道関係の刊行物などのなかに、『メディア向けファイナルフォー情報』という冊子《さっし》を見つけた。そのなかには、『パパ・ジョンのピザを食べてディック・ヴァイタルに会おう！』という本や、元ＬＳＵ（ルイジアナ州立大）コーチで、ニューオーリンズでは今なお人気のあるデール・ブラウンによせた本の紹介もあった。

スティービーはファイナルフォー情報を手にとって、ページをめくり始めた。するとそのなかに、ホテルに関する項目《こうもく》があり、各チームの滞在《たいざい》ホテルのリストが載《の》っていた。そして「アトランタ地区優勝校《ゆうしょうこう》――ダウンタウン、マリオットホテル」と書かれていた。ミネソタ州立大は、アトランタ地区で優勝してファイナルフォーに進出してきた。

「ビンゴ！」スティービーはリストを指さしながら言った。

「ビンゴ……かもしれないけど」スーザン・キャロルは言った。「そういえばコーチ・Ｋが、デューク大はファイナルフォーに進出しても、ぜったいに割《わ》りあてられたホテルには泊《と》まらないって言ってたっけ。街《まち》なかのお祭りさわぎからチームを守るためだって。ほら、シラキュース地区優勝校はエンバシー・スイートホテルに滞在するって書いてあるでしょ。でも、ブリルさんの話では、デューク大は空港近くのラディソンホテルに泊まってるって。だから、ＭＳＵもマリオットじゃないと思う」

「でも、マリオットかも。グレイバー・コーチは、コーチ・Kほどファイナルフォー慣れしていないからね。たしかめてみよう」

スティービーは「サービス電話——市内およびクレジット通話にかぎる」と書かれた電話の列に向かった。電話の指示にしたがって九をダイヤルしてから、ファイナルフォー情報を見ながらマリオットホテルの番号をまわした。スーザン・キャロルがなにをするつもりときまかけるのを手で制する。最初のコールでつながった。

「すみません、トーマス・ホワイティング教授と話したいんですが」スティービーが言うと、スーザン・キャロルは顔をこわばらせた。「ミネソタ州立大のバスケットボールチームといっしょのはずなんですが」

オペレータの返事を聞くスティービーの顔に笑《え》みが浮《う》かんだ。「あ、そうなんですか？　いえ、だいじょうぶです、ありがとう」そして電話を切った。

「どうしたの？」スーザン・キャロルはきいた。

「ミネソタ州立大チームへの電話は取り次ぎできません。お望みなら、メッセージをおあずかりしますだって」

「もちろん、そんなことしないよね」

「あたりまえだよ！　よし、ここまではかんたんだ。次は、どうやってホテルにもぐりこんでチップ・グレイバーを見つけるかだ。電話をつないでくれないぐらいだから、ホテル内をうろつくのはまず無理だろうな」

スーザン・キャロルは腕時計《うでどけい》を見た。「父さんがあたしがもどるのを待ちかねてる。この町に住む父さんの友人と、夕食に行くことになってるの。ぬけるわけにはいかないと思う」

スティービーと父さんも、フィラデルフィアのコーチ陣《じん》に誘《さそ》われて、K・ポールズという気のきいたニューオーリンズのレストランで食事をすることになっていた。父さんからその話を聞いた時、スティービーは、パレストラでインタビューしたペンシルヴェニア大のコーチ、フラン・ダンフィや、ヴィラノヴァ大のコーチ、ジェイ・ライトと食事ができるとワクワクした。しかし今は、これで今夜ひと晩《ばん》むだになるという思いだけだった。でも、どうしようもない。

「朝一で動き始めないとな」スティービーは言った。「初戦は夕方五時だ。だとすると、コーチたちは選手にあまり早く準備させないだろうから、グレイバーが部屋にいるところをつかまえられるかもしれない」

「じゃあ、八時半に出ることにしようか」スーザン・キャロルは言った。「ダウンタウンならそんなに遠くないでしょ」

「問題は、パパたちになんて言うかだ」

スーザン・キャロルは一瞬《いっしゅん》考えこんでから、指をパチンと鳴らした。「かんたんよ。ブリルさんが、コーチの泊《と》まってるホテルには、ラジオ局が何社もつめこまれた部屋があるって言ってたの覚えてる？」

「ああ。それが？」

「だから、父さんたちには、ラジオ局の何社かから招待されていて、ブリルさんとウェイスさんに、ＵＳＢＷＡの宣伝《せんでん》にもなるから出た方がいいってすすめられたって言うの」

「いっしょに来たいって言ったら？」

「父さんは来ないわ。午前中に美術館かなにかに行きたいようなこと言ってたから。でも、もしそう言われたら、自分たちだけで行きたいって言えばいい」

スティーヴィーは、それなら父さんも納得《なっとく》するだろうと思った。日ごろから家で、スティーヴィーにどこまで自由がゆるされるかを話し合っていたから。「いい考えだ。うまくいくと思う」

二人はエレベーターに乗りこんだ。スティーヴィーが先だった。おり際、スティーヴィーはふり向いて言った。「下のロビーで八時半に」

スーザン・キャロルがかすかに笑うのを見て、スティーヴィーはやっぱりかわいいと思った。

「今夜、眠《ねむ》れるといいね。あたしはだめそうだけど」

そして、エレベーターの扉《とびら》が閉《し》まった。またしてもスーザン・キャロルの言うとおりだった。とうてい眠れそうもない。考えなくちゃならないことが多すぎる。それに、心配の種《たね》も。

8 新しい友人

だれかが、カレッジバスケのコーチ四人と食事をしながら（フラン・ダンフィはハーバード大コーチのフランク・サリヴァンと、元ラ・セール大のビリー・ハーンを連れてきた）、いつ家に帰って寝《ね》ようか考えていると言ったら、スティービーは笑っただろう。けれど、実際にそうだったのだ。コーチたちは、ふだんのスティービーなら目を輝《かがや》かせて聞き入るような話をかわるがわる話した。おだやかな口調に、やわらかい笑《え》みと、およそコーチらしくないサリヴァンは、何年か前にもう少しでウォーリー・セルビアクを獲得《かくとく》できるところだったという話をしている。

「ウォーリー・セルビアクって、あの？」スティービーの父さんがきき返した。

「ミネソタ・ティンバーウルブスのオールスター選手のね」サリヴァンは言った。「ほんとうに契約寸前《けいやくすんぜん》までいっていたんだ。ところが、オハイオのマイアミ大ががしゃしゃり出てきた。まあ、あっちはアイビーリーグよりもいいリーグだが……」

「ちょっと待って」ビル・トーマスがさえぎった。「つまり、ハーバードを蹴《け》ってマイアミに行ったのは、中部アメリカ連盟《れんめい》の方が、アイビーリーグよりも優《すぐ》れたリーグだからだというんですか？」

サリヴァンは笑った。「まさか。バスケットの選手を取る時、その選手は自分を第一にバスケットボール選手として考えるものだ。学生の部分は二の次だ」

「きわめて優秀《ゆうしゅう》な選手でなきゃ、話は別だ」ダンフィが言った。

「だが、ペンシルヴェニアにはすごくいいチームがいくつもあるのに」スティービーの父さんがダンフィに言った。

「そりゃ、学生たちがうちをバスケットボールの学校と考えるからだよ」ダンフィは言った。

「プリンストンも同じだ。だが、フランクやほかのリーグのコーチたちは、バスケットボールはその大学を代表するスポーツではないという意見と戦っている」

「それでも、ハーバードを袖《そで》にするというのは？」スティービーの父さんがもう一度言った。

「よくあることだ」サリヴァンが答えた。「時々、幸運にめぐまれて、選手としても学生としても優秀で、なおかつ有名校が注目していない人材に出くわすことがある。セルビアクがそうだったんだが……最後が悪かった。マイアミが乗り出したとなれば、われわれに勝ち目はない」

その後、ハーンはメリーランド大のコーチ、ゲリー・ウィリアムズの話で周囲を盛《も》り上《あ》げた。コーチのなかでもだんとつのモーレッツ・コーチだとのうわさのある人物だ。ハーンはウィリアムズの下で十二年間働いていた。ハーンは言った。「ある夜、ノースカロライナ大と対戦したんだが、ハーフタイムの時点で十三点負けていた。ゲリーはカンカンでね。みんなロッカールームの奥《おく》にある彼《かれ》の部屋に集められた。ゲリーはアシスタントのデイヴ・ディッカーソンを見て言った。『そのざまはなんだ、汗《あせ》すらかいていないじゃないか！　われわれが負けていようと気にもかけないというわけか！　どうすれば汗もかかずにいられるんだ？』。その日から、デイヴはジャケットの下に厚いベストを着るようになった。しっかり汗をかけるようにね」

みんな大笑いし、ハーンは話を続けた。ほんとうなら、こんな内部情報を聞けて天にも昇《のぼ》る心地だっただろう。けれど、今はどうしても腕時計《うでどけい》に目がいってしまう。今、チップ・グレイバーはどこにいるだろう。スーザン・キャロルはなにをしてるだろう。その夜よかったことといえば、スティービーも父さんもおそくに疲《つか》れ切《き》ってホテルにもどり、すぐに寝《ね》てしまったことだけだった。

翌朝《よくあさ》六時に目をさますと、スティービーは横になったまま壁《かべ》の時計を見つめた。父さんにはレストランからの帰りのタクシーのなかで、朝から二つばかりラジオ番組のインタビューを受けにコーチたちの泊《と》まるホテルに行くと言っておいた。その時の父さんの誇《ほこ》らしげで興奮《こうふん》した様子に、スティービーは嘘《うそ》をついたことがうしろめたく思えてきたほどだった。すると、父さんがスティービーを意味ありげに見ながら言った。

「ということは、スーザン・キャロルとうまくやっているということかな？」

「うん、もちろん」スティービーは答えた。「っていうか、いい子だよ。少なくとも、バスケのことはなんでも知ってるし」

「バスケットボールの第一人者が、ずいぶん譲歩《じょうほ》したもんだな」父さんが言った。

「やめてよ、パパ。ぼくは第一人者なんかじゃない。ただ好きなだけだよ」

「だが、スーザン・キャロルもそこそこ知っていると認《みと》めるんだろ？」

「っていうか、半端《はんぱ》じゃないよ」

うす暗いタクシーのなかでも、父さんが笑《え》みを浮《う》かべたのがわかった。

「ワォ。バスケットボールに精通している女の子か。しかも、かわいい」

「パパ……」

「わかった、わかった」

その会話を思い出すだけで、スティービーは顔が赤らむのがわかった。きっと、一年後には、もう少し背《せ》が高くなるさ……。スティービーはそんな思いを頭から追いはらった。スーザン・キャロルとともにホテルにもぐりこんでから、どうやってチップを見つけ出すかを考えておかないと。

　スティービーはシャワーを浴び、七時になるのを待ちかねてから父さんを起こし、七時半には朝食におりていきたいと告げた。レストランのテラスに出て行った二人は、すぐにアンダーソン親子を見つけた。

「どうやらわれわれは、スターを育ててきたようだね、ビル」トーマス親子をテーブルに招きながら、アンダーソン牧師が言った。

「ええ。どんな気分です?」テーブルに歩みよりながら、スティービーの父さんは言った。

　二人の父親は握手《あくしゅ》をかわし、スティービーはさりげない様子をよそおいながら、スーザン・キャロルにおはようとあいさつした。スティービーと父さんが席につくと、スーザン・キャロルも同じような態度で、おざなりにおはようと言った。きのうよりもカジュアルな服装《ふくそう》で、「ゴールズボロ・バスケットボール」とロゴの入った灰色《はいいろ》のTシャツにジーンズといういでたちだ。スティービーもジーンズだったが、そのせいで父さんから、スターのデビューにはもう少しきちっとした服装の方がいいんじゃないかと言われてしまった。

「でも、パパ、ラジオなんだよ」スティービーは言った。

「わかってるよ」父さんは答えた。「だが、インタビュアーにいい印象をあたえた方がいいんじゃないか?」

母さんがここにいたら、まちがいなくはげしい言い合いになっただろう。でも、父さんはあまりこだわらなかった。スティービーは、スーザン・キャロルが同じようなことを考えていることにホッとした。できるだけさりげなく、印象に残らない方がいい。

「おたくのスターも、うちのと同じくブルージーンズが好きなようで」アンダーソン牧師が言った。

スティービーとスーザン・キャロルは思わず笑《え》みをかわした。アンダーソン親子の部屋でも、今朝、自分たちと同じような服装の話題が出たことはまちがいない。

朝食の席での父親たちの会話は、昨夜《さくや》のディナーのメニューと、今夜の試合の座席のことだった。アンダーソン牧師は、教会の信者がデューク大のシーズンチケットを持っているため、デューク大の区画に席を取ってくれたという。

「わたしが自分で取った席より、よほどいい席だろうな」ビル・トーマスは言った。「それでもなかに入れただけましか」

八時十五分には、スティービーは行動を開始するつもりだった。スーザン・キャロルは、スティービーの心を読んだかのように言った。「お父さん、あたしたちそろそろ行くわ」

「最初のインタビューは九時と言ってなかったか？」アンダーソン牧師は言った。

「そうよ。でも、ちょっと前についた方がいいかと思って」

二人の父親が疑《うたが》いを抱《いだ》いていたとしても、そのそぶりは見せなかった。というより、疑いを抱く理由などなかったのだが。ラジオ番組の話はよくできていた。スティービーの父さんは、以前ヒルトンに泊《と》まった際、ラジオの公開番組を見たことがあったため、ホテルでのラジオ番組収録が嘘《うそ》ではないことを知っていた。

スティービーとスーザン・キャロルは立ち上がった。

「ちょっと待った——ホテルにはどうやって行くつもりだ？　それと、いつもどる？」スティービーの父さんが聞いた。

いい質問だ。任務を完了《かんりょう》する（あるいは失敗する）のに、どれぐらいかかるのかはわかるはずもない。

うまく切りぬけたのは、いつもながらスーザン・キャロルだった。「ここからヒルトンまでシャトルバスが出てるからだいじょうぶ。そしたら、お昼ごろ、ここで落ち合うっていうのはどう？　正午ぐらいに」

「わかった」アンダーソン牧師は言った。「だが、わたしは二時には教会に行かなくてはならないからな」

「了解」スーザン・キャロルは父親にキスをして言った。「おくれるようだったら、電話する」

そして二人は、ロビーへとおりるエスカレーターに向かった。

「土曜日なのに、教会？」おりながら、スティービーはきいた。

「まあね。父さんは二年前に、スポーツ好きのために、土曜聖書《せいしょ》研究会を始めたの。そしたら、どうも全国的に広まっちゃったみたいで、ここにいる間にニューオーリンズの会に行くんだって」

スティービーは、冗談《じょうだん》かと思ってスーザン・キャロルの顔を見たが、ふざけているようには見えなかった。

二人はロビーを横切っていったが、どう見てもスーザン・キャロルが先導する格好《かっこう》だった。

「どこに向かってるかわかってるの？」話題を変えた方がいいと判断して、スティービーは言った。

「うん」スーザン・キャロルは答えた。「ゆうべもどった時に、場所を聞いておいた。マリオットホテルは、キャナル通りとシャルトル通りの交差点よ。歩くとけっこうあるけど、ヒルトンホテルまでシャトルバスが出てるから、そこからなら四ブロックで行ける」

スティービーにも異存《いぞん》はなかった。早く朝にならないかと思っていたくせに、もうすでにホテルについてからのことがこわくなっていた。どうやってチップ・グレイバーを見つけよう？逮捕《たいほ》されるようなことになったらどうしよう？　そうなったら、アンダーソン牧師に土曜聖書研究会の説教の話題を提供《ていきょう》することになるかもしれない。

シャトルバスに乗りこむと、スティービーはスーザン・キャロルに計画のことをたずねた。

「ついてみないとわかんないわ。たぶん、チームが宿泊《しゅくはく》している階に行くのは無理だと思う——でも、チームの関係者だと証明できれば」

「どうやって証明する？」スティービーはきいた。

「わかるわけないでしょ。だから、まず場所を確認《かくにん》して、それから計画を立てようと思ったんでしょ」

なにかいい計画があればよかったのだが、残念ながらスティービーも思いつかなかった。ロビーから部屋へ直通電話をかけて、「チップ、ホテルについたんだけど、部屋は何号室？」ときくようなわけにはいかない。宅配サービスのふりをするには若《わか》すぎるし、ルームサービスや室内清掃《せいそう》係でも同じだ。それに、うっかり吸盤《きゅうばん》を忘《わす》れてきたから、ホテルの壁《かべ》をはい上ることもできない……。スーザン・キャロルの言うとおりだ。まずは自分たちがなにに直面しているかを見きわめてから、対策《たいさく》を考えるしかない。

二人はヒルトンホテルでシャトルバスをおり、歩き始めた。通りは、昨夜《さくや》スティービーと父さんがタクシーでホテルにもどる時に見たほどではなかったが、それでも人通りは多かった。通りの角ごとに屋台が出て、〝NCAA公式グッズ〟を売っている。スティービーは新聞で、NCAAとニューオーリンズ市の取り決めにより、非公式グッズを販売《はんばい》したものは逮捕《たいほ》されるという記事を読んだことを思い出した。通りすがりに公式グッズの屋台に目をやると、Tシャツは二十五ドルもしていた。どうりでNCAAが自分たちのグッズだけを買わせたがるわけだ。

マリオットホテルに近づくにつれて、スティービーの心臓《しんぞう》の鼓動《こどう》は少しずつ速くなっていった。あたりには人々があふれ返り、サングラスをかけ、耳にイヤホンを入れたいかつい男たちの姿《すがた》もちらほら目についた。保安係だ。

「ホテルの宿泊客のふりをして歩き続けて」エントランスに近づくと、スーザン・キャロルが小声で言った。スティービーは保安係をじろじろ見ないようにした。けれど、どうやらその男たちは人の足を止めるわけではなく、ただだまって人ごみをながめているだけのようだった。スティービーとスーザン・キャロルは、だれからも言葉をかけられることなくエントランスを通りぬけた。とにかくホテルには入った。

ロビーはごった返していた。ほとんどの人が、紫《むらさき》と白で身をかためている。このホテルには、MSUの選手たちだけではなく、そのファンたちも泊《と》まっているようだ。

「だからデューク大は割《わ》りあてのホテルには泊まらないって、コーチ・Kが言ってたのね」スーザン・キャロルはロビー全体を指し示して言った。「選手たちが外に出るたびに、これだけのファンの間をかき分けていかなきゃならないいんじゃゃね」

スティービーには、それがなにを意味するのかわかった。「まずいな。ってことは、選手たちはめったにロビーに出てこないかもしれない」

「たぶんね。でも、かえってそれが役に立つかも」スーザン・キャロルは言った。「ここがどんな感じか見てみよ」

スティービーがどういうことかきき返す前に、スーザン・キャロルはロビーを歩きだした。フロントはエントランスの右の方にあったが、そこへ行ってもしかたがない。フロントの数歩向こうにエレベーターホールが見える。

「だれかに止められないかぎり、歩き続けて」スーザン・キャロルが言った。

足を止めたのは、エレベーターホールだった。そこには保安係がもう二人と、「宿泊客専用《しゅくはくきゃくせんよう》。ルームキーをご携帯《けいたい》ください」という大きな案内板が立っていた。

スーザン・キャロルはためらうことなく保安係に近づいていった。「おはよう」できるかぎりさりげなく言うと、スーザン・キャロルはもう何度もここを通ったことがあるというような顔で、保安係に手をふった。

「お嬢《じょう》さん、ルームキーを見せてもらえますか」保安係の一人が言いながら、スーザン・キャロルとエレベーターの間にさっと立ちふさがった。

スーザン・キャロルは、とんでもないことをしでかしたとでもいうように、口を手でおおった。「あら、どうーしましょ」急に南部なまりになって、スーザン・キャロルは言った。なんともまのびした「どうしましょ」だ。「スティーヴン、ルームキーを持ってきた？　あたし、すうっかり忘《わす》れてた」

スティービーは一瞬《いっしゅん》キョトンとしてから、自分の役どころに気づいた。「お姉ちゃんが持ってるかと思った」

スーザン・キャロルは訴《うった》えかけるように目を大きく見開いて、保安係を見つめた。「すみません。弟もあたしもキーを持ってくるの忘れちゃって。ほんとにどうしようもないんだから。次からは、ちゃんと持ってきますから」

つかの間スティービーは、目を見開いた南部少女の魅力《みりょく》が効果をあらわすかと思った。ところが、保安係は言った。「それはお気の毒です。しかし、ルームキーを持っていない者を通すわけにはいかんのです。フロントで部屋番号を言って、身分を証明するものを見せれば……」

「あたし、身分証明なんて持ってないわ！」スーザン・キャロルは迫真《はくしん》の叫《さけ》び声《ごえ》をあげた。スティービーは、泣きだすのではないかと思った。

「だったら部屋に電話して、だれかに来てもらうとか……」

「パパは部屋にいません。ジョギングに行っちゃって。たっぷり走ってくるって。だから、いつもどるかわからないんです」

「そういうことなら、支配人に話せばなんとかしてくれるでしょう」保安係はにっこり笑いながら言った。「それに、ここを通しても、部屋にだれもいない上に、ルームキーを持っていないなら、部屋には入れないんじゃないかな？」

すばらしい。スティービーは思った。初めて常識をわきまえた保安係に出会ったぞ。スーザン・キャロルはほんとうに目に涙《なみだ》をためていた。

「申しわけありません」保安係は言った。「支配人ならなんとかしてくれるはずです。それとも、父上がもどるまでロビーで待つとか」

スーザン・キャロルは、なにかいい手はないのというようにスティービーを見たが、なにもなかった。「わかった。ありがとう」スーザン・キャロルはため息をついて言った。

「どういたしまして。元気を出して」

二人はその場を離《はな》れた。

「惜《お》しかった」スティービーは言った。

「うまくいくと思ったんだけどな」スーザン・キャロルはけろっとした顔で言った。

「がっかりすることないよ」スティービーは言った。「もしうまくいったとしても、何階かわからないんだから」

「最上階か、その下あたりじゃないかな」

いかにもありそうだ。どうして気づかなかったんだろう。

「しかたない、このへんでほかにわかることがないか見てみよ。どのみちかんたんにいくとは思ってなかったし」スーザン・キャロルは言った。

二人はロビーを見てまわった。フロントの正面には大きなラウンジバーがあり、人々があちこちにおかれたテレビでESPNを見ている。画面内では、ヴァイタル、ファウラー、フェルプスがなにかのセットのなかにすわり、当然のようにヴァイタルが話していた。話の内容までは聞きとれなかったが、ヴァイタルはさかんに両手をふりまわし、フェルプスとファウラーがおもしろそうにながめている。ラウンジバーのとなりには、ここにもNCAA公式グッズの販《はん》売《ばい》ブースがあった。この時は、帽子《ぼうし》の値段《ねだん》に目がいった──二十二ドルだ。

二人は歩き続けた。ロビーの左奥《ひだりおく》にはわきの入り口があり、二人がその前を通ったためにガラス扉《とびら》が開いて、車が次々に横づけされるのが見えた。ロビーの奥にはレストランもあり、朝食を待つ人々の列ができていた。

「なにか思いついた？」スティービーはきいた。

「まだ」スーザン・キャロルは言って、ロビーの向こうを指さした。

「あそこにエスカレーターがある。上に行ってみよ。会議室かなにかがあって、ひょっとしたら、なんてことがあるかも」

今までのつきぐあいからして、試してみる価値《かち》はありそうだ。二人は人ごみをかき分け、スターバックスの前の列をぬけて、エスカレーターに乗った。中二階は比較的静《ひかくてきしず》かだった。スーザン・キャロルの言ったとおり、いくつか会議室がならんでいたが、どれも無人のようだった。二人は、ひょっとしたら「ミネソタ州立大パープルタイド様」という表示がないかと見てまわったが、残念ながらなかった。

「打つ手がなくなってきたな」スティービーは言った。

「まだあきらめない」スーザン・キャロルは言った。

二人は別のエレベーターホールの前を通りすぎた。もちろん、ここにも保安係がいて、ルームキーが必要という案内板が立っていた。

「もう一度やってみる？　今度はうまくいくかも」スティービーは言った。

スーザン・キャロルは首をふった。「それは最後の手段《しゅだん》。子ども二人が忍《しの》びこもうとしてるって、ホテルじゅうに知れわたったらまずいでしょ。それこそ一巻《いっかん》の終わりよ」

角をまわりこむと、壁《かべ》に大きな横断幕《おうだんまく》がかかっていた。「ミネソタ州立大パープルタイド・ラジオネットワーク・アンカー局」と書かれている。その前にはマイクや放送機材の乗った長テーブルがおかれ、男が機材をあれこれいじっている。今のところ、ほかに行くあてのないスティービーとスーザン・キャロルは、ぶらぶらとテーブルの方に歩いていった。

スティービーは、男になんと言おうか、というよりなにか話した方がいいのかすらわからなかった。一応、ＭＳＵに関係がなくはなかったが。ところがスーザン・キャロルは、いつもながらちゃんと言うべきことがわかっていた。

「あなたはミネソタ州立大の放送局の人ですか？」またしても、少し息を切らしたような声で、スーザン・キャロルはきいた。

男は顔を上げて、にっこり笑った。「いや、ぼくはネットワーク技術者だよ」

その機会をスーザン・キャロルはのがさなかった。「へえ、技術者なんだ。かっこいい。今日は、ここから放送するんですか？」

男は腕時計《うでどけい》を見た。「あと一時間のうちに、こいつの準備が整えばね」

「選手に会うことなんてありますか？」スーザン・キャロルはきいた。

男は、知りたがりのかわいい女の子に、もう一度やさしく笑いかけた。「みんな知ってるよ。ぼくたちはチームといっしょに移動《いどう》してるし、試合の前後に選手やコーチにインタビューもするんだ」

スーザン・キャロルは、まるで大統領かローマ教皇《きょうこう》にでも会ったかのような顔をした。「すっごーい。今朝はだれか来るのかなあ？」

男は笑った。「いや、今朝はなしだ。今夜は大事な試合だからね。アシスタントには話を聞くつもりだが、いつになるかはわからない。それと、記者も二人ばかり来ることになっている。

だが、今日は選手は来ない」男は、ひどく悲しそうな顔をしているスーザン・キャロルに目をやった。「君は、チップ・グレイバーに会いたいんだろ？」

「会えたら、もうサイコーです！」そう答えたスーザン・キャロルは、いつの間にか南部なまりをやめていた。「あたし、パープルタイドの大ファンなんです。スーザン・キャロルっています。スーザン・キャロル・アンダーソン」スーザンは手を差し出した。

男はその手をにぎって言った。「スーザン・キャロルか。よろしく。ぼくはジェリー・ヴェンチュラ。といっても、前知事（元ミネソタ州知事ジェシー・ヴェンチュラのこと）とは親戚《しんせき》でもなんでもないよ」

それからヴェンチュラは、スティービーとも握手《あくしゅ》をした。「で、君は？」

「スティービーです」ここでようやく、話に加わることができた。

「君たちはどこから来たのかな？」ヴェンチュラはきいた。

「今はダルースに住んでます」スーザン・キャロルは答えた。「まだ二、三年ですけど。その前は、ノースカロライナに住んでました」

「ちょっとなまりがあるかなって思ってた」ヴェンチュラは言った。

「スティービーはデュークのファンみたいですけど、あたしはずっとＭＳＵです」

「ぼくはちがうよ」スティービーは言い返したが、スーザン・キャロルは笑っただけだった。

「それで、ヴェンチュラさんは決勝はどうなると思いますか？　デューク大とＭＳＵ？」

「ああ、ぼくはそれに賭《か》けててね」

そんなふうにチームの勝算について話している間、スティービーはスーザン・キャロルのしゃべりの才能に感嘆《かんたん》していた。うまい表現が思いつかないが、スーザン・キャロルはスティービーにはおよびもつかない「大人っぽさ」をあたりに漂《ただよ》わせていた。それを裏《うら》づけるかのように、ジェリー・ヴェンチュラはスティービーに話をふってきた。「それで、スティービーはお姉さんと何歳離《さいはな》れてるんだ？」

今こそ演技の時だ。スティービーはためらうことなく言った。「三歳。ぼくは八学年です」

スーザン・キャロルが十一学年（日本で言うと高校二年生）だと言われても、ジェリーは驚《おどろ》いたそぶりは見せなかった。

「あの、ヴェンチュラさん、放送関係の人たちって、どこのホテルに泊《と》まってるんですか？」

三歳離れているというスティービーのコメントに言い返す間をあたえずに、スーザン・キャロルはきいた。

「ああ、ここだよ。それと、ジェリーでいいから。まだそんな年じゃないから」

スティービーには、スーザン・キャロルの作戦がだんだん読めてきた。今やスーザン・キャロルは、サングラスが必要なほどまぶしい笑《え》みを浮《う》かべている。「ほんとに選手たちといっしょに、ここに泊まってるんですか？　それってほんとにすごい！　選手たちとおんなじ階なんですか？」

「いや、同じ階ではない」ジェリーは言った。「選手とコーチは最上階だ——四十階と四十一階。ぼくたちはコンシェルジュフロア、十六階だ。すごく快適な部屋だよ」

「ああ、聞いたことあります」スーザン・キャロルは言った。「飲み物やなんかの用意されたすてきなラウンジがあるんでしょ？」

「うん、そうだよ。朝食も豪華《ごうか》だよ」

「そんなこと聞いたら、のどがかわいてきちゃった。スティービー、もう一度レストランに行ってみよ。さっきはすごい行列で、ほんと信じられないぐらい」

ジェリーはスーザン・キャロルに笑いかけた。「飲み物だけでいいなら、コンシェルジュラウンジに行って、なにかかたのめばいい」

「え、いいんですか？」スーザン・キャロルの口調は、まるで金塊貯蔵所《きんかいちょぞうしょ》のあるフォートノックス基地への鍵《かぎ》をもらったかのようだった。

ジェリーはポケットからルームキーを引っぱり出した。「ほら、ぼくの鍵を貸してやる。フロアに上がるのに必要だから。エレベーターのなかに差しこみ口があるから、そこに鍵を入れて、十六階をおすんだ」

スティービーは、スーザン・キャロルに心から感嘆《かんたん》していた。よし、さっさとルームキーを受けとって、ずらかろうぜ。ところが、スーザン・キャロルの話はまだ終わっていなかった。ジェリーからルームキーを受けとりながら、こうきいた。「上でだれかに部屋番号をきかれたら……」

「うん、そうだな」ジェリーは言った。「時々、そういうことがある。一六〇七だ」

「ありがとう。大急ぎでもどります」

「まあ、ごゆっくり。あと四十五分は動かないから」

スティービーは、スーザン・キャロルがここまでするとは信じられなかった。これで保安係にジェリーのルームキーを見せて、まっすぐに最上階をめざせる。もちろん、まだチップ・グレイバーの部屋がどこなのかを見つけなくてはならなかったが。

二人は新しい友だちに手をふって、エレベーターホールに向かった。保安係のわきを通りすぎながら、スーザン・キャロルはルームキーを見せて言った。「この子もいっしょです」スティービーがあやしまれないようにだ。ルームキーは魔法《まほう》のように効《き》いた。保安係はうなずいて、左右に退《しりぞ》いた。

「さて、次は……」スーザン・キャロルがボタンをおすと、スティービーが言いかけた。

「シーッ。あとで教えるから」

紫《むらさき》と白に身を包んだ人々を満載《まんさい》して、エレベーターが上がってきた。なかに乗りこむと、スーザン・キャロルはジェリーのルームキーを差しこみ口におしこみ、十六階をおした。

「あれ、ジェリーは最上階って……」

「シーッ」もう一度スーザン・キャロルにさえぎられて、スティービーはほんとうに弟になったような気がし始めた。十六階につくまでに、エレベーターは四回止まった。スティービーには、止まるたびに十分もかかるように思えた。ようやく十六階につくと、スーザン・キャロルはスティービーをおし出した。

「どこへ行くんだ？」ホールに出て自分たちだけになると、スティービーは問いただした。

「まず、ラウンジに行ってソーダをたのむ。下におりて、ジェリーに見せられるようにね。それから、ジェリーの部屋に行く」

「ジェリーの部屋に？　どうして？」

「あたしの父さん、カロライナ・パンサーズで何年か施設《しせつ》つき牧師をやってたの」

「フットボールチームの？」

「そう。年に二回、チームといっしょに遠征《えんせい》に出ていたんだけど、一度あたしも連れていってくれたの。その時、ここのMSUの電話みたいに、選手たちの部屋の電話もブロックされてたから、お父さん、部屋割《わ》り表を持ってたの」

「それで、彼《かれ》も部屋割り表を持ってると」

スーザン・キャロルはルームキーをふって言った。

「それをこれからたしかめるの」

9　チップ・グレイバー捜索《そうさく》

二人はコンシェルジュフロアのラウンジに長居《ながい》はしなかった。デスクにすわる女性にうなずき（部屋番号はきかれなかったし、二人に興味もまるで示さなかった）、ソーダを二つ取って一六〇七号室に向かった。

あたりに人けがないのをたしかめて、スーザン・キャロルはルームキーをドアの差しこみ口に入れた。緑のライトがつき、二人はドアをおし開いた。

「だれかいますか？」

スーザン・キャロルは呼《よ》びかけてみたが、返事はなかった。二人が足をふみ入れると、なかにはダブルベッドが二つあった。一つはきちんと整えられ、もう一つは使われていた。

「今急に、だれかと相部屋かもしれないって気がしてきた」スーザン・キャロルは言った。

「返事があったら、どうするつもりだった？」スティービーはきいた。

スーザン・キャロルは笑った。「考えてなかった。さっさと調べて、早く出よ。下で別のルームキーを手に入れて、これをジェリーに返さなくちゃ」

「別のキー？」

「これは返さなくちゃならないでしょ？　この事件がどれぐらいかかるかわからないし、もう一度もどって来なきゃならなくなった時のために、自分たちのキーが必要になるってわけ」

「あのさ、君のおかげで、ぼくは心配しっぱなしなんだけど。嘘《うそ》をつき、人の部屋に侵入《しんにゅう》した上に、勝手に家さがしをして……」

「侵入なんかしてない……ただ入っただけ。よけいなこと言わないで、調べよ」

二人は作業に取りかかった。スーザン・キャロルはベッドサイドテーブルのわきにすわり、スティービーはデスクのすみにソーダをおいて、紙の束を調べ始めた。なかには統計表や、ミネソタ州立大やセント・ジョセフ大のメディアガイドにまじって、ノートが一冊《さつ》とルームサービスのメニューがあった。そのメニューの下に、ひとまとめにされた書類のなかに「ＭＳＵファイナルフォー旅程表」と題された書類があった。スティービーが手早く目を通すと、パープルタイドは火曜の朝、地元で開かれる「全米選手権優勝《ゆうしょう》祝賀会　正午　ヘブンリー・コーヒー農場会館」という催《もよお》しに間に合うようにもどることになっていた。そういえば、年間三百万ドルの寄付をする代わりに、会館に自社名を入れてほしいというコーヒー会社の申し出により、ＭＳＵの初代校長Ｃ・Ｗ・ウィテカーの名前がはずされたと聞いて、多くのＭＳＵ同窓生《どうそうせい》が驚《おどろ》きあわてたという記事を読んだことがある。

スティービーが計画ずみの優勝《ゆうしょう》祝賀会にフンと鼻を鳴らして次の書類に取りかかった時、ドアがノックされた。ジェリーのはずがない。スーザン・キャロルが、しゃべるなというようにロに人さし指をあてた。ドアがもう一度ノックされた。「行け、行っちまえ」スティービーはおし殺した声でささやいた。

ルームキーが差しこまれる音が聞こえた。スティービーはパニックを起こしそうになった。どうしよう？　かくれるか？　でも、どこへ？　スティービーは書類を床《ゆか》に落としながら、ベッドの陰《かげ》に飛びこんだ。その時、部屋の外で声がした。「清掃《せいそう》です」

スーザン・キャロルはドアに駆《か》けつけ、顔をのぞかせたルームメイドに向かって言った。

「すみません、ノックが聞こえなくて。二、三分で出ますから」

スティービーにはルームメイドの顔は見えなかったが、声は聞こえた。「あら、すみません。またあとで来ます」

ルームメイドがドアを閉《し》めると、スーザン・キャロルは鍵《かぎ》をかけた。スティービーはベッドにすわりこんだ。体じゅうから汗《あせ》がどっとふき出した。「あぶなかった」

スーザン・キャロルもとなりに腰《こし》をおろした。その顔からは血のけが引いていた。「そうね」

と言いながら、スーザン・キャロルはスティービーの手に自分の手を重ねた。スティービーはホッとすると同時に、よけいに汗《あせ》がふき出すのがわかった。「早く見つけて、ここから出よ」

二人は、スティービーが床《ゆか》に落とした書類を拾い集め始めた。すると、「部屋割《わ》り表　ミネソタ州立大パープルタイド　四月一日〜五日」という書類が見つかった。

「あった！」スティービーは書類を上から指でなぞり、Gのところで止めた。「これだ。グレイバー、アラン・ジュニア　四一〇一号室」

「やっぱり最上階ね。当然だけど。だれと相部屋か見て」スーザン・キャロルは言った。

スティービーは続けて表をなぞっていった。ほかには四一〇一号室はなかった。念のために、もう一度見てみる。その時、なにかが目を引いた。トム・リチャーズ、四年生が四一〇三号室だ。ほかに同じ部屋はいない。別の二人の四年生、マーリン・ベネットとタム・アベイトを調べてみると、やっぱりシングルルームだった。

「四年生はみんなシングルだ」スティービーは言った。「それも、全員廊下《ろうか》の奥《おく》だ」

スーザン・キャロルはうなずいた。「オーケー、ルームメイドがもどってくる前にここから出よ」

スティービーは急いで、デスクの上をできるだけ最初の状態にもどそうとした。部屋割り表がどこにあったのかわからなかったが、たしか下の方だったはずだと思って、そのあたりにもどした。

「ソーダを忘《わす》れないで」スーザン・キャロルが言った。それから二人はドアから顔だけ出して、人影《ひとかげ》がないことをたしかめ、廊下《ろうか》に出た。

「次はどうする？」スティービーはきいた。

「まず、ルームキーをコピーする。それから、これをジェリーに返して、チップを見つける」

「だったら、ジェリーにラジオ放送を聞かない理由を話さないと」

「わかってる。おりるまでに考えるから」

二人は、何度か止まってMSUファンを乗せながら、エレベーターで一階までおりた。スティービーは、紫《むらさき》と白の人々が、映画《えいが》「スタートレック」に出てくるトリブルズと呼《よ》ばれる毛むくじゃらな小動物のように思えてきた。トリブルズは数分ごとに増殖《ぞうしょく》していき、しまいにはエンタープライズ号を乗っ取ってしまう。とにかく、どこにでもいるのだ。

ようやくロビーにもどると、驚《おどろ》いたことにフロントのあたりは静かだった。スーザン・キャロルは次の獲物《えもの》に、ちょびひげを生やした中年のフロント係を選んだ。

「どんなご用でしょう、お嬢《じょう》さん？」二人が近づいていくと、男は言った。

「ええ、ちょっと」スーザン・キャロルは答えた。「あたしたち、一六〇七号室に泊《と》まってるんですけど、ルームキーがきかないんです」

「それは、申しわけありません」フロント係はスーザン・キャロルが差し出したルームキーを受けとり、カウンターの上をすべらせて、下にあるゴミ箱らしきもののなかに落とした。それを見て、スティービーは不安になった。新しいルームキーをくれなかったらどうしよう？

「お名前をよろしいですか？」フロント係はたずねた。

「ヴェンチュラ。父の名前はジェリーです」スーザンは身を乗り出して、名札に「ヴィンセント・デフリースト　ブルックリン、ニューヨーク」と書かれたフロント係以外には聞かれたくないとでもいうようにささやいた。「あたしたち、ミネソタ州立大のチームに同行してるんですけど、たしかほかの宿泊客《しゅくはくきゃく》とは別のあつかいなんですよね」

「ええ、さようでございます。少々お待ちください」

デフリースト氏は言うと、穿孔機《せんこうき》のボタンをいくつかおし、新しいカードキーを取り出してスーザン・キャロルにわたした。スティービーの心臓《しんぞう》がまた高鳴った。

「ほかには、ヴェンチュラ様？」デフリースト氏はきいた。

「父の分もいるんじゃありません？」

「ええ、もちろん。コードを変えましたから。失礼いたしました」

デフリースト氏はもう一度穿孔機のボタンをおし、カードキーをもう一枚《まい》取り出した。

「どうもありがとうございます」スーザン・キャロルは、とびきりの南部式の作法で礼を言った。

スティービーには、デフリースト氏がわずかに顔を赤らめたように思えた。「どういたしまして」デフリースト氏は答えた。

二人はエスカレーターにとって返した。スティービーは、ジェリーへの言いわけを思いついた。

「ジェリーには、たまたま父さんと会って、聖書《せいしょ》研究会に誘《さそ》われたって言おう」

スーザン・キャロルは、本気なの？　という顔でスティービーを見た。

スティービーは本気だった。「ジェリーは、そういうことはあれこれ詮索《せんさく》しないはずだ」

「たしかに」スーザン・キャロルは答えた。

スティービーとスーザン・キャロルが放送席にもどると、二人の進行役はヘッドセットをつけていた。スーザン・キャロルはジェリーにカードキーをわたし、ソーダを見せた。

「ありがとう、ジェリー。長蛇《ちょうだ》の列で待たされなくてすみました」

ジェリーはにっこり笑って、二人の進行役を指し示し、一人の肩《かた》をたたいた。肩をたたかれた男は、めんどくさそうに顔を上げた。ところが、目の前に立つスーザン・キャロルを見ると、男は笑顔になり、ヘッドセットをはずした。

「マイク、この娘《こ》が、あ、いや、この二人がさっき話した子どもたちだ」

マイクと呼《よ》ばれた男は、スーザン・キャロルに向かって手を差し出した。「マイク・ロンバルド、パープルタイドの声だ。お初に、お嬢《じょう》さん」マイクは、同じくヘッドセットをはずしたもう一人の進行役の方を向いた。「こっちはスポーツ解説者のトレイ・ウッズだ」

スティービーはその名前に聞き覚えがあった。トレイ・ウッズは八十年代にミネソタ州立大でプレーしていた。それを知っているのは、シーズンの初めに、チップ・グレイバーがウッズの最多得点記録を更新《こうしん》したからだ。ウッズもスーザン・キャロルと握手《あくしゅ》をかわした。スーザン・キャロルは、透明《とうめい》人間になったような気がし始めていたスティービーの方を向いて言った。

「これは弟のスティーヴンです」

「お初に」スティービーが近づくと、マイク・ロンバルドは握手をしながら言った。トレイ・ウッズも大きな手を差し出したが、なにを言ったらいいかわからないようだった。

「ジェリーから、君たちがパープルタイドの大ファンだって聞いたよ」ロンバルドは言った。

「はい、そうです」スーザン・キャロルは答えた。「今夜の試合が待ち切れません」

スーザン・キャロルはまた笑顔作戦に出た。

「それはすばらしい。われわれの番組を見たいそうだが、あと十分ぐらいで……」

スーザン・キャロルは、なにかとんでもないことが起こったとでもいうように、おおげさに首をふった。「ほんとに見たかったんですけど、父に聖書研究会にいっしょに行くって約束してたの忘《わす》れてました」

「聖書研究会《せいしょけんきゅうかい》?」トレイ・ウッズが言った。「そりゃいい。いついかなる時でも、神をたたえよ」

マイク・ロンバルドの方は、その計画があまりおもしろくなさそうだった。「君たちは福音教会の信者かなにか?」

スティービーは、トレイ・ウッズがぶるっと身をふるわせたのに気づいた。

「そう言ってもいいかもしれません」スーザン・キャロルは答えた。「父は牧師なんです」

「ああ、なるほど」ロンバルドはちょっととまどったように言った。

「牧師か」トレイ・ウッズが言った。「ぼくも牧師だよ」

今度は、ロンバルドが身をふるわせた。

「ほんとですか?」スーザン・キャロルは言った。

「ああ、ほんとうだ。去年、ネットで職位を授けられたんだ。『正義を重んじるアスリート教会』の牧師だよ」ウッズはスーザン・キャロルの方に身を乗り出した。「いつか、いっしょにお祈《いの》りしよう」

スティービーは誘《さそ》われなかった。ハレルヤ、助かった。

「神をたたえよ」スーザン・キャロルは答えたが、その笑《え》みはかげり始めた。

「オンエアまで五分だ」ジェリー・ヴェンチュラが言った。なんとうれしい言葉だ。

スーザン・キャロルはおおげさにジェリーと握手《あくしゅ》をした。「ほんとうにありがとう、ジェリー。みなさんにお会いできてうれしかったです。今夜、かならずパープルタイドに勝利を勝ちとってくださいね」

「ベストをつくすよ」ロンバルドは言った。

「神をたたえよ」トレイ・ウッズは大きな両手でスーザン・キャロルの両手をにぎった。「また会えるといいね、お嬢《じょう》さん」

「そうですね」スーザン・キャロルはちょっとげんなりしたような顔で答えた。

スティービーは確信した。この男は正真正銘《しょうしんしょうめい》のいかれ野郎《やろう》だ。ネットで聖職位をさずけられなくても、やっぱりそう思っただろう。スティービーは、あいまいに手をふって、当然スーザン・キャロルもついてくるものと思いながら背《せ》を向けた。ところがスーザン・キャロルは、トレイ・ウッズの手からぬけ出すのに手間取っているようだった。「行くよ、スーザン・キャロル、父さんが待ってる」スティービーは助け船を出した。

ようやくその場を離《はな》れると、スーザン・キャロルは言った。「ありがと。あの人、気持ち悪かった」

二人は新しいカードキーで、もう一度保安係をすりぬけた。エレベーターに乗りこむと、スーザン・キャロルは四十一階をおした。またもやスティービーの心臓《しんぞう》の鼓動《こどう》が早くなった。

「準備オーケー？」上昇《じょうしょう》するエレベーターのなかで、スティービーはスーザン・キャロルにきいた。

「オーケー。でも、まだついたわけじゃない。保安係がいるかもしれない」

「それか、チップが部屋にいないか」

「それは問題ない」スーザンは魔法《まほう》の鍵《かぎ》を見せて言った。「またあとで来ればいい」

うれしいことに、エレベーターにはだれも乗ってこなかった。四十一階でドアが開くと、なおうれしいことに保安係の姿《すがた》はなかった。

「今のところ順調ね」スーザン・キャロルは言った。

エレベーターをおりてあたりを見まわす。だれもいない。二人は矢印にしたがって四一一五室から四一〇一号室の方に歩きだした。三分の二ほど来たところで、廊下《ろうか》は右に曲がっていた。スティービーは、グレイバーの部屋についたら、どんなふうに口火を切ろうかと考えていた。その時、声が聞こえた。「君たち、そこでストップだ。どこへ行くつもりだ？」

スティービーが顔を上げると、角を曲がったところにおかれた椅子《いす》に保安係が腰《こし》かけていた。立ち上がった保安係は少なくとも身長二メートルはあり、二人の行く手をさえぎっていた。その体のわきからのぞくと、四一〇一号室のドアが見えた。ほんの目と鼻の先なのに……。けれど、目の前に立ちふさがる巨人《きょじん》を見ると、はるか遠くに思えてくる。

いつもながら、スーザン・キャロルは実に落ちついていた。

「ああ、どうも。あたしたち、チップに会いに来たんです」

保安係は目をすっと細め、笑《え》み一つ浮《う》かべずにスーザン・キャロルを見おろした。「訪問客は立ち入り禁止だ。ここに入れるのは選手とコーチだけだ。エレベーターをおりたところで止められているはずだが、相棒《あいぼう》はどこに行っちまったんだ」保安係はポケットのトランシーバーに手をのばした。

「ちょっと待って、誤解《ごかい》しないで」理由はわからないが、急にだいたんになってスティービーは言った。「チップはぼくのいとこなんです。部屋は四一〇一。チームが試合に出発する前に会うことになってるんです。ぼくたちがここを通してもらえなかったら、チップはむかっ腹《ぱら》を立てると思いますよ」

スティービーは「むかっ腹」と言う時に、大人になったような気がした。保安係はスティービーに目を向けたが、スーザン・キャロルを見た時とはその表情はちがっていた。その目には疑《うたが》いの色があった。あるいは、角度のせいかもしれない。保安係の目は、スティービーよりもはるかに高い位置にあったから。

「で、そっちの彼女《かのじょ》は？」保安係はスーザン・キャロルを指さしてきいた。

スティービーがもごもごと答える前に、スーザン・キャロルは言った。「あたしはガールフレンドです」

巨人《きょじん》の保安係はスーザン・キャロルを見、次にスティービーを見た。「それにしちゃ、彼《かれ》はちょっと小さいようだが？」

スティービーが言い返そうとすると、スーザン・キャロルが落ちついてというようににらみつけた。

「チップと会う約束があるというんだな」保安係は言った。「だが、彼はなにも言っていなかったし、コーチからも訪問客は禁止と聞いている――特に女の子はな」

スティービーは落ちこんだ。チップ・グレイバーの部屋から五メートルのところまで来て、引き返さなければならないとは。

「なら、こうしよう」巨人は続けた。「とにかく、チップのドアをノックしてみる。君は部屋番号を知っていた。ということは、君がほんとうのことを言っている可能性もあるわけだ。それをたしかめよう。だが、これだけは言っておくぞ。嘘《うそ》だったら、警官を呼《よ》んで、君らを不法《ふほう》侵入《しんにゅう》で逮捕《たいほ》してもらうからな」

ホテル内で不法侵入で逮捕されるとは思わなかったが、宿泊客《しゅくはくきゃく》ではない以上、そういうこともあるかもしれない。少なくとも、非常に困《こま》ったことにはなるだろう。スティービーは、今のうちににげだした方がいいのではないかとも思った。そんなことをあれやこれや考えていると、スーザン・キャロルが言った。「それで、チップが証明してくれた時は、もちろんあやまってもらえるんですよね？」

なにを言ってるんだ？　チップが、ぼくたちの言うとおりだなんて認《みと》めるはずないだろう？

巨人とスーザン・キャロルはドアに向かって歩いていった。もうにげられない。スティービーは肩《かた》を精いっぱいいいからせて二人に追いついた。同時に、巨人が呼《よ》び鈴《りん》をおした。呼び鈴のついたホテルの客室なんて見たことがない――といっても、それほどホテルに泊《と》まったわけではないが。初めのうち、返事はなかった。巨人はグレイバーが部屋にいると確信しているようだったが、まちがいだったのかも。と、ドアに向かって近づいてくる足音が聞こえた。スティービーは、冷《ひ》や汗《あせ》でびっしょりな自分に気づいた。ところが、スーザン・キャロルに目をやっても、ビクビクしているようには見えなかった。その時ドアが開いて、チップ・グレイバーが立っていた。「ミネソタ州立大　ビッグ・テン・チャンピオン」とロゴの入った白いTシャツを着て、紫《むらさき》のスウェットパンツに靴下《くつした》をはいたグレイバーは、ひどくめいわくそうな顔で三人を見た。

「どうしたんだ？」グレイバーはスーザン・キャロル、スティービーの順にながめながら、保安係にきいた。

「この子どもたちが、あんたに会う約束があると言うんだ」巨人は言って、スティービーを指さした。「この子はあんたのいとこかね？」

グレイバーは口を開きかけたが、それより早くスティービーが割《わ》りこんだ。「おくれてごめん、チップ。言われたとおり、ホワイティング教授に難題《なんだい》をふっかけられたもんだから」

グレイバーの顔から、うんざりしためいわくそうな表情が消えた。スティービーを見つめる目には、代わってクエスチョンマークが浮《う》かんでいた。「ホワイティング？　ホワイティングに難題をふっかけられた？」

「そうなんだ」スティービーは言った。「きのうみたいにね。ほら、チップだって、あいつがどんなにひどいやつか、知ってるだろ……」

グレイバーは、完全に混乱《こんらん》していた。しばらくの間、なにも言わなかった。その一秒一秒が、スティービーには何時間にも思えた。

「マイク、すまない」やがて、グレイバーは言った。「いとこが来るって言っとくべきだった。ほんと、悪かったよ」

巨人《きょじん》マイクの表情が、いくらかやわらいだ。「チップ、君たちはここに人を呼《よ》んじゃいけないはずじゃ……」

「ああ、わかってるよ、マイク。でも、いいだろ、いとこだぜ。クリスマス以来会っていないんだ。だいじょうぶ、いいやつだから」グレイバーは軽くスティービーの肩《かた》をおした。「時々は癇《かん》にさわるけど、ちょっとの間なら来てもいいって言ったんだ」マイクはうなずいた。「オーケー。だが、長居《ながい》はさせるなよ。予定じゃ、正午には舞踏室《ぶとうしつ》で予行演習があるんだろ」

「わかってるよ、マイク。ありがとう」

明らかにとまどい、がっかりした様子で、マイクは背《せ》を向けて歩きだした。

「あやまらなくていいからね」スティービーは言ったが、マイクがなにか言う前にスーザン・キャロルが背中をドンとおして、部屋に入らせた。チップ・グレイバーがドアを開いたままにしていたため、スティービーは顔からつんのめりそうになった。

「男の子って、どうしてそうなの？」スーザン・キャロルは言った。「捨《す》てぜりふを残さなきゃ気がすまないんだから」

「あやまれって言ったのは、君だろ」スティービーは捨てぜりふを吐《は》いた。

チップ・グレイバーはドアを閉《し》め、二人をしげしげと見つめた。「さて、これはいったいどういうことなのか、ちゃんと説明してもらおうか」

二人はチップについて広々とした居間《いま》に入った。ニューオーリンズのダウンタウンが、スーパードームのはるか向こうまで見わたせる。テレビがついており、驚《おどろ》いたことにヴァイタルが両手をふりまわして話していた。いつ眠《ねむ》るんだろうと、スティービーは思った。

グレイバーはテレビを消して長椅子《ながいす》に腰《こし》をおろし、二人にはひじかけ椅子をすすめた。スーザン・キャロルがすわると、スティービーも腰をおろしたが、急にのどがかわいてきた。その時、缶入《かんい》りソーダを持ったままなのに気づいて驚《おどろ》いた。なんともわけのわからない、長い朝だった……。

「よし、きっかり二分やる。その間にどういうことか話せ。それによっては、マイクを呼《よ》んで、君たちが偽者《にせもの》だと話すからな。だから、さっさと話せ」グレイバーは言った。

「まずわかってほしいのは、あたしたちはあなたを助けたいってことです」スーザン・キャロルは話した。「次に知っておいてほしいのは、話を合わせてくれて感謝してるってことです。三番目は、もしもマイクを呼んだら、どうしてスティービーをいとこだと認《みと》めたのかを、あなたは説明しなくちゃならなくなるってことです」

それでグレイバーが動じたとしても、顔にはあらわれなかった。「わかった、わかった。じゃあ、まず、君たちがだれなのか教えてくれ。それから、どうやってここまで上ってきたのかも」

「ぼくはスティービー・トーマス。こっちはスーザン・キャロル・アンダーソンです」

「続けて」

「どうやって上ってきたかは、たいしておもしろくないから割愛《かつあい》します」スーザン・キャロルはかいつまんで話した。「あたしたち、全米バスケットボール記者協会主催《しゅさい》のコンテストで入賞したので、ニューオーリンズに招待《しょうたい》されたんです」

「記者？　子どもの記者か？　ちょい待ち、君たちは特ダネを拾いに来たのか？　試合当日に？　いや、冗談《じょうだん》だろ？」

スーザン・キャロルは身を乗り出した。「チップ、ほんとに偶然《ぐうぜん》なんだけど、あたしたち、きのうあなたとホワイティング教授が話してるの聞いちゃったんです。それで、なんとかして助けたいと思って」

「なんの話だ？」グレイバーが唐突《とうとつ》に言った。

スティービーが話を継《つ》いだ。「あなたは練習に来たところでした。あなたとホワイティング教授は、荷おろし場に入ってきて話し始めました。ぼくたち、そこにいたんです。それで、ホワイティング教授の話したこと、全部聞いちゃったんです」

チップ・グレイバーの顔から血のけが引いていった。口を開くまでにかなり間があったが、やがてグレイバーは言った。「いいか、なにを聞いたか知らないが、それは誤解《ごかい》だ。おれたち、ホワイティング教授とおれは、冗談を言い合っていただけだ。それが真相だよ」

スーザン・キャロルはやさしい声で言った。「チップ、あれは冗談なんかには聞こえなかったわ。ホワイティング教授は、あなたと、あなたのお父さんを脅迫《きょうはく》していた。あなたには助けが必要でしょ。っていうか、あたしたちにも助けが必要なの。あんな話を聞いてなにもしないなんてできない。だから、ここに来たの……」

チップが立ち上がった。スティービーは、マイクを呼《よ》びもどすのかと思った。すると、チップは言った。「まず最初に、君たちはどこまで知っているんだ？」

10 チップの話

スーザン・キャロルとスティービーは、自分たちの知っていることをグレイバーに話して聞かせた。グレイバーは口をはさむことなくじっと聞き入っていた。ただ、ホワイティング教授の声を聞いて判別するために、アリーナの保安係をうまくはぐらかしたことを話した時は別だった。

「それはいい考えだ」グレイバーは言った。

「スティービーの思いつきよ」スーザン・キャロルはあわてて言った。

それからグレイバーは、どうやって自分を見つけたのかを教えてくれといい、二人はそのいきさつも話した。「マイク・ロンバルドには気をつけろ。あいつは女たらしだからな」グレイバーは言った。

「あたしはトレイ・ウッズの方がこわかったけど」スーザン・キャロルは言った。

「彼《かれ》は無害だと思う。いかれてるけど、無害だ」グレイバーは長椅子《ながいす》にもたれた。「ここに来るまでに、いろいろあったんだな」

しばらくの間、グレイバーは窓《まど》の外をながめていた。スティービーはなにを見ているんだろうとそちらに目を向けたが、ただの景色《けしき》だった。二人が待っていると、やがてグレイバーは続けた。「君たちが心配して、いろいろやってくれたことには感謝する。だけど、君たちにできることはなにもない。たぶん、おれでもどうにもならないと思う」

「じゃあ、だまって決勝戦を捨《す》てちゃうわけ？」スーザン・キャロルが言った。

「そうは言ってない！」グレイバーの目がカッと燃え上がった。

「だったら手伝わせて。ぼくたちは子どもだけど、頭の使い方は知ってる」スティービーはスーザン・キャロルを指さした。「特に彼女《かのじょ》はね」

グレイバーはにっこり笑った。「それは疑《うたが》わないよ。でも、おれたちだけじゃ勝負にならないと思う。実を言えば、敵がだれなのかもはっきりとはわからないんだ」

「わかっていることを教えて」スーザン・キャロルは言った。「あたしたちは話したんだから、今度はあなたの番――それぐらいしてくれてもいいでしょ」

グレイバーは、また窓の外に目をやった。スティービーには、自分たちをどこまで信じていいか決めかねているのだとわかった。そういえば、ディック・ジェラルディが言っていた。

「時として、最高の質問とはなにもきかないことだ。沈黙《ちんもく》に質問を語らせるんだ。相手がその沈黙をうめようとするまでほうっておくんだ。それでたいていうまくいく」

どれぐらいの時間がたったのかわからないが、ようやくグレイバーは立ち上がって、バーカウンターに行った。そして椅子にすわると、両手をにぎりしめて前かがみになった。「よし、わかった。だけど、おれが知ってることを話しても、記事にはしないし、だれにも言わないと約束してくれ。君らの父親にもだ」

「父さんたちにはなにも話してない」スーザン・キャロルは言った。「それに、今は記事を書きたくても書けないわ。でも、約束する。あたしたちは、あなたがいいと言わないかぎり、だれにも話さないしなにも書かない」

「スティーヴンは？」グレイバーはきいた。

「え？」スティービーは、人の話したことは記録に残せというジェラルディの忠告《ちゅうこく》を思い出してためらった。しかし、今は新聞記事よりも差《さ》し迫《せま》ったことがある。スティービーは言った。

「もちろん、記録には残さないよ」

グレイバーは立ち上がってバーカウンターをまわりこみ、冷蔵庫《れいぞうこ》からコークを取り出した。

「君たちも飲むかい？」

二人は首をふった。

「よし、それじゃ最初から話すよ」グレイバーは話し始めた。「事の起こりは月曜日だ。おれたちは日曜の夜、地区予選からもどってきて、かなりおそい時間に祝勝会に出た。学校の歴史始まって以来初めてファイナルフォーに進出するというのは、大変なことなんだ。おれたちがついた時、会場には一万人ぐらいの人々がつめかけていたと思う」

「ヘブンリー・コーヒー農場会館?」スティービーはきいた。

グレイバーはニヤッと笑った。「ああ。最悪だろ? でも、コーヒーがただでいくらでも飲めるから、そう悪くもないじゃないか」

スーザン・キャロルはスティービーをにらんだ。その目は明らかに、口を閉《と》じて、グレイバーの気が変わる前に、全部話させろと言っていた。たしかに、そのとおりだろう。

「とにかく、おれが寝《ね》たのはかなりおそかった。四時ぐらいだろう。だから、昼前に起きるつもりはなかった」

「授業は?」スティービーは思わずきいた。すると、スーザン・キャロルは、「あんたバカ?」という顔でにらみつけた。

「おれは火曜から木曜まででしか授業がないんだ。留年せずに卒業するには心もとないってわかってたけど、バスケに集中できるように、この半年はひかえめにしてたんだ」

「ほかの四年生は卒業できるの?」

そういたのはスーザン・キャロルだった。スティービーはあれっと思った。

グレイバーは笑った。「こう言っておくよ。ほかの三人よりも、おれの方が近い」

「それじゃ、四人の中で、あなたが『体育学生』ってことね」スーザン・キャロルは言った。

グレイバーはまた笑った。「そう、それがおれさ。おれたち、記者会見であの男を追い出してやったよ。あいつ、どう見てもあんまりバスケットチームを見てきてないな」

スティービーにもようやくわかった。スーザン・キャロルは、そういう質問をして、グレイバーをリラックスさせようとしているのだ。

「で、おれは携帯《けいたい》の電源《でんげん》を切って寝た。家の電話はだれも知らないから……」

「両親と住んでるの？」スティービーは驚《おどろ》いてきいた。

「いやいや、ほかの二人とルームシェアしてるんだ。バスケの選手じゃない。大学からは一・六キロ、車で五分だ」

「車を持ってるの？」スーザン・キャロルがきいた。

グレイバーは笑って答えた。「カレッジバスケの選手は、みんな持ってるよ。おれのはちょっとちがうけど。コーチが買ってくれたんだ――といっても、違法《いほう》じゃないぞ。おれの父親だからね」

「それで、だれも番号を知らないと」スティービーは言った。もう少し話を早く進めた方がいいと思ったのだ。

「そう。両親と、ガールフレンドと、あと何人かのチームメイト以外はね。そういうこと。ところが、朝九時にベルが鳴った。だれかはわからなかった。番号を知ってるやつらは、おれと同じでおそくまで起きてたからね。受話器を取ったら、ホワイティング教授だった。問題が起きたから、今すぐ会わなくちゃならないと言うんだ。おれは、午後じゃまずいですかときいた。すると、だめだ、親父《おやじ》に関わることだと言う。それでおれが、三十分でシャワーを浴びて、なにか食べるからと言うと、教授はベーグルを持っていってやると言った」

スティービーは、グレイバーが必要のないことまで話していると感じたが、好きなようにさせた方がいいと思った。とにかく、話してくれているのだから。

「それで、教授はベーグルを持ってきた。おれはコーヒーをいれた。教授は、問題が起きたが、残念ながら自分の力ではどうにも解決しようがなく、不本意ながら君に伝えることにしたと言った。おれはビビッた。親父がたおれたかなにかしたと思ったんだ。だけど、考えてみたら、どうしてホワイティングがそれをおれに伝えるんだ？　チームには近かったが、親父とはそれほど親しいわけじゃない。というより、バスケのことなんか、なにも知らないんだ。倫理学《りんりがく》の教授だからね」

「おかしな話だね」スティービーは言った。

グレイバーもいぶかしげにスティービーを見てから、うなずいた。「ああ。まったくだ」

グレイバーは話を続けた。「おれがいったいなんの話だときくと、ようやくホワイティングは言った。『チップ、君の成績に問題がある』。おれはめんくらった。たしかに、おれは優秀《ゆうしゅう》な学生じゃなかった。でもおれは、ずっとプロでバスケがしたいと思ってきた。ほかの連中とちがって、みんなもその考えは、おれのひとりよがりじゃないって言ってくれた」

「そういえば、去年のドラフトにあなたの名前がのれば、目玉になっただろうって読んだことがある」スーザン・キャロルは言った。

グレイバーはうなずいた。「そのとおり。上から十番以内に入るだろうってね。でもおれは、親父のためにもう一年がんばろうと思った。じゅうぶんいけるってわかってたし。全国でも、四年生のスターティングメンバーが四人もいるチームはそう多くない。だから、おれはチームに残った。たしかに去年の春、成績に問題はあった。でも、全部解決している」

「問題って？」スーザン・キャロルはきいた。

グレイバーは首をふった。「一科目落第したんだ」

「それがそんなに大きな問題なの？」スティービーは驚《おどろ》いて言った。

「いや、それ自体はたいしたことじゃない。ただ、おれはそれまでにも二度ばかり仮及第《かりきゅうだい》あつかいになってるんだ。バカげてるよ。特に三月なんかは遠征《えんせい》で大学を離《はな》れることが多いから、いつも勉強がおくれがちでね、そんなことはしょっちゅうだ。二年の学年末には、NCAAの最低基準よりも二科目足りなくて、三年でプレーするためには、夏期講習に出なくちゃならなかった。もちろん、出たよ。でも、それは仮及第《かりきゅうだい》ってことだ。春にその科目を落とせば、また仮及第に逆もどりだ」

「それって、どういうこと？」

「つまり、秋期に一科目でも落とせば、プレーはできないってこと」

「それで、落としたの？」

「いや。だが、そのへんがよくわからないんだ。ホワイティングが言うには、『ある人物』がおれの成績表を持っていて、それによれば、去年の春期に二科目落としているという。おれがそんなことはあり得ないって言うと、ホワイティングはその成績表を実際に見せてくれた。だれかが大学のコンピューターに侵入《しんにゅう》して、おれの経済《けいざい》三〇〇の成績をCプラスからFに変えたにちがいない」

「そうすると、どうなるの？」スーザン・キャロルがきいた。

「秋期はプレーできないってこと――シーズン最初の十二ゲームだ」

「経済の教授のところに行って、コンピューターにミスがあったとか言ってもらえないの？」

「スコット教授だ。すごい人だった」グレイバーは言った。

「それで？」二人は同時にきいた。

「去年の夏、亡《な》くなった。心臓発作《しんぞうほっさ》でね」

「そんな」スティービーは言った。

「ちょっと待って」スーザン・キャロルが言った。「ほかに成績を見てる人がいるんじゃない。学生部長とか」

「それなら、四人いる」グレイバーは言った。「おれの両親と、君の言うとおり、おれの学科指導教官の学生部長だ」

「それだと三人だけど」

グレイバーはうなずいた。「そう。もう一人は、おれたちのチーム顧問《こもん》のホワイティングだ」

「だったら、ご両親が成績通知を持ってるんじゃない？」スーザン・キャロルが指摘《してき》した。

「今は成績通知なんかないよ。コンピューターで送られてくるから。だれも、去年の春の成績なんか保存《ほぞん》してない。成績優秀者名簿《ゆうしゅうしゃめいぼ》に載《の》ったわけじゃないからな」

「でも、まだ学生部長がいるでしょ」

グレイバーはうなずいて言った。「ベンジャミン・ウォジェンスキー学生部長だ。先週からずっと行方をさがしている」

「行方をさがしている？」

「去年の夏、退官した。前の秘書《ひしょ》や、同窓会《どうそうかい》事務所や、学生課の課長に電話した。学長室にも電話したよ」

「で?」

「みんな判でおしたような答えだった。大学関係者の個人情報は、退官後であっても教えられないだと。もちろん、さがしている理由を言うわけにはいかないし、言ってもむだだろう。なんとか彼《かれ》に連絡《れんらく》を取ってもらって、おれの電話番号を伝えてもらう約束だけは取りつけたよ」

「連絡はないの?」スーザン・キャロルはきいた。

「なにも。大学側がほんとうに連絡を取ってくれていたとしたら、おかしな話だ。おれの親父《おやじ》は、二十年来の知り合いなんだから」

「だけど、あなたの父さんがミネソタ州立大に来て、まだ六年でしょ」スティービーは言った。

「そうだよ。でも、ずっと前に親父は、デイヴィッドソン大学でアシスタントコーチをやっていて、その後ヘッドコーチになった。当時、ウォジェンスキーは国語の教授で、バスケの大ファンだった。その後、親父がデイヴィッドソンからデ・ポール大にうつったんで会わなくなったんだが、MSUに採用《さいよう》されてみたら、ウォジェンスキーがいたんだ。学生部長としてね」

「それって偶然《ぐうぜん》だと思う?」スーザン・キャロルがきいた。

「たしかなのは、ウォジェンスキーが見つからないってことだ。デイヴィッドソン大の同窓会事務所にも電話を入れたんだけどな。そしたら、ある女の人が連絡をくれて、助けになれるかもしれないという伝言を残してくれたんだが、それ以来かかってこない。こっちからかけてみたけど、ヴォイスメールだった」

「その女の人の名前は？」いつの間にかメモ帳を手にしたスーザン・キャロルがきいた。

グレイバーは肩《かた》をすくめた。「なにかの役に立つかどうかわからないけど、名前はクリスティン・ブラマンだった。事務所の電話番号は、七〇四―五五五―四一九〇だ。もう覚えちまったよ」

「家の番号はきかなかった？」スーザン・キャロルがきいた。

「ああ、きいたよ」グレイバーは答えた。「電話帳を見ても、デイヴィッドソン大の近くでブラマンという名前はなかった。それよりも、なにか情報があれば、事務所に伝えておくだろ」

「たしかに。それで、月曜の朝、ホワイティング教授とはどうなったの？」話をもどそうとして、スティービーは言った。

「ああ、そうだな。ちょっと横道にそれた」グレイバーが腕時計《うでどけい》を見たので、スティービーも自分のを見た。十一時二十分だった。

「そう、ホワイティングが、春期のおれの成績に問題があると言ったんだ。実を言えば、その時はそんなに驚《おどろ》かなかった。なにかのまちがいだと思ったし、チームの顧問《こもん》でもあるホワイテイングが、なんとかしてくれるだろうと考えたんだ。ところが、ホワイティングはまちがいではないと言った。おれは、なにが言いたいんだときいた。すると、ホワイティングはこう言った。『君はすでに秋期に一科目落としている。ということは、君は両学期を通してプレーできないということだ。加えて、チームの今年の全勝利およびファイナルフォー進出を果たした地区優勝《ゆうしょう》もすべて没収《ぼっしゅう》されるのみならず、君の父親も不適格な選手を知っていて起用したかどで、NCAAの厳重《げんじゅう》な取り調べを受けることになる』――おれは、ちょっと待ってくれ、秋期は科目は落としていないと言った。すると、ホワイティングは別の成績表を出してきた。それによれば、おれは一科目落としたことになっていた」

「どの科目？」スティービーはきいた。

「あててみな」チップは言った。

スティービーとスーザン・キャロルは顔を見合わせた。そして、同時にひらめいた。「倫理《りんり》と道徳……」

「現代アメリカ社会における」チップが補《おぎな》った。「担当《たんとう》教授は、トーマス・R・ホワイティング。その科目で、おれはBを取った。教授がバスケ好きでくれたBじゃなく、公明正大なBだ。ところが、ホワイティングに見せられた成績表には、でかでかとFと書かれていた」

「その時に、脅《おど》されてるってわかったわけだ」スティービーは言った。

「その時、デンマークに腐敗《ふはい》がはびこっていると知った」

「デンマーク？」

「ハムレットよ」スーザン・キャロルが教えてくれた。「ハムレット、読んだことないの？」

スティービーは、顔が赤くなるのがわかった。

「おれでもハムレットは読んだぞ」チップは言った。「まあ、参考書でだけどな。要するに、ホワイティングがなにかたくらんでるとわかったってことだ。おれは成績表を返して、これがどうしたんだときいた。すると、あいつは言った。優勝決定戦に出て、そこで負けろと。さもなくば、この偽《にせ》の成績表が公表されることになる。しかも、これが偽物だと証明する方法はない。ホワイティングには文書があるが、おれにはなにもないからな」

「それで、ホワイティング教授の単独犯《たんどくはん》じゃないって、たしかなの？」きいたのはスーザン・キャロルだったが、スティービーも同じことを考えていた。

「あいつが、これをたくらんだやつらの窓口《まどぐち》なのはまちがいない。おれが、もしも公《おおやけ》にしたら、あんたの言うことが正しいか、おれと親父《おやじ》の言うことが正しいか問われることになると言うと、あいつはにっこり笑って言った。『残念ながら、チップ、そういうことにはならないよ』ってな。はったりということもあり得るが、おれにはそうは思えなかった。だいいち、コンピューターに侵入《しんにゅう》して成績を改ざんするのに、だれかの手を借りる必要がある」

「コンピューターおたく？」

「それか、もっとおえらいさんか。ホワイティングの肩書《かたが》きは聞こえはいいが、要するにただの教員だからな」

「お父さんはなんて？」スティービーはきいた。

チップは首をふった。「なにも。親父《おやじ》には話してない。親父の晴《は》れ舞台《ぶたい》を台無しにしちまうからな。それに、親父でもどうにもならないよ。親父が出てきて、おれが科目を落としていないと言っても、父親兼《けん》コーチがかばってるとしか見えないからな。悪印象が倍になるだけだ」

「となると、最後のたのみはウォジェンスキー学生部長を見つけることね」スーザン・キャロルが言った。

「それだって、確実じゃない。そりゃ、成績表は山ほど見てるだろうけど。退官したとなると、ウォジェンスキーが過去の成績表を保存《ほぞん》してるとか、大学に残っている記録を調べられるルートを持っているかどうかわからない」

「それでも、ウォジェンスキーがぼくたちの唯一《ゆいいつ》の希望だな」スティービーは言った。

「ぼくたちの希望？」チップが笑いながら言った。「君はMSUのファンか？」

スティービーは、ハムレットを知らなかった時よりも、もっと顔を赤らめた。「いや。でも、こんなことで犯人たちがまんまと目的を達するのが、がまんならないんだ」

「それについては、おれも同じ意見だ」チップ・グレイバーは言った。「君たちのことを友だちと呼《よ》ばせてくれ」

11　作戦計画

昼近くになり、チップはチームとの予行演習が迫《せま》っていた。そこで三人は、手早く計画を立てることにした。

「おれとしては、今夜は勝って、それから月曜のことを考えたいところだ」チップは言った。

「ホワイティングの件がなきゃ、おれたちは全米チャンピオンになれるって思いたいからな」

「もしも犯人たちが偽《にせ》の成績を公表したら、困《こま》るのはMSUだけじゃないでしょ？」スーザン・キャロルは言った。「たぶん、あなたのプロとしての経歴にも傷《きず》がつくわ」

チップはにっこりした。「それはないと思う。NBAは、成績不適格かどうかとか、退学させられたとか、法律《ほうりつ》をやぶったとか、老人や子どもにやさしくしなかったとかは、あまり重《じゅう》視《し》しない。NBAにとって重要なのは、試合に勝てるかどうかだけだ。ただ、おれのビジネスにはひびくだろうな。もういろいろな企業《きぎょう》から、商品の宣伝《せんでん》に使いたいという話がきてるんだ。

親父《おやじ》とおれがグルになって、選手として不適格なのに出場していたとなれば、全部パーだろうな。でも、そんなことじゃない。これは善悪《ぜんあく》の問題だ。おれはズルなんかしてないし、それは親父も同じだ。ところが、このうすぎたない連中は試合に賭《か》けて大勝ちをしようとしている。それを断れば、おれたちが悪者にされるんだ」

チップが下におりる前にまとめ上げた計画は実にシンプルだった。スーザン・キャロルとスティービーは、ウォジェンスキーを見つけるのに手を貸すと言ってくれたデイヴィッドソン大の女性の存在をつきとめる。当然のことだが、スーザン・キャロルはデイヴィッドソン大をよく知っていた。「バスケットボールの伝統のあるすばらしい大学よ。毎年、デューク大と試合をするの」

スティービーは、あやうくデューク大と試合をするのがそんなにたいしたことなのかと茶々を入れそうになったが、スーザン・キャロルがいいアイディアを出したために思いとどまった。もしもクリスティン・ブラマンの事務所からなんの返事もなかった場合（ありそうなことだ）、キャンパス警備室《けいびしつ》に電話して、緊急事態《きんきゅうじたい》なので至急《しきゅう》ブラマンさんに取り次いでもらいたいと言うのだ。

「なんでそれを思いつかなかったんだろう」チップは言った。

「いろんなことで頭がいっぱいだったんだから」スーザン・キャロルがなぐさめた。

クリスティン・ブラマンから助けが得られない場合は、ミネソタ州立大の線にもどるつもりだった。チップは、ウォジェンスキーが今どこに住んでいるか知っているかもしれない教職員の名前をいくつか挙《あ》げた。鍵《かぎ》は、もしも今夜MSUが勝った場合、悪だくみが発動する明日までに、ウォジェンスキーの電話番号を手に入れることだ。

スティービーは、チップの経済学《けいざいがく》教授の家族をあたることを思いついた。本人は亡《な》くなったとはいえ、職員情報はまだあるはずだ。

「あたしたちは、午後いっぱいできるだけのことをしてみる」スーザン・キャロルは言った。

「今夜、あなたたちが勝ったら、明日会って計画を練った方がいいかもしれない」

「おれの携帯《けいたい》番号、教えておくよ」チップは言った。「試合のあと、ロッカールームは大さわぎだろうから、話すチャンスはないと思う。その時は、携帯にかけてくれ」

チップは二人をドアまで見送ってくれた。廊下《ろうか》に巨人《きょじん》マイクの姿《すがた》はなかった。二人が、試合がんばってと言うと、チップは重々しくうなずいた。二人が廊下を歩きだすと、背後《はいご》でドアが開く音がした。

「おい、君たち」チップがおだやかに呼《よ》びかけた。二人がふり返ると、チップは言った。「礼を言うのを忘《わす》れてた。これからどうなるかわからないけど、ありがとうな」

「お礼は事が解決したらでいいよ」スティービーは言った。

「ああ、そうする。でも、とにかくありがとう」チップは手をふってドアを閉《し》めた。

スティービーはスーザン・キャロルを見た。「ぜったいに助けてやろうな」


二人は時間を短縮《たんしゅく》するためにタクシーでハイアットホテルにもどろうとしたが、タクシー乗り場には行列ができていた。そこで、シャトルバスを使おうと、ヒルトンホテルまで歩くことにした。スティービーは、父さんを説きふせて携帯《けいたい》電話を持たせてもらえばよかったと思った。「まだそんなにおくれていないはずだ」スティービーは言った。

「そうね。でも、父さんはちょっとでもおくれるのをいやがるの。心配なんだって」スーザン・キャロルは言った。

ハイアットホテルのロビーに入ったのは、十二時四十五分だった。当然の事ながら、二人の父親は待ちかねていた。

「二人とも、いったいどこに行っていたんだ？」ビル・トーマスが言った。「ヒルトンのロビーで呼《よ》び出《だ》しをしてもらったんだぞ。よっぽど、自分たちでさがしに行こうかと思ったぐらいだ」

アンダーソン牧師はスーザン・キャロルを抱《だ》きしめて、その顔を見つめた。「まず、だいじょうぶだと言ってくれ。それから、どうしてこんなにおくれたのかを話してくれるか」

「二人ともだいじょうぶよ」スーザン・キャロルは言った。「ちょっとゴタゴタしちゃって。たのまれた二つのラジオ番組が終わったら、ほかのラジオ局からも立て続けにたのまれちゃって。全部終わったのは十一時十五分だったんだけど、二人ともおなかがすいちゃったんで、急いでハンバーガーを食べてお昼にはもどるつもりだったの。ところが、そこの店員がすっごくとろくて」

「その上、タクシーには乗れないし」スティービーが、一片《ぺん》の真実をつけ加えた。

「やっと決心がついた。おまえに携帯《けいたい》電話を買ってやろう」アンダーソン牧師はスーザン・キャロルに言った。

その機をのがさず、スティービーは言った。「ぼくもほしいな、パパ」

「うーん、なんとも言えないな」父さんは言った。

「それはそうと、トーマスさんもわたしも、まだなにも食べていないから、そろそろレストランに行こうか」アンダーソン牧師は言った。「君たちもいっしょに来るといい。デザートは食べたのかね？」

「あのね、父さん。ほんと言うと、あたしたちなにも食べてないの」スーザン・キャロルは言った。「あんまり店員がぐずぐずしてるんで、出てきちゃったの。だから、おなかがぺこぺこ」

うまいこと言うなと、スティービーは感心した。自分たちを窮地《きゅうち》から救い、昼飯ぬきにならずにすませ、おまけに携帯電話まで手に入れるとは。

四人がレストランに行くと、店内はこみ合っていた。

「ヒルトンもこんなぐあいだった」十五分ほど待たされて、ようやくテーブルにつくと、スーザン・キャロルが言った。

スティービーは、町のどこに行ってもこみ合っていることが信じられなかった。父さんは機転を利かせて、席につくなりウェイトレスに、急いでいるからすぐに注文をとってくれと言った。

「みんな急いでいます」ウェイトレスは言った。

「この二人は、もうすぐCBSのインタビューを受けるんだ」アンダーソン牧師が言った。スティービーは驚《おどろ》いた。牧師でも目的のためには嘘《うそ》をつくんだ。どうやらスーザン・キャロルの父親ゆずりらしい。それも、みごとな嘘だ。CBSと聞いて、ウェイトレスの目が輝《かがや》いた。

「ほんとですか？　テレビ？」ウェイトレスはポケットから注文票を取り出した。「でしたら、今ご注文をうかがいます——その方が早いですから」

ウェイトレスが行ってしまうと、アンダーソン牧師が言った。「お恥《は》ずかしいことです。ただ、パンサーズと行動を共にしていて学んだのは、たいていの人々はテレビに出るためなら泥《どろ》のなかもいとわないということです。そして、残りの者は、テレビに関わりがある泥《どろ》を見つけてやろうとする。まるで手品のようなものです。テレビと唱えれば、あらゆる障害物《しょうがいぶつ》が消えてなくなる」

食事をしていると、向こうの席にすわっていたらしいディック・ウェイスが近づいてきた。

「スティーヴン、部屋に伝言を残しておいたよ。いっしょに来るつもりなら、二時半ごろに出るから」

スティービーはスーザン・キャロルを見た。いい考えだと思っているのか、それとも計画を実行するのに時間が必要だと考えているのか知りたかったのだ。

「ブリルさんもいっしょですか？」スーザン・キャロルはきいた。

「もちろん」ウェイスは答えた。「彼《かれ》も君に伝言を残しているはずだが」

「いいですね」スーザン・キャロルは言った。

ウェイスはうなずいた。「じゃあ、きのうみたいにこのフロアで落ち合おう」

一時四十五分には食事が終わり、アンダーソン牧師は請求書《せいきゅうしょ》にサインをしながら、腕時計《うでどけい》に目をやった。「教会まで歩いていくのにちょうどいいな」そして、娘《むすめ》を見た。「このあとも問題を起こさないでくれるよな」

スーザン・キャロルはにっこり笑った。「もちろん。スティーヴンもあたしも記事を書くから、もどりはおそくなると思う。でも、大人に送ってもらうから」

「それならいい。鍵《かぎ》は持っているな？」アンダーソン牧師は立ち上がり、娘の額《ひたい》にキスをした。

そこへ、ウェイトレスがもどってきた。「満足いただけましたか？」みんなが口々にすばらしかったというと、ウェイトレスはスティービーとスーザン・キャロルに向かって言った。

「あの、ジム・ナンツに会ったら伝えてもらえますか。ボニー・バーンスタインにあきたら、ハイアットホテルのジャン・ミレイに連絡《れんらく》をくれって。あたし、大学でテレビの勉強してたんで、いつでもだいじょうぶだから」

スティービーは、ウェイトレスがかわいいことに初めて気がついた。背《せ》が高く、金髪《きんぱつ》だ。おそらく世界じゅうには、CBSのファイナルフォーの現場レポーター、ボニー・バーンスタインに取って代わりたいと思っているジャン・ミレイがごまんといるんだろうな。

「かならずジムに伝えておくよ」ビル・トーマスが言った。

ウェイトレスがいなくなると、ビル・トーマスは首をふって笑った。「ドンの言うとおりだ。テレビと唱えるのは、魔法《まほう》の杖《つえ》をふるようなもんだな」

アンダーソン牧師は集会に行くためにエスカレーターでおりていった。スーザン・キャロルとスティービーと父さんは、エレベーターに向かった。「試合が始まる前に、あの電話をかけるから」エレベーターに乗りながら、スーザン・キャロルはスティービーに言った。

「なんの電話だい？」ビル・トーマスがきいた。

いつものように、スーザン・キャロルがごまかした。「今夜の締め切《しき》りを編集者に最終チェックするんです。それはあたしがやるから、ロビーで会いましょ。それでいい、スティービー？」

スティービーは、スーザン・キャロルが自分のことをスティービーと呼《よ》び始めたことを、どう考えていいかわからなかった。けれど、自分が何度もそう名乗ったのだから、その方がスティービー自身気に入っていると思ったのだろう。「いいよ。なんて言ったか、教えてくれ」エレベーターをおり際、スティービーは言った。

部屋にもどると、父さんはシャワーを浴びてから、「おまえたちメディア関係者」がみんな会場に向かったあと、試合前のちょっとした観光に出かけると告げた。

そして、スティービーに、第一試合は何時からだとたずねた。

「五時七分。東部時間だと六時七分だね」そう言いながらスティービーは、あと何時間かでほんとうに試合が始まるんだとあらためて思った。

「そうか、セント・ジョセフが勝つように祈《いの》ろう。MSUはタフだからな」父さんは言った。

「そうだね」スティービーは答えたが、自分がおそらくフィラデルフィアのチームに敵対することになるとわかっていたから心苦しかった。

父さんがバスルームに行くと、スティービーは服を着がえた。首に記者証をかけた時、電話が鳴った。腕《うで》時計《どけい》を見ると二時二十五分だった。きっとディック・ウェイスが心配してかけてきたのだろう。二度目の呼び出し音で、スティービーは受話器を取った。

「あたし、やったかも」スーザン・キャロルだった。

「どうしたの？」

「クリスティン・ブラマンを見つけた。っていうか、家の電話番号がわかった。今はいないみたいだけど、会場についたらもう一度かけてみる」

「キャンパス警備室《けいびしつ》？」

「ううん。その必要はなかった。もっといい手よ。ついたら教えてあげる」

「オーケー。じゃあ、五分後に」

その時、父さんが腰《こし》にタオルを巻《ま》いて、バスルームから出てきた。「だれだった？」

「ああ、ウェイスさん。そろそろ行くみたい。すぐに行くって答えた」

父さんはうなずいた。「試合開始まで、まだ三時間近くあるんだろ。ここからなら、歩いて五分だ。ずいぶんせっかちだな」

「だからフープス（バスケットボールをあらわす俗語《ぞくご》）って呼ばれるんじゃないかな」

「かもな」父さんはスティービーを見てから、にっこり笑って両肩《りょうかた》に手をおいた。「おまえのこと、どんなに誇《ほこ》りに思っているか」

スティービーは、ちょっと気恥《きは》ずかしくなった。「あれ、ぼくなにかしたっけ？」

「おまえはコンテストに優勝《ゆうしょう》した。この週末、本物の記者のように記事を書いている。それに、実にうまくふるまっている。スーザン・キャロルだっておまえをまんざらでもないと思ってるよ。スティービーと呼《よ》んでいたしな」

「やめてよ、パパ」

「まあいい、行ってこい。楽しんでこいよ。おまえを誇《ほこ》りに思っていること、忘《わす》れるなよ」

「ありがとう、パパ」

後ろ手にそっとドアを閉《し》めながら、スティービーは思った。午前中になにをしたかを知っても誇りに思ってくれるだろうか。

そうであることを願うしかない。


スーパードームまでの道筋は、サーカスの余興《よきょう》をいっぺんに見せられたような状態に近かった。スティービーは、たしかにひげ女を見たと思った。占《うらな》い師《し》がいるかと思えば、さまざまなダフ屋がうろつき、屋台では〝公式〟グッズを売っている。スティービーはビッグ・テックスをさがしたが、どこにも見あたらなかった。ひょっとして、逮捕《たいほ》されたのかも。一瞬《いっしゅん》そう思ったが、すぐにあり得ないと思いなおした。

　四人は、まだ時間が早かったのと、もう窓口《まどぐち》に記者証を取りに行く必要がなかったため、トラブルらしいトラブルもなくセキュリティチェックを通りぬけた。きのうスティービーにしつこく運転免許証《めんきょしょう》を見せろとせまった保安係はいたが、金属探知《たんち》ゲートをくぐるスティービーやウェイスを見ようともしなかった。なかに入ると、四人はまっすぐにプレスルームに向かい、電話のそばにノートパソコンをセッティングした。

「コートサイドに出た方がいいと思う」ノートパソコンを起動して、電気が来ているかたしかめてから、スーザン・キャロルはスティービーに言った。

「今はなにもやっていないよ」ビル・ブリルが言った。「両チームとも、まだドームについてもいないよ。まだ三時だからね」

「ええ、わかってます」スーザン・キャロルは言った。「会場に人が入ってくるところを見てみたいんです。記事を書くために」

　ブリルは納得《なっとく》したようだった。スーザン・キャロルとスティービーはフロアに出ていった。

各所に設置された巨大《きょだい》スクリーンでは、二〇〇四年のコネティカット大対ジョージア工科大の決勝戦のリプレイを流していた。ユーコンに試合を完全に支配されたため、スティービーはハーフタイムあたりで眠《ねむ》りこんでしまったことを思い出した。

「コネティカットじゃなく、デュークが出るはずだったのよ」スーザン・キャロルは言った。

「わかった、わかった。最後のプレーで、J・J・レディックがファウルを取られたんだっけ」

「まあ、そういうことだけど、最悪だったのはその前、オフェンスがリバウンドを取りにいって、エメカ・オカフォーがルオル・デンの背中《せなか》からぶつかった時よ」

スティービーは、自分も同じことを考えていたのを思い出したが、認《みと》めたくなかった。「まあ、今夜はオカフォーは出ないから」

「デンもね――出ればいいのに。大学に入って一年でプロに行くなんて、どうかしてる」

その時、記者席についたために、スティービーは答えなかった。あたりには、人がほとんどいなかった。記者が二人ばかり、席にすわって試合前の記事を書いている。それから、ジム・ナンツとビリー・パッカーが、同業の連中にかこまれて、自分たちの席のあたりに立っていた。

「ナンツにジャン・ミレイのことを話した方がいいんじゃないかな」スティービーは言った。

「なに？　だれ？　ああ、あのウェイトレス。もちろんよ。ボニー・バーンスタインがパンプスのなかでビビるのが見えるようだわ」

二人は一般席《いっぱんせき》にすわり、スーザン・キャロルはがらんとした会場を見まわした。記事のためでもあったが、ほんとうはだれかに聞かれないかたしかめるためだった。観客はまだ入場できなかったから、座席《ざせき》案内係もふくめて二百人ほどしかいない。それが、やがて六万五千人にふくれあがるのだ。スティービーは、がらんとした空気が気に入った。

スーザン・キャロルは、もう一度、だれにも聞かれていないことをたしかめてから言った。

「まず最初に、チップの経済学《けいざいがく》教授の家をさがしたら、すぐに見つかった。奥《おく》さんはまだロチェスターに住んでいたし、町でスコットは一人だけだったから。おまけに、奥さんは家にいたの。でも、ツキはそこまでだった。奥さんの話では、スコット教授は家に記録の類はおかなかったし、大学側はもう教授の部屋は片《かた》づけてしまったようだって。それで、ブラマンっていう女の人の番号にかけてみたら、ヴォイスメールだったの」

「だろうね、土曜日だから」

スーザン・キャロルは片手を上げて制した。「そう。あたしも、メッセージを残してもと思って切ろうとしたら、応答メッセージがこう言ったの。『今かけているのがチップだったら、家にかけなおしてください。番号は――」スーザン・キャロルはメモ帳を取り出した。「七〇四―五五五―二三四六です』」

「ワオ！　それで、かけたの？」

スーザン・キャロルはうなずいた。「もち。でも留守で、応答メッセージだった。『チップだったら、そちらの番号を残してくれるか、四時過ぎにもう一度かけなおしてください。六時から試合なのは知っていますが、とても大事なことです』だって」

スティービーはスコアボードの巨大《きょだい》なデジタル時計を見上げた。三時十四分。気がつくと、観客がぽちぽち席につき始めていた。

「かけなおすには、あと四十五分待たないとね」スーザン・キャロルが言った。

「でも、ぼくたちはチップじゃないよ。かけてどうする……」スティービーは言いかけて、言葉を切った。クリスティン・ブラマンの応答メッセージを思い出したのだ。――六時から試合。

「ちょっと待って。彼女《かのじょ》の家はシャーロットだ。つまり、東部時間だ。だとすれば、今は東部時間ではもう四時十五分ってことだ。もう電話した方がいい」

スーザン・キャロルは、目の前のテーブルをこぶしで軽くたたいた。「すっかり忘《わす》れてた。なんてバカなんだろ？　電話をさがさなきゃ」

「人に聞かれないやつでないと」

「そうね」

二人がすわっている三つならびの席には「ワシントンポスト」と書いてあり、スティービーの右側におかれた電話にも「ワシントンポスト」とあった。あたりに人はいない。

「ここならいいかも。プレスルームはハチの巣をつついたような状態だろうし」

「ここから長距離《ちょうきょり》電話をかけてだいじょうぶかな？」スーザン・キャロルが言った。

スティービーはあたりを見まわした。だれもこちらを見ていない。一番近くにいるのはCBSの記者たちだったが、二列目でコート半分ぐらい離《はな》れている。「長距離一本でワシントンポストがつぶれることはないだろ」

スーザン・キャロルはうなずいて、電話番号の書かれたメモ帳を開いた。「だれか来たら教えてね」

スティービーは、それからの数分間見張り役を務め、電話で話すスーザン・キャロルのうしろを行ったり来たりしていた。スーザン・キャロルがささやき声だったため、なにを話しているのかは聞きとれなかったが、何度もメモを取りながら話に聞き入っているのはわかった。ただひと言だけ、スーザン・キャロルの言葉が気になった。「あら、あたし養子です」

結局、スーザン・キャロルの電話中、だれも近づいてこなかった。スティービーはホッとした。もし来られても、どう言いわけすればいいかわからなかったから。十分後、スーザン・キャロルは電話を切ったが、スティービーには十時間にも思えた。スーザン・キャロルはひどく興奮《こうふん》していた。

「なにかつかめた？」スティービーはまちがいないなと思いながらきいた。

「うん、だと思う。彼女、チップの携帯《けいたい》の留守電に番号を二つ入れておいたんだけど、連絡《れんらく》がつかなかったって。それで、自分の電話に応答メッセージを入れたの」

「なるほど。で、ウォジェンスキーの番号は知ってた？」
「それより、もっといいこと。ウォジェンスキーはミシシッピ州のベイ・セントルイスってい
う町に住んでるって」
「聞いたことがあるけど」
「でしょうね。きのうの朝食の時、司会をしてた地元のラジオ局の人が、そこに住んでるって
言ってたでしょ」
「そうだった」スティービーは言った。「たしか、ニューオーリンズのダウンタウンから、は
るばる一時間のところに住んでるって」
「ブラマンさんは、あたしに電話番号と住所を教えても、ウォジェンスキーは気にしないだろ
うって」
「なんか、養子だとか言ってたけど？」
「ああ、あれ。あたし、チップの妹だって名乗ったら、チップは一人っ子だってどこかで読ん
だって言うから、そう答えるのがやっとだった」
「機転が利くね」
スーザン・キャロルは、メモ帳に書いた電話番号を見た。
「電話をかけた方がいいのはわかるけど。こんなに近くに住んでるなんて、すごく運がいいの

かも。あたし、引退してフロリダかどこかへ隠居《いんきょ》したのかと思ってた。でも、そんなに近いなら、会いに行った方が早いかもしれない」

「ジャーナリズムの基本」スティービーはジェラルディの教えを思い出して言った。「機会があれば、まよわず実際に会ってインタビューすること」

スーザン・キャロルはにっこりした。「そうね。特に、事態が差《さ》し迫《せま》っている時には」その顔から笑《え》みが消えた。「あたしたち、こんな重大な事件をあつかったことはないんだものね」

スティービーはゾクッとした。差し迫っているのは記事だけじゃない。「これからしなくちゃならないのは、ミシシッピ州ベイ・セントルイスに行く方法を考えることだ」

12 試合終了《しゅうりょう》一秒前

もちろん、ベイ・セントルイスに行く方法を考える前に、ウォジェンスキー元学生部長に電話して、手を貸してくれるかたしかめなければならなかった。まだたいして成果はなかったが、もう解決したような気がしていた。すでに会場は観客でうまり始め、スティービーたちのすわる記者席の背後《はいご》に陣《じん》どったセント・ジョセフ大のファンと、コートのはす向かいに陣どったミネソタ州立大のファンは、応援《おうえん》をしたり、たがいに野次《やじ》を飛ばしあったりしている。コネティカット大とデューク大の観客席らしき区画は、まだガラガラだ。さっきフロアに出てきた時に味わった静けさが、喧騒《けんそう》に取って代わられようとしていた。

スーザン・キャロルがウォジェンスキー元学生部長に電話をしようとした時、スティービーは、こちらに近づいてくるトニー・コーンヘイザーに気づいた。テレビ番組の相方であるマイケル・ウィルボーンをともなっている。たしか、ESPNの番組でスティービーが唯一《ゆいいつ》見ている「ちょっとおじゃまします」に出ていない時は、二人とも「ワシントンポスト」で働いているはずだ。ちなみにほかの番組は、ヴァイタルの陽気な怒鳴り声《どなごえ》とちがって、下品でギスギスしていた。

「受話器をおいて」スティービーはスーザン・キャロルに言って、近づいてきたコーンヘイザーの前に立ち上がった。「コーンヘイザーさん、スイートルームは取れましたか？」

コーンヘイザーは、ポカンとした顔でスティービーを見つめた。と、思い出したという表情になった。「この間、ロビーで会った少年だね？　お父さんといっしょだった」

「はい、そうです。スティーヴン・トーマスです」スティービーは手を差し出しながら言うと、スーザン・キャロルの方を見て言った。「こっちはスーザン・キャロル・アンダーソン。ぼくたち、ＵＳＢＷＡ主催《しゅさい》の記者コンテストの受賞者なんです。ほら、記者証です」スティービーはコーンヘイザーによく見えるようにと、記者証を上げて見せた。

「それはおめでとう」コーンヘイザーはスティービーと握手《あくしゅ》をし、立ち上がったスーザン・キャロルとも握手をかわした。「おい、ウィルボーン、わたしや君みたいなおしゃべり野郎《やろう》じゃない、本物のジャーナリストだぞ」

ウィルボーンは想像したよりもずっと背《せ》が高かった。一九〇センチ近くあるだろう。自ら公言してはばからないヒーローであり手本であるマイケル・ジョーダン式に、頭をきれいに剃《そ》り上げている。スティービーは、ジョーダンがまだNBAの花形プレーヤーだったころ、どこかでウィルボーンの書いた記事を読んだことがあった。プレーオフの間に、ウィルボーンの奥《おく》さんがこう言った。「あなたは、わたしよりもマイケルを愛してるのね」。それに対して、ウィルボーンは答えた。「でも、スコッティよりは君の方を愛しているよ」。スコッティとは、シカゴ・ブルズのジョーダンの相棒《あいぼう》、スコッティ・ピッペンのことだ。

「二人ともよろしく」ウィルボーンは握手《あくしゅ》をしてから二人をながめ、スーザン・キャロルを指さして言った。「あててみようか、高校四年生（アメリカには四年制高校がある）」それから、スティービーを指さした。「高校二年生」

スティービーは、高校二年生と言ってくれたことで、すぐにウィルボーンが気に入った。すると、コーンヘイザーが言った。「君はスティービーに、またいつものおべっかを使っているな。どう見ても、高校一年生か、おそらく八年生というところだ」そして、スーザン・キャロルを指して言った。「彼女《かのじょ》はむずかしい。背《せ》が高いし、女の子は年上に見えるものだからな。そうだな、二人とも八学年生だろ」

ウィルボーンは笑った。「どうかしてる。彼女が八年生？　あり得ないよ」

「あたし、八年生です」スーザン・キャロルは言った。

「いや、そんなはずはない」ウィルボーンは言い張った。

コーンヘイザーはやれやれというように、両手を上げた。「君は彼女の父親か？　君が彼女の年を知っていて、彼女は知らないって？」

「ああ、そうだ」ウィルボーンは言った。

スティービーもスーザン・キャロルも笑った。この二人は、「ちょっとおじゃまします」の時と同じだ。ただし編集もプロデューサーの横やりもない状態の。

コーンヘイザーとウィルボーンも笑っていた。スーザン・キャロルは言った。「だったら、あたしがほんとうに十三歳《さい》だって証明するから、五分だけ電話を借りてもいいですか？」

「君が何歳だろうが、好きなだけ使っていいよ」ウィルボーンは言った。「でも、君は十七歳だ。まちがいない」ウィルボーンはノートパソコンをおいて二人のわきをすりぬけ、離《はな》れたところにいる人々にあいさつをしに行った。

「そうだ。そして、君もわたしも三十九歳だ」コーンヘイザーは、歩き去るウィルボーンの背中に向かって言うと、パソコンをテーブルにおき、スティービーを見た。「今夜、ライブで原《げん》稿《こう》を書くなんて、信じられるかい？　そんなのは、わたしの仕事じゃない。わたしはもう記者じゃない。しゃべり屋なんだ」

「みんな、知らないんですね」

コーンヘイザーはスティービーの背中をポンとたたいた。「君には未来がある」そして、スーザン・キャロルを指さした。「君が利口《りこう》なら、彼女《かのじょ》から離《はな》れないことだ。彼女には、約束された未来がある。スポーツ界にはもっと女性が必要だ」

「ほんとうに十三歳《さい》なんです」

「わかっている。ウィルボーンとわたしにはちがいがある。わたしには二十歳の娘《むすめ》がいるんだ。十三歳の時にどんなだったか、よく覚えているよ。やつには子どもはいないから、見当がつかないんだ」

観客がコーンヘイザーの名前を叫《さけ》んでいる。コーンヘイザーはため息をついた。「だから、公《おおやけ》の場に出るのがいやなんだ。あれが聞こえるか？　わたしはどうすればいいんだ？　無視《むし》する？　それはできない。サインをしに行くしかない」

「いろいろと大変なんですね」スティービーは言った。

「君にはその半分もわかるまい」コーンヘイザーはそう言うと、有名税をはらうためにサインをしに行った。

二人ともいなくなると、スーザン・キャロルはもう一度電話の前にすわった。会場は刻一刻《こくいっこく》とさわがしくなっている。右の方では、セント・ジョセフ大のバンドがエンドゾーンの所定の席につこうとしている。「今すぐかけた方がいい。すぐに声が聞こえなくなるぞ」

スーザン・キャロルは、とっくにボタンをおし始めていた。やがて、スーザン・キャロルは言った。「ウォジェンスキー学生部長ですか？　デイヴィッドソン大のブラマンさんから、チップ・グレイバーがあなたをさがしているとお聞きだと思いますが？」

スティービーは、そのあとは聞かなかった。バンドが音合わせを始めたため、スーザン・キャロルはあいている方の耳に手をおしあてている。かろうじて聞きとれたのは、Eメールアドレスらしきものだった。「SCDevil@aol.comです」スーザン・キャロルは言って電話を切った。バンドは今やセント・ジョセフ大の応援歌《おうえんか》を最大音量で演奏《えんそう》している。「なかにもどろ」スーザン・キャロルはどなった。

「手を貸してくれるって？」スティービーも大声できき返した。

スーザン・キャロルはうなずいて、トンネル通路を指さした。フロアに出入りする人々でごった返す廊下《ろうか》で、二人は足を止めた。

「明日、家に来てほしいって」行きかう人々から離《はな》れて、話のできる場所を見つけると、スーザン・キャロルは声をひそめて言った。「チップが困《こま》っているなら、手助けしたいって」

「どうやって行くつもり？」

「そこがネックだって、あたしも言ったの。でも、やむを得ない理由がなければ、ニューオーリンズには来たくないんだって。だから、こっちでなんとかしますって言った」

「どんなふうに話したの？」

「チップがやっかいな問題に巻《ま》きこまれていて、去年の成績が関係しているって。ウォジェンスキーが言うには、チップはいつも落第すれすれだったけど、仮及第《かりきゅうだい》だったから、去年の後半は問題なくプレーできたはずだって。あたしが、ウォジェンスキーさんが退官したあとで、だれかがチップの成績を改ざんしたって言うと、あたしたちに家に来てほしいって言ったの。まだMSU関係の書類が山ほど残っているから、去年の学生の成績があるかどうか見てくれるって。チップもなんとかして来られないかって言われたわ」

「まあ、チップがこの試合に負ければ、明日はいくらでも時間はあるから。それに、チップなら車を運転できる」

「どっちにしても、時間をつくるんじゃないかな。これって、たしかな証拠《しょうこ》になるもの。ウォジェンスキーが、Eメールで道順を送ってくれるって。ここからだと百キロそこそこだって言ってた」

それで、Eメールアドレスだったんだ。「SCDevil（スーザン・キャロルのイニシャルとデューク大のデビルズをあわせたアドレス）って？」

スーザン・キャロルは顔色一つ変えなかった。「やめて」

もう一つ、知りたいことがあった。「チップの妹だって言ったの？」

「う、うん」

「チップが一人っ子だって知ってるのかな？」

「うーん、そこなんだけど、なにも言われなかった」

その夜は、スティービーの目の前を猛《もう》スピードで走りぬけていく特急電車のように過ぎていった。試合が始まると、なにもかもぼやけて見えた。スティービーとスーザン・キャロルには、期待以上の座席《ざせき》があたえられた。そこは、報道予備席と呼《よ》ばれる区画の二列目だった。つまり、三列の報道席の真うしろに位置する観客席の二列目だ。ほかに報道予備席にすわっているのは、各チームの所属する町から来た地方テレビ局のレポーターやプロデューサーたちだったが、「フォックスニュース」のクリス・ウォーレスのような有名人もいた。ちなみに、席はスーザン・キャロルのとなりだ。

スーザン・キャロルは、ファイナルフォーではなにをしているんですかときいた。「われわれは、明日ここで番組をやるんだよ。大学の運動部はどこが問題なのかを議論するんだ」ウォーレスは答えた。

「その番組が少なくとも四時間は続くといいですね」スティービーはそう言いながら、この二日間でずいぶん皮肉っぽくなったことに気づいた。

「そんなふうなことを言ったのは、君が最初じゃないよ」ウォーレスは言った。

「議論にはだれが出席するんですか?」スーザン・キャロルはきいた。

「おもしろい取り合わせだよ」ウォーレスは言った。「ミシガン州立大のコーチ、トム・イッゾと、ノース・カロライナ大のコーチ、ロイ・ウィリアムズがコーチの視点《してん》から発言する。それから、学術的な視点からは、辞任することが決まったデューク大の学長……」

「サンフォード教授?」スーザンがさえぎった。

「そう、いい人だよ」ウォーレスは言った。「わたしが気に入っているのは、彼が栄光ある寄付金集めの役目にいやけがさして、学長の任を退《しりぞ》いて教壇《きょうだん》にもどりたいと言った点だ。そして、もう一人は、ミネソタ州立大の教員代表であり、倫理学《りんりがく》の権威《けんい》ということだ」

二人は目を丸くした。「ホワイティング? トーマス・ホワイティングですか?」スーザン・キャロルが言った。

「そうだが、それが? 知り合いかな?」

「いいえ、ちがいます。ただ、チップ・グレイバーに関係のある人だって」

「ほう、それは知らなかった。われわれは、MSU学長のコヒーンにも当たりをつけていたんだが、寄付金集めのための軽食会に出るそうだ」

「サンフォード教授は正しいということですね」スティービーは言った。

「ああ、正しい。それはまちがいない」ウォーレスは言った。

二人は座席《ざせき》にすわりなおし、試合を観戦した。スティービーは、これほど観客でいっぱいになることが信じられない思いだった。二階席を見上げても、超満員《ちょうまんいん》だった。あのどこかに、父さんがいるはずだ。

「最上階から見たら、選手たちはアリみたいに見えるんだろうな」自分たちの運のよさを思いながら、スティービーはスーザン・キャロルに言った。

ファイナルフォーは、なにからなにまでビッグだった。音響《おんきょう》はすさまじく、アナウンサーは選手たちを紹介《しょうかい》するのに何日もかかりそうだ。コマーシャルタイムアウトは永遠に続くように思えた。CBSが三分間のコマーシャルを流している間、会場ではほかの局にチャンネルを変えるわけにもいかないから、それも当然だったが。

試合自体は、最初から緊迫《きんぱく》していた。両チームともいいガードをそろえ、各コーチはそのガードを中心に攻撃《こうげき》を組み立てていた。MSUはグレイバー、ホークスはトミー・ワトソン。早い段階《だんかい》で、セント・ジョセフ大は、やせた四年生のパット・キャロルが立て続けにスリーポイントを決めた。スティービーは、キャロルが一九三センチでなかったら、自分もあんなふうになれるかもしれないと思った。しかし、リング下ではMSUが優勢《ゆうせい》で、ことごとくリバウンドをおさえていた。ハーフタイムで得点は三十三対三十で、セント・ジョセフ大がリードしており、気がつくとスティービーはMSUを応援《おうえん》していた。二十四時間前なら、とても考えられないことだ。グレイバーは、チームの三十得点の内十五得点を入れていた。これならホワイティングも、グレイバーががんばらなかったとは言えないだろう。

ハーフタイムで席を離《はな》れた時、スティービーはまともに歩けなかった――観戦中、よほど力が入っていたのだろう。この一時間、まばたきをしたのかどうかさえ覚えていなかった。二人は飲み物と試合統計を取りにプレスルームに行った。スティービーは、なにを書くかまるで考えていなかったことに気づいた。スティービーが第一試合を、スーザン・キャロルが第二試合を担当《たんとう》することになっていたのに。

座席《ざせき》にもどるとちゅう――CBSがより多くのコマーシャルを入れられるように、ハーフタイムは二十分に引きのばされていたから、時間はたっぷりあった――二人は三列目に設けられたラジオ局のわきを通りぬけた。その時、スティービーはだれかに見つめられていることに気づいた。「うわ、やばっ」。ホテルで知り合ったジェリー・ヴェンチュラだった。ヴェンチュラは二人だと気づき、こんなところで記者証をつけてなにをやっているんだという顔をしている。スーザン・キャロルは足を止めそうになったが、スティービーは背中《せなか》を軽くおして歩き続けさせた。「座席にもどったら説明する」スティービーはささやいた。

ヴェンチュラのことを話すと、スーザンは言った。「ほんとうにこっちを見たの?」

「まちがいない」

「予想しておくべきだった」

「うまく避《さ》ければいい」スティービーは言った。

「試合が終わったら無理ね。なにか考えておかないと」

「それは君の専門《せんもん》だろ、スカーレット」

スーザンは笑った。「言うはやすしよ。でも、まだ試合が半分残っているから」

実際には、半分と五分間の延長戦《えんちょうせん》があった。後半戦が始まってすぐは、セント・ジョセフ大が十点リードしていたが、そこからグレイバーのエンジンに火がついた。MSUの攻撃《こうげき》は、すべてグレイバーにシュートさせることに向けられた。

「ナイス、ダブルポスト」とちゅうでスーザン・キャロルが、ファウルライン近くに立つ二人のパープルタイドを指さして言った。その仕事は、グレイバーのためにスクリーンをつくり、ディフェンダーにつめよられる前にシュートさせることだ。

「いいぞ。チップのシュートが早いから、セント・ジョセフが近づけないでいる」スティービーは言った。

グレイバーのスリーポイントは三十得点に上り、そのおかげで二分十二秒を残して得点は六十七でならんだ。その後は一進一退の展開《てんかい》だったが、試合終了《しゅうりょう》直前にワトソンがジャンプシヨットを決めて七十五対七十五になり、延長戦《えんちょうせん》に突入《とつにゅう》した。延長戦は、それまで以上に緊迫《きんぱく》したものになった。五分間が五時間に思えた。スティービーは腕時計《うでどけい》に目をやった。七時五十分。試合は三時間近くになろうとしていた。十一秒を残したところで、二人にはさまれたグレイバーは、センターのタム・アベイトにパスし、アベイトが楽々ダンクを決めてMSUが八十三対八十二でリードした。セント・ジョセフはタイムアウトを使い切っていたため、ワトソンはそのままドリブルして中央突破《とっぱ》をはかり、ディフェンスが立ちふさがるとキャロルにパスした。キャロルがスリーポイントを決めて、三秒九残して八十五対八十三と逆転した。MSUはタイムアウトを要求した。

「これで負けても、チップが力を百パーセント出さなかったなんて言わせない」スーザン・キャロルは騒音《そうおん》に負けじとスティービーにどなった。がなり立てるバンドと、ファンの悲鳴で、鼓膜《こまく》がやぶれそうだ。観客は総立ちだった。

「やつらがなんて言うかなんて、わからない」スティービーは言った。「たしかなのは、グレイバーがラスト・ショットを撃《う》つってことだ。もし、それをミスったら……」

考えるのもこわいというように、スーザン・キャロルはスティービーの肩《かた》に手をおいた。こわいのはスティービーも同じだ。選手たちがコートにもどると、案《あん》の定《じょう》グレイバーがまわりこんでエンドラインからのパスを受けて走りだす。それをワトソンが追い、ディフェンスが二人迎《むか》え撃《う》つ。グレイバーは右に切れこんで自分の前にスペースをつくり、リングから十二メートルを残して、終了《しゅうりょう》一秒前に立ち止まった。そして、ワトソンのガードをはずすように、体を右にかたむけながらシュートを放った。同時に試合終了のブザーが鳴った。一瞬《いっしゅん》、すべてがスローモーションになり、スティービーはリングに向かって弧《こ》を描《えが》いていくボールを見守った。なぜかはわからないが、入るような気がしていた。ところが、それをあざ笑うように、ボールはバックボードにはね返り、リングの手前にあたった。観客がいっせいに息をのんだ。ボールはいやになるほど長い間、リングの上で止まっていたと思うと、やがてゆっくりとネットのなかに落ちていった。

スティービーは、これほどの歓声《かんせい》を聞いたことがなかった。まさに音の爆発《ばくはつ》だ。気がつくとスティービーはとびはねながらスーザン・キャロルを抱《だ》きしめていた。考えてみれば奇妙《きみょう》な光景だった。フィラデルフィアの少年が、ノースカロライナの少女を抱きしめている理由が、ミネソタの選手が終了と同時に奇跡的《きせきてき》にスリーポイントを決めて、フィラデルフィアのチームをくだしたというのだから。幸い、だれにも見られていなかったが。そのさなか、スティービーはハッとわれに返り、バツが悪そうにスーザン・キャロルを離《はな》した。

「ごめん」スティービーは大声で言った。

スーザン・キャロルは答えなかった。コート上では、グレイバーの上にチームメイトが折り重なり、手荒《てあら》い祝福を受けている。スティービーが思わず目をやると、ワトソンとキャロルは床《ゆか》にすわりこみ、信じられないという表情でその様子を見つめていた。グレイバーがシュートを放った時、ワトソンはもう少しでボールをたたき落とせるところだったのだ。MSUのバンドはコートになだれこもうとして、シュートが決まった瞬間《しゅんかん》どこからともなくあらわれた保安係に制止されている。

スーザン・キャロルが、騒音《そうおん》のなかなにかを叫《さけ》んだが、スティービーには聞きとれなかった。スーザンは身をよせて、くり返した。「これで選択《せんたく》の余地はなくなったわ。チップをウォジェンスキー元学生部長に引き合わせるしかない」

そのとおりだ。試合は終わった。しかし、それよりはるかに危険《きけん》なゲームが始まったのだ。

第二試合は盛《も》り上《あ》がりに欠ける内容だった。スティービーが第一試合の記事を書き上げた時には、ハーフタイムになっていた。どのみちAP通信が試合内容や、グレイバーのウィニングショットについては事細かに伝えるだろうから、スティービーは敗者について書くことにした。セント・ジョセフのロッカールームは、見たことがないほど静まり返っていた。選手たちはこんな状況下《じょうきょうか》でも礼節を失わず、だれからの質問にもていねいに答えていた。それはフィル・マルテッリ・コーチも同様だった。スティービーはいたたまれなくなった。ほかにも、やはりいたたまれなくなる記者はいるのだろうか？　そんなことを思いながら、トミー・ワトソンのロッカーを取りまく人垣《ひとがき》のなかに立っていると、だれかにつつかれた。

顔を上げると、ディック・ジェラルディだった。セント・ジョセフ大と行動をともにすることになっていたため、週末ずっと顔を合わせることがなかった。ジェラルディは静かに言った。

「こういう時が一番きついんだ。だれも、こんな負け方をするとは思わないからな。特に、こんないい選手たちはな。とても見てられないよ」

「でも、仕事は仕事ですよね？」スティービーも静かな声で言った。

「そのとおりだ」ジェラルディは言った。「選手たちの仕事は、どれほどつらかろうと話をすること。われわれの仕事は、質問をして記事を書くこと――どんなにつらくてもな」

スティービーは記事を書き、送信してから、コートにもどった。記者席まで来ると、前半残り四分で、デューク大が四十五対三十三でリードしていた。これは驚《おどろ》きだ。

「去年の雪辱《せつじょく》をしたいみたい」スーザン・キャロルが言った。

「いつまで続くかお手なみ拝見《はいけん》だ」スティービーは言いながら、決勝戦でMSUとデュークを対戦させようというホワイティングの計画に、なにか意味があるのだろうかと考えていた。

デュークの優勢《ゆうせい》は続いた。コネティカット大は、後半一度は七点差までつめよったが、J・J・レディックが立て続けにスリーポイントを決めて、ふたたび十三点差に広げた。すると、シャシェフスキーはオールコートプレス（相手の攻撃《こうげき》にプレッシャーをかけるディフェンス）に切りかえ、最後の五分間にユーコンがファウルを犯すようにしむけた。スティービーは、デューク大がシュートを決めるたびに、スーザン・キャロルが興奮《こうふん》するだろうと思ったが、そんなそぶりは見せなかった。コネティカット大がいい動きをしても、やきもきする様子もなかった。落ちついてメモを取り続けている。残り三分四十三秒で、デューク大がリードを十五点に広げると、スーザン・キャロルはスティービーの方を向いて言った。「もうそろそろチップがホテルにもどってるころじゃないかな」

第一試合終了《しゅうりょう》後の大さわぎのなかで、二人は、ドーム内でチップに会うのは不可能だと判断した。CBSのインタビューを受けたあと、記者会見場に行かなければならなかったのだ。そこでチップやチームメイトたちは、十四回「体育学生」と呼《よ》ばれた。それから、メディアが満足して引き上げるまで、ロッカールームで記者たちに取りかこまれていたのだ。スーザン・キャロルは第二試合の記事を書くことになっていたから、スティービーがチップに連絡《れんらく》して、いい知らせを伝え、明日の予定を聞くつもりだった。

スティービーは腕時計《うでどけい》を見てうなずいた。十時過ぎだ。今なら、チップは電話に出られるだろう。コマーシャルタイムアウトの間にスティービーは立ち上がり、座席《ざせき》の間をかなり空席の目立つ記者席へと出ていった。まだ第一試合の記事を書いている者や、ユーコンに勝ちはないと見て、早くもこの試合の記事を書きに行く者がいるせいだ。スティービーは通路に出て、トンネルに向かった。傾斜路《けいしゃろ》の上まで来た時、肩《かた》に手がおかれた。スティービーは、ウェイスかブリル、あるいはジェラルディだろうと思って、笑顔でふり向いた。

「ちょっと聞きたいことがある。そこまで顔を貸してくれ」ジェリー・ヴェンチュラだった。

13　次は、ベイ・セントルイス

ヴェンチュラはスティービーの腕《うで》をしっかりつかんだまま、傾斜路《けいしゃろ》から左の方へと歩いていった。プレスルームは右の方だ。見たところ、ヴェンチュラの向かう方にはなにもない。両側には黒いカーテンがさがり、「テクニカルサービス」という矢印が通路の先を指している。試合統計表をかかえただれかが、こちらに目を向けることもなく早足で追いぬいていく。スティービーは助けを求めようかと思ったが、ヴェンチュラは心を読んだかのように言った。

「声を出したら、おれの部屋への不法侵入《ふほうしんにゅう》で逮捕《たいほ》させるぞ」

脅《おど》しのつもりだとしたら、実に効果的だった。

「わかった、わかった。声は出さないよ」自分の声を聞くと、スティービーの気持ちはなぜか落ちついた。「そんな必要はないから。ぼくになんの用ですか？　なんの話ですか？」

ヴェンチュラは笑ったが、笑《え》みというよりは顔をゆがめたように見えた。「おまえとガールフレンドになんの用か教えてやろう。今朝、おまえらはMSUの大ファンだとか、マイクやトレイに会えてうれしいなどとさんざん出まかせをならべて、おれの部屋の鍵《かぎ》を手に入れた。おまえらが何者で、おれの部屋でなにをしていたか、話してもらおうか」

スティービーは、「冷《ひ》や汗《あせ》をかく」という言葉の意味がよくわかった。なにか言いわけを考えないと。それなのに、この週末で初めて、たよりになるスーザン・キャロルはいない。「あなたの部屋に用があったわけじゃない」スティービーはなにか思いつくまで時間をかせごうと、わざとゆっくり答えた。「ソーダがほしかっただけだ」

ヴェンチュラは、いっそう強く腕をねじり上げた。「やめろ、これ以上おれを怒《おこ》らせるな。トレイをここに呼《よ》んでもいいんだぞ。さあ、話せ。おまえらがどうして記者証を持っている？　今朝、なにをしようとしていた？」

スティービーは、こうなったらヘタなことを言うよりも、真実を話した方がいいだろうと判断した。考える時間もかせげるかもしれないし。「わかった、わかったから手を放して。そしたら、話すから」

ヴェンチュラは力を少しゆるめたが、放しはしなかった。「早く話せ」

「ぼくの名前はスティービー・トーマス」かくしても意味がない。なにしろ、記者証に書いてあるのだから。「女の子はスーザン・キャロル・アンダーソン。ぼくたちは、ＵＳＢＷＡの記者コンテストの受賞者で……」

「USBWAとはなんだ？」ヴェンチュラはきいた。

「全米バスケットボール記者協会」スティービーはなおも時間かせぎをしようと、ゆっくり言った。「今年は二人受賞したんだ」

「姉弟で受賞したのか？」

こいつ、あんまり頭がよくないな。スティービーは思った。「ちがうよ。彼女《かのじょ》は姉さんなんかじゃない。なんであんなこと言ったのかわからない」

「おれの部屋でなにをしていた？」

「あなたの部屋には入っていないよ」スティービーは言い張った。「ぼくたち、ラウンジでソーダをもらって、下におりたんだ」

「それにしちゃ、ずいぶん時間がかかったな」

「ラウンジで『スポーツセンター』を見ていたんだ。ヴァイタルが出てたから」

「ヴァイタルはしょっちゅう出ている。ほんとうはなにをしていたんだ？」

「わかったよ。ぼくたち、選手の泊《と》まっているフロアに行って、インタビューできる人がいないかさがそうと思ったんだ——ほら、特ダネがほしいでしょ。それよりヴェンチュラさん、部屋からなにかなくなっていましたか？　なにかなくなっていて、ぼくたちが盗《と》ったと思ったんですか？　嘘《うそ》発見器にかけたっていい。ぼくたちはなにも盗《ぬす》んでいないよ」

初めて、ヴェンチュラの表情が少しだけやわらいだ。「いや、なにもなくなっていなかった。部屋にもどったら、ものの場所が変わっているような気はしたが。今夜、おまえらを見るまで、おかしいとは思わなかった。それで、ルームキーのことを思い出したんだ」

「あなたがもどった時、部屋はそうじされていたの？　ルームメイドが動かしたんじゃないかな？」

「それはあり得るな」ヴェンチュラの声から、怒《いか》りが引いていくのがわかった。「で、うまくいったのか？　特ダネは見つかったのか？」

「いや、だれもいなかった。だから、ヴァイタルを見ていたんだ」

「わかった、行っていいぞ」ようやくヴェンチュラは手を放した。「だが、そのＵＳＢＷＡとやらの件は調べさせてもらうぞ。もしも嘘だったら、またつかまえてやる」

「これからいっしょにプレスルームに行ってもいいよ」スティービーは言った。「記者発表を読めばいい。部屋の前においてあるから」

「いいから、行け」その声には、どこかしら親しみさえ感じられた。「やっかいごとに巻《ま》きこまれるなよ」

「わかった」スティービーは言った。

ヴェンチュラは歩き去り、スティービーはうす暗い通路に一人残された。あぶなかった。気持ちを落ちつけながら、スティービーは思った。危機一髪《ききいっぱつ》だった。

スティービーがプレスルームにもどった時には、試合は終わろうとしていた。デューク大がフリースローを投じ、残り時間は一分を切っていた。スティービーは、自分のパソコンのわきにおかれた電話に歩みよった。すぐ横で、ウェイスが記事を書いている。ウェイスはチラッと顔を上げて言った。「久しぶり。楽しんでるか？」

「はい、もちろん」スティービーは言った。「電話を使いたいんですけど」

「ご自由に」ウェイスは言った。

スティービーは自分のメモ帳を出して、チップの携帯《けいたい》番号を見つけると、記事に集中しているウェイスに背中《せなか》を向けた。最初の呼び出《よびだ》し音でチップが出た。

「スティービーです」チップの名前を聞かれる危険《きけん》を避《さ》けようと、スティービーは言った。

「ああ。今、食事していたんだ。なにかわかった？」チップはさりげない口調で言った。まわりに人がいるせいだろう。

「ええ。まず、おめでとうございます。ほんと、すごかった」

「ああ、運がよかった。ありがとう」

「それで、話がしたいんだけど。ウォジェンスキーを見つけた。この近くに住んでる。力になりたいから、家に来てくれって」

一瞬《いっしゅん》、間があった。

「ほんとうか。信じられない」チップはよりいっそう声を落とした。「わかった、じゃあ、明日の朝八時に、おれのホテルの二階で落ち合おう。ラジオ局の連中がいたところだ」

「でも、かち合うのはいやだな」

「だいじょうぶ。そんな早い時間には、だれもいないから。みんな、まだ寝《ね》てるよ。できるかい？」

「やってみる」

「オーケー。じゃ、明日」

チップは携帯を切った。スティービーが顔を上げると、プレスルームには次々に人が流れこんでくるところだった。第二試合がちょうど終わったのだ。

スーザン・キャロルが満面の笑《え》みをたたえて入ってきた。それも当然だ、ごひいきのチームが勝ったのだから。

「話せた？」スーザン・キャロルは声を落としてきいた。

「ああ。明日の朝八時に、チップのホテルの二階で落ち合おうって。ラジオ局の連中に会ったあたりだ」

「嘘《うそ》」スーザン・キャロルはちょっとひるんだ。「あの人たちに、もう一度会うのいやだな」

「それどころじゃないよ」スティービーは言った。

「どうして？　なにかあったの？」

「あとで話す。それより、明日もう一度父親をごまかす方法を考えないと」

「それはあとで考えよ。まずは記事を書いちゃわなくちゃ」

「手伝うよ」スティービーは言った。「その方が早い。ぼくが会見場に行くから、君はロッカールームに行けよ。逆でもいいけど」

スーザン・キャロルは、スティービーの肩《かた》に手をおいた。「ありがと。すごく助かる。あたし、ロッカールームを見てくる。でも、ユーコンの会見場での話も聞きたい。どうしてデューク大が楽々と試合をコントロールできたと思うか。カルホーン・コーチと、そうね、一人ぐらい選手のコメントがあってもいいかも」

「了解《りょうかい》」スティービーは言った。

二人はそれぞれの場所に向かい、三十分後にスーザン・キャロルのパソコンの前にもどってきた。スティービーはスーザン・キャロルにたのまれたコメントを伝え、スーザン・キャロルは四十五分で記事を書き上げた。今度も、ディック・ウェイスは執筆中《しっぴっちゅう》で、ビル・ブリルは書き終わっていた。

「ラジオに出るんですか？」スティービーは聞いた。

「いや、ホテルの接待室で、ビールを五はいほど飲むことにするよ」ブリルは答えた。「さて、行くか」

建物から出たのは、ちょうど真夜中だった。雨がしとしとふっており、スーパードームからホテルへと続く歩行通路は閑散《かんさん》としていた。スティービーは、ブリルがいっしょにいてくれてうれしかった。

ハイアットホテルへと続くショッピング街《がい》の入り口についた時には、全員びしょぬれだった。幸い、入り口はあいていた。ホテルにつくと、ブリルはメディア用の接待室に向かい、スティービーとスーザン・キャロルはエレベーターに向かった。「寝《ね》る前に、明日の朝の計画を立てておいた方がいいな」スティービーは言った。骨《ほね》の髄《ずい》まで疲《つか》れていたが、それでいて今日一日いろいろありすぎて、いまだに興奮《こうふん》が収まっていなかった。

二人は、話をするために、スティービーの部屋のある十九階でおりた。その時間、あたりに人影《ひとかげ》はなかった。スティービーは、手短かにヴェンチュラとのいきさつを話した。

「それで、納得《なっとく》したと思う？」スーザン・キャロルはきいた。

「うん、したと思う。実際、真実に近いんだから」

「そうね。それに、あたしたち、ただの子どもだし。たいしたことなんて、できないものね」

スーザン・キャロルは言った。

「納得するっていえば、朝七時半にホテルを出ることについて、なにか父親を納得させる方法思いついた？」

「うん、思いついた」スーザン・キャロルは答えた。

スティービーは、もう驚《おどろ》かなかった。「どんなの？」

「明日の朝八時半に、ヒルトンホテルで『クリスチャン・アスリート信徒会』の祈禱《きとう》集会があるの。父さんにわたされた予定表で見たんだけど。あたし、教会の代わりにそっちに出るって言うわ。ひょっとしたら、そこに来る選手の記事が書けるかもしれないからって」

「ぼくはどうすればいい？　日曜集会には行かないけど」

「コーチもたくさん来るから、記事になるかもしれないって言えばいいでしょ」

それはいい考えだ。ちょうどいいタイミングだし、記事になるって言えば父さんも納得するだろう。

「オーケー、いけそうだ。七時半にロビーで会おう」

スーザン・キャロルはうなずき、エレベーターに向かおうとして足を止めた。そして、スティービーの前までもどってくると、肩《かた》に腕《うで》をまわし、背《せ》をかがめて頰《ほお》に軽くキスをした。スティービーの足から力がぬけるのがわかった。どうしよう、ぼくもなにかした方がいいのかな。

「ええと、今のは？」

「あたしを安心させてくれたから」スーザン・キャロルは背を向けながら言った。「じゃ、七時半に」

スティービーは、身長三メートルになったような気分で部屋にもどった。まあ、少なくとも一メートル七十ぐらいには。

父さんはベッドにあお向けで、雑誌《ざっし》を読んでいた。「おそくなってごめん」

「そうだな、携帯《けいたい》電話はやっぱり必要か考えなおそうと思っていたところだ」父さんは言った。

「まあ、心配はしていなかったけどな。第一試合があんなに長引いたんじゃ、おそくなるのはわかっていたからな。疲《つか》れただろ？」

「うん。でも、目ざまし、七時十五分にかけていい？」スティービーは言った。

父さんは眉根《まゆね》にしわをよせた。「七時十五分？　なんでまたそんなに早く？」

スティービーは、しかたがないんだとでも言いたそうにため息をついた。「うん、ヒルトンで『クリスチャン・アスリート信徒会』の祈《いの》りと朝食の会があるんだけど、有名な選手やコーチが参加するんだって。だから、午後の記者会見を待つよりも、朝のうちに取材してこようかなって」

「祈りと朝食の会？」

「パパ、祈りに行くわけじゃない。取材に行くんだよ」

「ふーむ。で、スーザン・キャロルも行くのか？」

「うん。彼女《かのじょ》から聞いたんだ」

父さんは、スティービーが思わず顔を赤らめるようにニヤリと笑ったが、なにも言わなかった。代わりに、父さんは話題を変えた。「すごい夜だったな。信じられない幕切《まくぎ》れだった。セント・ジョセフが負けて残念だよ」

スティービーは父さんと、その試合の再現をしたかったが、とにかくくたくたただった。「すごかったね」スティービーは、あごがはずれそうなあくびをしながら言った。

「話は朝にしよう」父さんは言った。

そして、なにはともあれ目ざましが鳴った。父さんはストップボタンを思い切りたたき、スティービーはうめきながら、どうしてもう朝なんだろうと思った。しばらく横になったまま、二度寝《ね》をしたい誘惑《ゆうわく》と戦っていた。きっと、ぼくがいなくても、スーザン・キャロルとチップでなんとかするさ。いや、そんなことはない。ようやく思いなおして、スティービーはベッドからぬけ出した。

スティービーが起きたのを見て、父さんはもう一度眠《ねむ》ろうと寝返りをうった。「昼食にはもどるようにしろよ」とつぶやきながら。

スティービーは答えなかった。いつもどれるか、わからなかった。気持ちをふるい立たせてシャワーを浴びると、少なくとも目はさめた。それから服を着て、音を立てないようにドアから忍《しの》び出《で》た。父さんはぐっすり眠っていた。

スーザン・キャロルはすでに待っていた。ポニーテールがまだぬれている。手に発泡《はっぽう》スチロールのカップを持っている。

「コーヒー?」驚《おどろ》いて、スティービーがきいた。

「すごく疲《つか》れてる時、水泳の朝練の前に飲んだことがあるの。けっこう効《き》くわよ」

「水泳をするの？」

スーザン・キャロルはうなずいた。「まあね。バタフライよ」

二人は歩きだした。すずしい朝で、シャトルバスはまだ走っていない。

「苦くない？」

「ミルクと砂糖《さとう》を入れればだいじょうぶ。飲んでみれば」

スーザン・キャロルは言って、カップをわたした。スティービーはひと口すすってみた。熱い液体はのどに心地よく、そんなに苦くもなかった。「すごくおいしいよ」

「あたしが飲んでること、父さんが知ったらふるえあがるわね。カフェインにも中毒性があるって言ってたもの」

通りは驚《おどろ》くほど人通りが少なかった。ジョギングをする人や、疲《つか》れた顔の旅行客がちらほら目につくぐらいだ。

「まだみんな寝《ね》てるみたい」スーザン・キャロルは言った。

「そりゃ、そうだろうね」スティービーはあくびをしながら言った。スーザン・キャロルは、残りのコーヒーを全部くれた。

マリオットホテルのロビーに足をふみ入れたのは、七時五十五分だった。ロビーは閑散《かんさん》として、保安係がいるだけだった。

「念のためにルームキーは持ってきたよな？」スティービーがきくと、スーザン・キャロルはポケットから取り出して見せた。スティービーはホッとした。二人はだれにも止められずにエスカレーターまで来たが、スティービーはまちがいなく見られていると思った。保安係には、ほかにすることがないのだ。エスカレーターの上にも保安係がいて、スティービーとスーザン・キャロルにうなずきかけた。二人はできるだけさりげなくうなずき返した。

きのうMSUラジオネットワークが陣《じん》どっていたテーブルには、横断幕《おうだんまく》がさがっているだけだった。スティービーはホッとした。チップ・グレイバーが行きつもどりつしながら、二人を待っていた。会う約束がなかったら、見分けがつかなかっただろう。チップは黒のスウェットパンツ、「聖十字バスケットボール」と書かれたグレーのスウェットシャツ、そしてメッツオレンジの「NY」のワッペンがついたブルーの野球《やきゅうぼう》帽といういでたちだった。目までかくれるほど帽子を深くかぶっている。

「来ないかと思ったよ」チップは言った。スティービーもスーザン・キャロルも、まだ約束の時間の二分前だということは言わないでおいた。

「ちょっと歩こうか」チップは続けた。「ホワイティングから、少しでも離《はな》れたいんだ――それを言うなら、チームからもだけどな」

「オーケー」スーザン・キャロルが言い、エスカレーターにもどり始めた。

「ちがう、そっちじゃない。もっといい方法がある。ついてきて」チップは言った。

チップは二人の先に立って広い通路をぬけ、出口の表示にしたがって階段《かいだん》をおり、ホテルのわき道に出た。「ホテルに泊《と》まる時は、まず最初に裏口《うらぐち》をたしかめるんだ」チップは言った。「たいてい、ロビーを使うと大さわぎになるから。ジャクソン広場に向かおう。旅行客にまぎれるんだ」

フレンチ・クウォーターのせまい路地を歩きながら、チップは矢継《やつ》ぎ早《ばや》に二人に質問を浴びせた。

「ウォジェンスキー学生部長とは話したのか？　ほんとうに助けてくれるって？　なんて言ってた？　どうやって見つけたんだ？」

スーザン・キャロルは手短かに、知っている内容と、どうやって知ったのかを説明した。スーザン・キャロルが、養子の妹ということになっていると言うと、チップは笑った。

「それで、家に来てほしいと言ったのか？」

「そう。ここから一時間ぐらいのところに住んでるって」スーザン・キャロルはポケットから紙切れを取り出した。「Eメールで行き方を送ってくれたから、ゆうべの試合のあとプリントアウトしておいた。彼《かれ》の送ってくれたマップによれば、正確には九十八キロね」

「行くとなれば、車がいるな」スティービーは言った。

チップはうなずいた。「それはだいじょうぶ」そして、ポケットから携帯《けいたい》電話を取り出してパチンと開くと、番号を打ちこんだ。「ボビー・モー。グレイバーだ」

ボビー・モーがなにか言うのを、チップは聞いていた。「ああ、わかった。ありがと。なかなかついてるだろ？」。チップはもう一度耳をかたむけ、笑った――どう見てもつくり笑いだ。「ほんとうに助かるよ。それで、必要なものがあったら電話しろって言ってただろ？　ちょっとたのみがあるんだ」。また、間があった。「いやいや、そんなんじゃない。たのむよ、おれ、明日の夜、決勝戦なんだよ。二、三時間、車をころがしたいんだ。なんとか都合してくれないか？」

ボビー・モーがまたなにか言っている。「よし。いや、マリオットはまずい。人が多すぎる。今、ジャクソン広場にいるから。どれぐらいで来られる？　二十分？　オーケー。角にテラス式のカフェがあるから――カフェ・ドゥ・モンドだ。そこでおれたちを拾ってくれ」

「おれたち」という言葉に、ボビー・モーがなにか言ったのだろう。チップは笑って答えた。「いとこを二人ばかり連れてきたんだよ。人ごみを避《さ》けてドライブに連れて行くって約束したんだ」

そして、チップは携帯をたたんだ。「交渉《こうしょう》成立」

「今のは、だれ？」スティービーより一瞬《いっしゅん》早く、スーザン・キャロルがきいた。

「名前はボビー・モーリス。ブリックリー・シューズの社員だ。おれが二年になった時から、靴《くつ》メーカーが触手《しょくしゅ》をのばしてきてね。みんな、おれが『商売になる』とふんで、契約《けいやく》したがるんだ。だから、たいていおれのたのみはきいてくれる。車を数時間借りたいから二十分で持ってきてくれなんていうたのみでもな」

「ブリックリーって、何年か前に大きなスキャンダルのあった会社でしょ？」スティービーは言った。

「そのとおり。当時、今のボビー・モーの仕事をしていたマイルズ・アクリーというやつが、ルイジアナの選手を買収しようとしてつかまったんだ。そいつは首になり、代わりにボビー・モーが雇《やと》われた。いけすかないやつだが、アクリーほどじゃない。あいつよりワルはいくらでもいるよ」

三人は、いならぶ似顔絵描《か》きや、占《うらな》い師《し》や、特設のNCAA公式グッズの屋台の前を通り過ぎた。カフェのテーブルにすわり、カフェオレとベニエ（油で揚《あ》げたスナック）をたのむと、チップは言った。「スーザン・キャロル、ウォジェンスキーの番号を聞いたんだな？」

スーザン・キャロルは番号を教え、チップは携帯《けいたい》でその番号にかけた。「ウォジェンスキー学生部長ですか？　チップ・グレイバーです。起きていらっしゃいましたか？」

チップは耳をかたむけた。「いえ、ほんとうにおれです。ありがとうございます。運がよかったんです。でも、きのう妹が説明したように、今ちょっと困《こま》ってましして。妹の話では、助けていただけると」チップは相手の話を聞いてから、うなずいてスーザン・キャロルを見た。「ええ、道順はわかります」スーザン・キャロルはうなずいた。「今、車を用意していますので、九時半から十時の間には、そちらにつけると思います。それでかまわなければ」チップはまたうなずいた。「わかりました。では、その時に」

チップは携帯を折りたたんだ。「待ってるって」

「成績のコピーは見つかったって？」スティービーがきいた。

「いや、まだだ。さがしている最中だと――コンピュータのどこかにまぎれているんじゃないかって。出てきたら、すごいよな？」

みんな、黙《だま》りこんだ。一年前のコンピューターのファイルに、どれだけのものがかかっているか、考えていたのだ。

「だれかが心配するんじゃない、チップ？」ベニエを食べながら、スーザン・キャロルはきいた。「今日はなにをする予定？」

「一時に記者会見がある。四時に練習。時間はあるよ」チップは答えた。

二十分後、緑色のジープのSUVがカフェの前に止まり、黒の短髪《たんぱつ》にあごひげを生やした、背《せ》の高い中年男が飛びおりてきた。「ブリックリー」とロゴの入った、ライムグリーンのスウエットを着ている。男はスティービーとスーザン・キャロルには見向きもせずに、チップに歩みよった。

「グレイバー！」男は生き別れの弟かなにかのように、チップを抱《だ》きしめた。「ゆうべはすごかったな！　あれでかなりかせいだぞ」

スティービーは、チップの三十八得点と、終了《しゅうりょう》と同時の快挙《かいきょ》を、金に換算《かんさん》することなど思いつきもしなかった。要するに、世間知らずなんだな。

「ありがとう」チップは、ボビー・モーから体を離《はな》しながら言った。「いとこを紹介《しょうかい》するよ。スティービーとスーザン・キャロルだ」

「よろしくな」ボビー・モーは言って、二十年前にすたれた、芝居《しばい》がかった握手《あくしゅ》をし、スーザン・キャロルの手を両手でにぎると、にっこり笑いかけた。「君、かわいいじゃないか」

「よろしく」スーザン・キャロルは言ったが、この男からできるだけ離れたいと思っているのはたしかだった。

ボビー・モーはチップに向きなおった。「車を持ってきたよ。ダウンタウンでおろしてもらえるか？」

「いや、悪いんだけど」チップは言った。「そっちへは行かないんだ。ほんと、申しわけない」

「いや、かまわないよ！」ボビー・モーははずんだ声で言った。「タクシーを拾うから。楽しんできてくれ」

ボビー・モーはチップと大げさに握手をし、もう一度抱《だ》きしめた。

「ほんとにありがとう。感謝するよ」チップは言った。

「だれがバックにいるか、忘《わす》れないでくれよ」ボビー・モーは言った。

「もちろん」チップは答えて、運転席にまわりこんだ。

「前？　うしろ？」スティービーはスーザン・キャロルにきいた。

「お好きに」スーザン・キャロルは言った。

「じゃあ、うしろ。君がナビやって」

三人は車に乗りこみ、ボビー・モーに手をふってから発進した。

「あの道順だと、一度ダウンタウンにもどらないといけないんじゃないの？」スーザン・キャロルが言った。

「そうだよ」チップは答えた。「でも、あいつと話したくなくてね。ああいう連中と長くいると、体じゅうにヘドロを塗《ぬ》りたくられたような気がしてくるんだ」

「契約《けいやく》するの？」スーザン・キャロルがきいた。

「わからない。ドラフト次第かな。エージェントの言うとおりの順位なら、大金を手に入れることになる」

「一位になると思う？」スティービーはきいた。

「いや。一七八センチのガードを一位指名するやつはいないよ。危険《きけん》すぎる。まずは二〇八センチの高卒を採《と》ろうとするね。でも、おれは五位には入ると言われた。セルティクスは上位指名しそうだ。それに、どこかでレッド・アウアーバックが、おれは第二のタイニー・アーチボルドだと言ったという記事を読んだことがある」

スティービーは、タイニー・アーチボルドがだれなのかわからなかった。タイニー（小さい）という名前からすると、背《せ》の低いガードのようだが。レッド・アウアーバックは知っていた。父さんが、アウアーバックの所属するセルティクスが76ers《セブンティシクサーズ》からうばいとったすべての決勝戦の話をしょっちゅうしていたから。

チップはため息をついた。「まあ、賭《か》けみたいなもんだけどな。時々、来た契約《けいやく》におとなしくサインして、それ以外のことは考えない方がいいんじゃないかって思うことがある。だけど、テーブルにおかれる金の額が大きすぎる」

「でも、決勝戦を放棄《ほうき》しなければ、なにもかも流れちゃうんだ」スティービーは言ってから、後悔《こうかい》した。

「それか、放棄しようとしているのがばれるとかな」チップは暗い表情で言った。

「だからこそ、そいつらの恐喝《きょうかつ》を止めなくちゃならないんじゃないの」スーザン・キャロルは言った。

右手に道路標識がぬっと姿《すがた》をあらわした。I—10号線東入り口だ。「ここだ」チップは言って、進入路へとハンドルを切った。「次の出口がベイ・セントルイスだ」

14　ウォジェンスキー元学生部長

約一時間のドライブだった。マップの道路標示がきわめて正確だったため、ウォジェンスキー元学生部長の住む地域《ちいき》の細い道でも、まようことはなかった。朝九時半だというのに、海からかなり強い風が吹《ふ》いていた。

「あれはなんていう海？」車からおりると、スーザン・キャロルがきいた。

「メキシコ湾《わん》か？」チップが言った。

それがまちがっていたとしても、スティービー自身ほんとうのところはよくわからなかった。ベンジャミン・ウォジェンスキーが、玄関《げんかん》で三人を出迎《でむか》えてくれた。スティービーの描《えが》く、退官した大学教授の学生部長のイメージそのものだった。品があり、白髪《はくはつ》で、中肉中背《ちゅうぜい》。かくしゃくとしているが、七十にはなっているだろう。こんなにすずしくて風の強い日なのに、短パンに靴下《くつした》なしでモカシンをはき、ゴルフシャツを着ている。

「このベイ・セントルイスには、本物の有名人はあまり来ないんだよ」元学生部長は満面の笑《え》みで言った。

「やめてください」チップは差し出された手をにぎり返しながら言った。「そんな器《うつわ》じゃありません」

学生部長は笑った。「それで、このお二人は？」

その点については、車のなかで打ち合わせをしておいた。

「あなたと電話で話したのが妹です」チップはスーザン・キャロルを指さした。「こっちは、いとこのスティービー・トーマスです」

学生部長は二人とも握手《あくしゅ》をした。それから、チップを見た。「困《こま》っているということだが、喜んで手を貸すつもりだ。だが、へたな芝居《しばい》はやめよう。君には妹はいないし、いとこというのも嘘《うそ》だろう」

スティービーは、嘘を見ぬかれてどう答えるんだろうと、チップを見た。学生部長は腕組《うでぐ》みをして答えを待っている。スティービーは、ひょっとしてスーザン・キャロルがいつもの機転を利かせるのではないかと思ったが、やはりチップを見つめるだけだった。これはチップの問題なのだ。

「どうしてわかったんですか？」チップはきいた。

学生部長は笑った。「君は、学問に従事《じゅうじ》する人間が洞窟《どうくつ》にでも住んでいると思っているのかな？　君の経歴は把握《はあく》しているよ。それに、君のお父上とは昔からの知り合いだ。だから、最初からやりなおそう。君の友人を紹介《しょうかい》してくれないか」

チップは言い返さず、スティービーとスーザン・キャロルを正しく紹介しなおし、こうつけ加えた。「二人とも、おれを助けようとしてくれているんです」

「とにかく落ちつこう。それから、なにがどうなっているのか話してくれ」

学生部長は三人を、海に面した仕切りつきのポーチに案内した。

「すばらしい景色《けしき》ですね」チップは言った。

「ああ。妻もわたしも出身地のロードアイランドに隠居《いんきょ》しようと考えていたんだが、ミネソタ州のきびしい冬を過ごしてきた身には、少しばかりの日光が必要だと思ってね」

ポーチの椅子《いす》に全員が腰《こし》をおろすと、本題に取りかかった。チップがホワイティング教授とのいきさつを話し、とちゅうからスーザン・キャロルが引《ひ》き継《つ》いで、たまたま話を立ち聞きしてしまったことを説明した。話し終わった時、学生部長はあっけにとられていた。

「君は困《こま》っていると言ったが、これは予想以上だ。きわめて深刻《しんこく》じゃないか。いったいどうするつもりだね？」学生部長は言った。「明日の試合を放棄《ほうき》しない場合、君はホワイティングやその共犯者が成績表を公開することに対して、なにか手を打つつもりかね？」

「それで、こちらにうかがったんです。おれの成績はコンピューターに残っていましたか？　それがあれば、成績が改ざんされたという証拠《しょうこ》になるんです」

「いや。申しわけない、ここにはなかった。あると思ったんだが、消してしまったようだ」

「でも、記憶《きおく》にはありませんか？　おれが去年の春期に落としたのは一科目だけだって証言してもらえれば、陰謀《いんぼう》をつぶせるんです」

学生部長は長椅子に深く腰かけなおした。「たぶん。ああ、いや、もちろん覚えているよ。運動選手の成績が適格であるかどうか、全員調べているからな。もしも適格でなければ、わかったはずだ。だが、それでもまだ、秋期にホワイティングがつけたFが残る。春期にFが二つでなかったとしても、そのおかげで今現在は不適格ということになってしまう」

「でも、一つがでっち上げだってわかれば、もう一つもそうだってふつうは考えるんじゃないんですか」スティービーは言った。

「いい指摘《してき》だ、スティービー」学生部長は言った。「だが、証拠がない。あるのは、問題の選手の言葉と、退官した年よりの記憶だけだ。そして、向こうには成績表の実物がある。人はどちらを信じるかな？」

チップは両手で頭をかかえてうなった。

すると、スーザン・キャロルが言った。「犯人たちはどうやって成績を入手したんですか？

改ざんできるとしたら、だれですか？」

「そうだな、ホワイティングなら、去年の成績を変えることはかんたんだな。教授たちは、折にふれ変えているしな——不可から評価対象へとか、なんらかの理由でレポートや追試を受けて評価を上げるとか。だが、それでも、BからFに変えるというのは致命的《ちめいてき》だな」

「マッティ学生部長でもですか？」チップがきいた。

「それ、だれ？」スティービーはきいた。

「わたしの後釜《あとがま》だ」ウォジェンスキー元学生部長は言った。「理屈《りくつ》から言えば、そうだ。それと、残念ながら、わたしが成績の変更《へんこう》を見のがしたということもあり得る。三月の段階《だんかい》で、成績の変更をわざわざさがす理由がない。学生にショックをあたえるだけだからな。まずあり得ない」

「じゃあ、経済《けいざい》の成績はどうなんですか？」チップは言った。「スコット教授は成績を変更してはいないじゃないですか」

ウォジェンスキー学生部長はうなずいた。「たしかに、変更してはいない。だが、トム・ホワイティングも変更はしていないよ。彼《かれ》がコンピューターおたくでないかぎりな。だれかに手伝ってもらったんだろう」

「でも、だれから？」スティービーはきいた。

「だれに」老学生部長が訂正《ていせい》した。「そう、それが問題だ。各学科の責任者なら変えられるな。経済学《けいざいがく》ならロン・ラットだ。あるいは、もっと上の人間かもしれない。学生部長、副学長、学長……」

「つまり、可能性のある人間はたくさんいると？」チップがきいた。

「残念ながらな」ウォジェンスキー学生部長は言った。「それも手ごわい相手だ。わたしはほんとうに心配になってきたよ、チップ。犯人たちはかなりの危険《きけん》を冒《おか》している。八百長試合を仕組むことは、連邦法違反《れんぽうほういはん》だからな」

「ほんとうに？」

「ああ、ほんとうだ。合法的賭博《とばく》は州法の範囲《はんい》を超《こ》えるため、賭博はＦＢＩによって取《と》り締《し》まられるのだ。チップ、君は非常にあやうい状況《じょうきょう》におかれているかもしれん。ここにいる友人たちもな。犯人たちとわたり合おうとはしない方がいい」

「どう考えたらいいのか、頭のなかが混乱《こんらん》してきた」チップは言った。

「すまんな――わざわざ来てくれたのに、助けらしいことをなにもしてやれなくて」

全員、打ちひしがれて黙《だま》りこんだ。

「わからないんだが」ウォジェンスキーは言った。「わたしの家をどうやって調べたんだね？デイヴィッドソン大の某《なにがし》という女性から、君がわたしをさがしているという伝言をもらったんだが、かけなおす前にスーザン・キャロル、君から電話があったのだ」

「かんたんじゃなかったです。MSUのだれも助けてくれませんでしたから」チップは言った。「だれにきいても、あなたがどこに住んでいるか知らないと言われるし、退官しても個人情報を守らなければならないとかで。正直言って、わけがわかりません。ふだんなら、必要なことはたいてい教えてもらえるのに」

「たしかに変だ。だが、MSUの上の人間が関係しているとなれば、話は別だ」

「ええ。ただ、幸いあなたがデイヴィッドソン大にいたことを覚えてたんで、同窓会《どうそうかい》事務所をあたってみたんです」

「なるほど、君は有能だな。で、助けは得られたのかな？」

「はい。クリスティン・ブラマンさんが」スーザン・キャロルが答えた。「話をされたのかと思ってました。あたしたちから連絡《れんらく》してもいいって、ブラマンさんに話してくれたんじゃないんですか？」

「いや」学生部長は言った。「というより、そうしようと思っていたところへ、君から直接かかってきたのだ。もう一度、名前を聞かせてくれるか？」

「クリスティン・ブラマンです」スーザン・キャロルは言った。

老学生部長は、明らかに困惑《こんわく》したように、椅子《いす》に深くすわりなおした。「解決の鍵《かぎ》が見つかったと思ったのだが、よけいにわからなくなったようだ。ちょっとコーヒーをいれて、考えてみたいんだが――君たちもどうだね？」

三人とも遠慮《えんりょ》した。老学生部長が席をはずしていたのはわずか四、五分ぐらいだったが、スティービーはそれでも待ちきれずにじりじりしていた。チップとスーザン・キャロルも同じだった。

「ふむ、どう解釈《かいしゃく》したらいいのかわからんが、その名前は君になんらかのつながりがあるようだ。だとしたら、これも関係あるかもしれん」ウォジェンスキー学生部長は腰《こし》をおろしながら言った。「チップ、君は若《わか》いから覚えていないだろうが、プリチェット・コーチがノーザンウィスコンシン大に職を得てデイヴィッドソン大を去った時、君の父上は第二アシスタントだった」

「第二アシスタント？」チップは言った。「知らなかった。父はずっと第一だとばかり……」

「ヘッドコーチになったからか？　それはだね、当時運動部監督《かんとく》だったテリー・ハンソンが、君の父上をヘッドコーチに抜擢《ばってき》したためだ。第一アシスタントよりも有能だと考えたのだ。第一アシスタントだった男にはなにかと問題があり、デイヴィッドソン大のような学校は、トラブルを引き起こされるのをきらったのだろうな。清廉潔白《せいれんけっぱく》なイメージを守るためにな」

「その第一アシスタントとは？」チップがきいた。

「スティーヴ・ユルゲンセン」

「聞いたことがある」チップは言った。「親父《おやじ》からだと思う」

「ほんとうか？　ほかにどんなことを聞いた？」

チップは首をふった。「ほかはなにも」

「そうか。彼《かれ》の妻の名前がクリスティンだ。デイヴィッドソン大の同窓会《どうそうかい》事務所で働いている。旧姓《きゅうせい》は……」

「ブラマンですね」スーザン・キャロルが口をはさんだ。

「おそらく仕事では、その名前を使っているんだろう」チップが言った。「だから、電話帳で見つからなかったんだ」

ウォジェンスキー学生部長は話を続け、三人は真剣《しんけん》に耳をかたむけた。「スティーヴ・ユルゲンセンは怒《いか》り、自分がヘッドコーチになれなかったことをくやしがった。周囲に、君の父上が職を得るためにぬけがけしたと言いふらした。わたしに言わせれば、真実からはほど遠いのだが」

「親父はそんなことはしません」チップは言った。

「わかっているよ、チップ。ともかく、スティーヴ・ユルゲンセンは、その時点でコーチは自分に向いていないと考え、周囲もそれを受け入れた。ユルゲンセンはまだ若《わか》いころにノースカロライナ大で法学を修めていたため、シャーロット弁護士事務所に職を得、十年のうちに共同経営者の一人になった。するとユルゲンセンは母校に多額の寄付をするようになり、よくは知らんが、四、五年前に理事会に加えられた。わたしの思いちがいでなければ、今は経営委員会のメンバーであり、ゆくゆくは委員長に就任《しゅうにん》することになっている」

「母校はどこですか？」スーザン・キャロルはきいた。

学生部長はにっこり笑った。「デュークだ」

「デューク！」三人はいっせいに声をあげ、顔を見合わせた。

「スティーヴ・ユルゲンセンなんて選手、記憶《きおく》にないけど」スーザン・キャロルは言った。

「あたし、一九六〇年代以降《いこう》のデューク大の選手はほとんど覚えているんだけど」

「彼《かれ》は選手ではなかった」ウォジェンスキー学生部長は言った。「マネージャーだ」

「マネージャーがコーチになった？」チップがきいた。

「めずらしいことじゃないね」スティービーは言った。「ニュージャージー・ネッツのローレンス・フランクは、インディアナ大のマネージャーだったし」

「それと、ヴァージニア・コモンウェルスのジェフ・ラメールはコーチ・Kの下でマネージャーをやっていたわ」スーザン・キャロルがつけ加えた。

「ただ、ほかとちがうのは、彼はコーチをやめて金持ちになったことだ」学生部長は言った。

スティービーには、チップも自分と同じように、頭のなかであれこれ考えているのがわかった。「わかりました。そのスティーヴ・ユルゲンセンが今回の件に関係しているとして」チップは言った。「今でもおれの親父《おやじ》をうらんでいて、デュークが勝ち、親父が負けるのを見たがっていると。でも、ホワイティングとはどうつながるんだろう？」

「でも、それならホワイティングが、決勝戦でデューク大と対戦すると言ったことの説明がつくよ」スティービーがチップに言った。「たぶん、ユルゲンセンにとっては、チップたちがユーコンと戦おうが、かまわないんだ」

「かもな」チップは言った。「だけど、ユルゲンセンとホワイティングがつるんでいるとしても、どうしてユルゲンセンの奥《おく》さんがあなたを見つけるのに手を貸してくれたんでしょう？」

「そうだ、なぜだろう？」学生部長は言った。「おそらくユルゲンセンは、わたしがたいした力になれないことがわかっていて、君を失望させたかったんだろう。あるいは、君がなにかをつかんだと思い、助けるふりをして疑惑《ぎわく》を自分からそらそうと考えたとか」

「でも、あたしたちには、ユルゲンセンが一枚《まい》かんでいるかどうかわからないわけですよね？」スーザン・キャロルが問いかけた。

「もしも無関係だとしたら、おそろしい偶然《ぐうぜん》だな」ウォジェンスキー学生部長は答えた。

「ここまで来たら、偶然なんてあり得ないと思います」

チップは言ってから立ち上がり、腕《うで》時計《どけい》に目をやった。「記者会見があるんで、ダウンタウンにもどらなくちゃなりません。話を聞いてくれて、ありがとうございました。すごく助かりました」

「役に立てなくてすまん。それで、君はどうするつもりだね？」

「この二人にまかせます」

「ぼくたち？」スティービーが思わず言った。

「そう。おれが思うに、スティーヴ・ユルゲンセンはニューオーリンズに来ていて、明日の夜の決勝戦で母校が勝つのを見るつもりだ。君たちで、見つけ出してくれ」

車に乗りこんでニューオーリンズへの帰途《きと》につくと、チップはスーザン・キャロルに携帯《けいたい》をわたした。ビル・ブリルにかけられるようにだ。デューク大のチームが割《わ》りあてのホテルに宿《しゅく》泊《はく》していないのは知っていたが、ブリルの話では、部屋には卒業生やファンや寄進者が泊《と》まっているという。問題は、三人ともホテルの名前を覚えていないことだ。だが、ブリルなら知っているはずだ。

幸運なことに、ブリルをつかまえることができた。記者会見の前におそい朝食をとって、外に出たところだという。そろそろ昼時だった。チップはI—10号線に乗ると、百三〇キロに速度を上げた。スーザン・キャロルは手短かにブリルと話した。ドームで開かれる記者会見には、行けるかどうかわからないと。そして、携帯を切った。

「デューク大の選手は空港の近くだって。ファンや卒業生はエンバシースイートホテル。でも、重要人物はウィンザーコートホテルに泊《と》まってるって」スーザン・キャロルは言った。「電話番号も教えてくれた。新学長関連の記事を書いていて、取材のために理事長に連絡《れんらく》しようと思ってたんだって」

「理事長が泊まっているってことは……」スティービーは言いかけた。

「そういうこと」スーザン・キャロルはその番号にかけて、スティーヴ・ユルゲンセンにつないでくれと言った。しばらくして、スーザン・キャロルは携帯を切った。「部屋におつなぎしますだって。呼《よ》び出《だ》し音が鳴り始めたから切った」

「よし、これでやつの居場所《いばしょ》はわかった。次は……」チップは言葉を切って、バックミラーに目をやった。

「どうしたの?」スーザン・キャロルがきいた。

「お仲間だ」チップは言った。「つけられているみたいだ」

スティービーがふり返ろうとすると、チップに止められた。「見るな」

「ほんとうに？」と、スーザン・キャロル。

「わからない。偶然《ぐうぜん》かもしれない。だけど、あの黒の大型セダン、おれたちと同じ場所から高速に乗ってきて、ずっと同じ間隔《かんかく》でうしろを走っているんだ」

「どうするつもり？」スティービーはきいた。

「おれの思い過ごしかどうか試してやる」だしぬけにチップはハンドルを右に切り、出口ランプに入ったところで、バックミラーを見た。そして、顔をしかめた。「お仲間もおりてきた」

スティービーは、かすかに体をふるわせた。「高速にもどった方がいいんじゃないかな」

「落ちつけ、スティービー」チップが言った。「あそこにガソリンスタンドとバーガーショップがある。ちょっとガソリンを入れていこう」

チップは右側のエクソンスタンドに車を入れた。ポンプの前で車を止めると、大型セダンが通り過ぎていくのが見えた。

「なんだ、ただの偶然……」スティービーは言いかけた。

「いや、やっぱりつけられてる」大型セダンが急ハンドルを切って、道をへだてたななめ向こうのバーガーキングに飛びこむのを見て、チップは言った。「あそこで待つつもりだ」

「どうすればいいんだ？」スティービーは言った。

「ガソリンを入れて、町にもどるんだ」

チップは車からおりて、ガソリンを入れ始めた。その間、スーザン・キャロルとスティービーは車から目を離《はな》さなかった。大型セダンは、ガソリンスタンドに面した駐車場《ちゅうしゃじょう》に停まっている。

「だれもおりてこない」スーザン・キャロルは言った。「あたしたちが走りだすのを待ってるのね」

「でも、だれだろ？　どうしてつけてくるんだ？」スティービーは言った。

「正体を見きわめられると思う……」チップが車に乗りこむと、スーザン・キャロルは言った。

「チップ、バーガーキングのドライブスルーに行って」

「腹《はら》がへったのかい？」チップはきいた。

「ううん。ドライブスルーの窓越《まどご》しに、あの車のナンバープレートがはっきり見えるはず。あたしの友だちなら、ナンバーから持ち主をたどれるかもしれない」

幸いなことに行列はできていなかった。チップはハンバーガー、フライドポテト三つとコークも三つ注文した。受けとり口に停まると、チップが支はらいをする間に、スーザン・キャロルとスティービーは、その車の後部に目をこらした。窓にはスモークがかかっていて、なかは見えない。なんとも不気味だ。

「え、嘘《うそ》」スーザン・キャロルが声をあげた。「ノースカロライナ・ナンバーだ！」

「数字は読みとれるか？」注文の品の入った袋《ふくろ》を受けとり、ふり向くことなくうしろの席にわたしながら、チップがきいた。

「わかるよ」視力《しりょく》がいいのがじまんのスティービーが言った。「ＤＴＣ一四五だ」

「だれか書きとめて」釣《つ》りを受けとりながら、チップが言った。「すぐに出るぞ」

スティービーは書きとめるまでもなかった――そうかんたんに忘《わす》れそうもない。それでも、スーザン・キャロルはメモ帳を取り出した。

チップは急いでドライブスルーを出ると、一分とかからずに高速道路にもどった。しばらくして、チップはバックミラーに目をやった。「しっかりついてくる」

スーザン・キャロルは友だちに電話して、ナンバーを伝えた。

「だれなの？」スティービーは信じられないという顔できいた。「ほんとにナンバープレートから持ち主を特定できる人間と知り合いなの？」

「ただの友だち。父親が州警察《しゅうけいさつ》のおえら方で、そのコンピューターにもぐりこむの。一度、学校の教師のナンバープレートを全部調べて、事故を起こしたことがないかたしかめているところを、父親に見つかったらしいけど」

「それでも、君のたのみをきいてくれるんだ？」スティービーは言った。

「うん、そう」

「それも、どうして知りたいのかもきかずに？」

スーザン・キャロルは顔を赤らめた。「彼《かれ》、あたしのことが好きみたいなの。わかったらすぐ連絡《れんらく》するって」

それを聞いて、スティービーはあまりうれしくなかった。けれど、それ以上質問するのはがまんした。

チップが腕時計《うでどけい》を見た。十二時三十分になろうとしている。チップはスーザン・キャロルから携帯《けいたい》を返してもらうと、番号をおした。「トム、グレイバーだ。悪いけど親父《おやじ》とエイムズ・コーチに、ドームにはチームといっしょには行かない、向こうで落ち合うって伝えてくれるか。二、三分おくれるかもしれないが、心配いらないって。ちょっと用事があってね」

チップは携帯をパチンと閉《と》じた。

「オーケー、次はどうする？　ユルゲンセンの居場所《いばしょ》はわかったが、それが役に立つのか？」

「ホテルにおしかけて、話をしてみる？」スティービーが言った。

「それか、尾行《びこう》をする？」スーザン・キャロルが提案《ていあん》した。「どこへ行って、だれと話すか」

「そりゃいろんな人と話すだろうけど、それがだれなのかどうやって知るんだ？」

スティービーがいらいらして言った。

「そうね」スーザン・キャロルも認《みと》めた。「本人がどんな顔をしてるかも知らないし……」

二人の会話は、携帯の着信音にさえぎられた。スーザン・キャロルの友人が、ナンバープレートから車の持ち主を割《わ》り出《だ》してくれたのだ。

「どうやら、スティーヴ・ユルゲンセンを見つける方法を考える必要はなくなったみたい」携《けい》帯《たい》を切りながら、スーザン・キャロルは言った。「すぐうしろにいるから」

「なんだって！」スティービーとチップは、ほぼ同時に声をあげた。

ユルゲンセンを追いかけていると思ったら、実は追いかけられていたという事実は、身の毛がよだつほどおそろしかった。

「ねえ、これでも偶然《ぐうぜん》って言える？」スーザン・キャロルは、ふるえる声で言った。

「やっぱり、関わっていたか……」チップはハンドルに手のひらをバシンとたたきつけた。

「くそっ。ずっとつけられていたのか？　だとしたら、君たちも見られたわけだ。それに、ウォジェンスキーに会いに行ったのも見られたとすれば、こっちがやつを知ったことも知られたということに……」

「そりゃ、すごい」スティービーはおそろしさのあまり、それがなにを意味するのか考えをめぐらせることもできなかった。

「だいじょうぶだ、落ちつけ。犯人たちのねらいはおれだ。君たちじゃない」チップは言った。

「おれといっしょにドームまで行けば、君たちはやつをかんたんにまけるだろう。君たちは記者証を持っているが、ユルゲンセンは持っていないからな。ちゃんと持ってるな？」

スティービーは、特に今回はちゃんと準備してきた。「メモ帳の裏《うら》に貼《は》りつけてあるよ。スーザン・キャロルは？」

「持ってる」

「オーケー」チップは言った。「なかに入ったら、君たちは走れ。たぶん追いかけては来ない」

「たぶん？」スティービーは言った。

「今は、たしかなことは言えない」チップは言った。「おりたいのか？」

「ちがう！　そんな意味で言ったんじゃない」

「ならいい。なにかいい考えは？」

「あるわ」スーザン・キャロルが言った。

「いつものことだもんな」

スティービーが言うと、チップは笑った。「オーケー、わが妹よ、聞かせてくれ」

チップはハンドルをにぎりなおし、車は高速道路を飛ぶように走っていく。そのうしろをつかず離《はな》れず、黒の大型セダンが追っていった。

15　証拠《しょうこ》を見つける

スーパードームの裏側《うらがわ》にある「ＮＣＡＡ関係者専用」と書かれた門についたのは、きっかり一時だった。大型セダンは一ブロックほどうしろにいた。警備員《けいびいん》がここはだめだと手をふりながら近づいてくると、チップは窓《まど》をあけた。

「ミネソタ州立大のチップ・グレイバーだ」選手の記章と運転免許証《めんきょしょう》を見せながら、チップは言った。「すぐに記者会見に出なきゃならないんだ」

「悪いな、ここには許可証のない車は停められないんだ」警備員は言った。「ミネソタ州立大のバスは、二、三分前にここから入っていったよ」

「わかってる」チップは言った。「ここにいるいとこたちと、ちょっと用事があってね。チームといっしょに来られなかった。ここで合流しろって言われてるんだ」

それでも警備員が首をふっていると、もう一人の警備員が何事かと近づいてきた。最初の警備員が親指でチップを指して言った。「こいつが、選手だって言うんだ。記章は持ってるが、駐車許可証《ちゅうしゃ》はない」

「選手か、なるほどな」二人目の警備員《けいびいん》が言って、開いた窓からなかをのぞきこんだ。その目が丸くなった。「チップ・グレイバーか？　こりゃまた……」警備員はあわてて言葉をのみこんだ。「ビル、チップ・グレイバーだ。門をあけろ。悪かったな、チップ。ほかの選手たちといっしょだと思ってたから。だれも言ってくれなかったんで……」

「いいよ」チップは言って、気にするなというように手をふった。

「なかに入ったらランプをのぼってくれ」二人目の警備員は言った。「印があるから。会見場への行き方はわかるな？　通路に表示があるから……」

「ああ、わかってるって。ありがとう」チップは言った。

門が開くと、チップはビルに手をふってなかに入った。黒の大型セダンがゆっくり近づいてくるのが見えた。

チップは一番入り口に近い場所に車を停めた。雨がふり出したため、三人は早足で手近なドアに向かった。そこにいた警備員は、スティービーとスーザン・キャロルはいったん外に出て、階段《かいだん》を上り、ランプを通って報道入り口から入れといってきかなかった。チップのことも、記者会見のことも知っているが、規則は規則だと。

「ＮＣＡＡの人間をここに呼《よ》んでくれ」チップは言った。

「なんだって？」

「そのトランシーバーで、だれか呼んでくれ」

「だから、あんたはいいんだ」警備員は言った。「入ってくれていい。だが、この二人は階段《かいだん》を上って、外からまわってもらう」

「それはわかった」チップは言った。「だけど、この二人といっしょでなければ、おれはなかに入らない」

警備員は目玉をぐるりとまわして、トランシーバーを取り上げた。「ＮＣＡＡ広報担当《たんとう》、応答願います」

ざらざらした声が答えた。「広報だ。どうした？」

「裏口《うらぐち》に体育学生が来ています」

「グレイバー？　チップ・グレイバーか？」

「そうです。ただ……」

「すぐに通してくれ。時間におくれているんだ」

「それが、記者証を持った子ども二人がいっしょなんです。二人は報道入り口にまわってくれと言ったんですが」

「それでいい」

「ところが、二人といっしょでなければ入らないと言うんです」

トランシーバーから、悪態《あくたい》が聞こえてきた。一分とたたないうちに、青いブレザーを着て、出来の悪いかつらをつけたように見える男が、いらだった顔で角を曲がってきた。

男はトランシーバーをチップにつきつけて言った。「おそいぞ、チップ。急いで入ってくれ」

チップはスーザン・キャロルとスティービーを指さした。「二人とも記者証を持ってる。通してやってくれ」

ブレザーの男は首をふった。「例外は認《みと》められない。外からまわるんだ」

出会って以来、スティービーはチップ・グレイバーが本気で怒《おこ》るのを初めて見た。チップはブレザー男につめより、人さし指を胸《むね》につきつけた。

「あのな、おれはこんなNCAAの戯言《ざれごと》にはあきあきなんだ。規則規則、体育学生がどうのこうの、おまけに例外は認めないときた。そんなのばかり、三週間三つの都市で聞かされ続けてきたんだ。だけど、これが最後だ。三人とも入れてくれるか、それとも三人ともここから出ていくかだ。あんたはなかに入って、全米メディアに向かって、決勝戦前日ですがチップ・グレイバーは記者会見に出ません。なぜなら、自分たちがクソみたいな規則にしたがわせること以外なにもしようとしないからですと言えばいい」

青ブレザーは、体育学生がそんな口をきいたことに明らかに驚《おどろ》いて、チップから離《はな》れるように二、三歩下がった。「まあ待て、チップ、このことはあとでもう一度話を……」

「今決めてくれ」チップは言い張った。「五秒だ。でなきゃ、おれは帰る」

青ブレザーは、それがはったりかどうか見きわめるかのようにチップを見た。どう見ても、はったりではない。「わかった、わかった、行っていい。だが、君が遅刻《ちこく》したことで、君の学校にはペナルティがあたえられるぞ。それと、このことはバスケットボール委員会に報告するからな」

「ああ、好きにすればいい」チップは言った。「それで明日の試合、おれを出場停止にするのか？　ＣＢＳのお友だちが喜ぶだろうな」

青ブレザーは背《せ》を向けて、トランシーバーに話しかけた。「今、グレイバーを連れていく」

会見場につくと、青ブレザーはチップに、演壇《えんだん》に続く裏口《うらぐち》を指さした。グレイバー・コーチがマイクに向かって、デューク大とシャシェフスキー・コーチに最大限の敬意を表すると話しているのが聞こえた。

「オーケー」スティービーはスーザン・キャロルに言った。「ぼくはブリルをさがすから、君は父さんたちに電話して、直接記者会見に出るって伝えて。そのあとでプレスルームで落ち合おう」

スーザン・キャロルはうなずいて歩き去った。スティービーは会見場のうしろに入りこみ、ビル・ブリルの姿《すがた》をさがした。うまいぐあいに、ブリルは紫《むらさき》と緑のセーター姿でわきに立ち、メモを取るでもなく腕組《うでぐ》みをしていた。スティービーは近づいていって、腕を軽くつついた。

「ほい」ブリルはささやいた。「だいじょうぶか？　スーザン・キャロルは？」

「プレスルームで電話をかけてます。外で話せますか？」

ブリルは肩《かた》をすくめた。「いいよ。聞くほどの会見じゃないから」

外に出ると、スティービーはいきなり本題に入った。「スーザン・キャロルの話では、あなたはデューク大の理事長へのインタビューを申しこんでいるということですが、そうなんですか？」

「ああ、そうだよ」スティービーが急にデューク大に興味を示したことに少しとまどいながらも、ブリルは言った。「『ブルーデビル・ウィークリー』が、水曜日にファイナルフォーと新学長に関する特別号を出すんで、記事を書いている」

「スポーツ雑誌《ざっし》なのに、新学長の話題を載《の》せるんですか？」話がそれるなと思いながらも、好《こう》奇心《きしん》からスティービーはきいた。

「大学の学長というのは、運動部に大きな影響力《えいきょうりょく》を持っているんだよ」ブリルは言った。

「もしもデューク大に、サンフォードの前の女性のような、スポーツにまったく関心のない学長が就任《しゅうにん》したら、シャシェフスキーはおもしろくないだろうね。だが、大学側としては、シャシェフスキーを満足させないといけない。なぜなら、彼は最大の貢献者《こうけんしゃ》だからな。それに、アメリカンフットボールをどうするかという問題もある……」

「アメリカンフットボール？」

「そうだ。信じるかどうかは知らんが、今でもフットボールにこだわる人間がいるのは事実だ」

「デューク大にフットボールのチームがあるんですか？」

「かなりひどいもんだが」

「なるほど、そうか」スティービーは話が脱線《だっせん》していることに気づいた。ブリルもいぶかるような顔になり始めている。「それで、理事長ってだれなんですか？」

「スチュアート・M・フィーリー、ソフトウェア長者だ。ビル・ゲイツの東海岸版というところか。バスケはまるで音痴《おんち》だが、今日の四時半に会うことを承諾《しょうだく》してくれた」

それこそ、スティービーが聞きたかったことだ。「スーザン・キャロルとぼくを同伴《どうはん》させてもらえませんか？　記事を書くためじゃなくて、あなたがどんなふうにインタビューするのか見たいんです。いろいろ学べるんじゃないかって」

「そうだな……」ブリルはためらいがちに言った。「だいじょうぶだと思う。だが、彼女《かのじょ》はどこなんだ？　どうしていっしょじゃないんだ？」

「プレスルームで、父親に電話してるんです。今朝、外出した時、連絡《れんらく》するの忘《わす》れちゃって、ちょっと心配させちゃったんで」

ブリルはにっこり笑った。「なら、いい。がんばれよ」ブリルはスティービーの背中《せなか》をたたいた。

こういう時は共犯者の顔をするのがいいんだろうと思ったが、うまくいったかどうか自信はなかった。

「デューク大の会見が終わり次第、ここで会おう」ブリルは言った。

スティービーは首をふった。「あの、ホテルのロビーで会うんじゃだめですか？　二人とも今日の記事を書かなきゃならないんですが、ノートパソコンをハイアットホテルにおいてきちゃって」スティービーは続けた。「ぼくたち、クリスチャン・アスリート信徒会の朝食と祈禱《きとう》の会に行って、話を聞いてきました。でも、インタビューするのってむずかしいですよね——それで、実際の現場を見たいなって」

「まあ、こんなしょうもない記者会見の記事を書く代わりに、その朝食の会に行ったのはいいことだな。よし、わかった。四時半ちょっと前に、ウィンザーコートホテルのロビーで待ち合わせよう。場所はわかるかな？」

「はい、わかります。くわしい地図を持ってますから。ありがとう、ブリルさん」

ブリルは会見場にもどっていった。スティービーは逆方向に進み、会見場をまわりこんでプレスルームに向かった。なかはがらんとしており、ちょうどスーザン・キャロルが電話を切ったところだった。

「二人に話せた？」スティービーはきいた。

「あなたのお父さんだけ。うちの父さんは部屋にいなかったから、伝言を残しておいた。あなたのお父さんは、天気が悪いからゴルフを見ていたんだって。今朝はちょっと遠出をして、これから記者会見を聞きに行くって言っておいた。あたしの父さん、あたしたちがだいじょうぶかどうか、あとで電話をかけてくるんだって。だから、親たちはだいじょうぶよ」

「少なくとも、あと何時間かはね」

二人は雨のなかを、意気《いき》揚々《ようよう》とハイアットホテルにもどってきた。スーザン・キャロルがノートパソコンを取りに行っている間に、スティービーはロビーのカフェでサンドイッチとソーダを二人分買った。それからホテルのプレスルームで作業に取りかかった。

新聞に載《の》せる記事をまとめて、スティーヴ・ユルゲンセンとスチュアート・フィーリーの経歴をできるかぎり調べ上げるのに、三時間ほどかかった。

チップの車に乗っている間に、だれか権力を持った人間に相談すべきだという結論に達していた。スーザン・キャロルはFBIに通報するべきだと主張したが、チップにはまだその覚悟《かくご》はできていなかった。スティービーはブリックリー・シューズのスキャンダルをあばいたボビー・ケルハーに話した方がいいと考えたが、記者と聞いてチップはしりごみした。結局、落ちついたのは、デューク大の当局――理事長、スチュアート・M・フィーリーに相談するというものだった。

スティーヴ・ユルゲンセンのことと、チップ・グレイバーと父親に対する陰謀《いんぼう》のことを話すのだ。その上でフィーリーにユルゲンセンと対決してもらい、手を引かなければ理事会から追放し、場合によっては告訴《こくそ》も辞さないと言ってもらうのだ。被害《ひがい》なし、ファウルもなしと、チップは言った。もしもチップへの脅迫《きょうはく》をやめて、ホワイティングになにもかも終わりだと伝えれば、訴《うった》えることはしない。三人とも、フィーリーならデューク大の理事が八百長試合をくわだてていたというスキャンダルを打ち消すのに、快く協力してくれるだろうと期待していた。

「ユルゲンセンは手を引く以外にないと思う」計画を練りながら、スティービーは言った。

「もうすでに大金を賭《か》けてしまっていなければね」スーザン・キャロルが言った。

「賭《か》けに負けるか、刑務所《けいむしょ》に行くか。君ならどっちを選ぶ？」

「うまくいくことを祈《いの》るだけね」

スーザン・キャロルはビッグ・イージーのファイナルフォー・フィーバーについての記事を書き始めた。それを、二人の名前で送信するのだ。短期間に仕事を上げるためには、これが一番だった。

スティービーはパソコンで検索《けんさく》をかけてみたが、すでに知っていること以上の事柄《ことがら》は出てこなかった。ただ一つ、フィーリーはデューク大学長トム・サンフォードとそれほど懇意《こんい》ではないという事実を別にして。そこから、ある推測《すいそく》が成り立つ。五十八歳《さい》にしてサンフォードが退官を決めたことは、フィーリーが寄付金額をへらそうとしている事実と関係があるのではないか。調べる価値《かち》はある。スティービーは思った。

スティービーはデューク大のメディアガイドを調べてみたが、サンフォードとフィーリーの経歴は輝《かがや》かしいばかりで、役には立たなかった。ユルゲンセンにいたっては、経歴すら載《の》っていない。理事の欄《らん》に名前があるばかりで、写真もなにもなかった。

スーザン・キャロルが書き終えると、スティービーはその草稿《そうこう》に自分の視点《してん》で手なおしをし始めた。草稿は色彩豊《しきさいゆた》かで、おもしろいエピソードにあふれていた。いい書き手だと認《みと》めないわけにいかなかった。

「すばらしい作品だ、スカーレット」スティービーは言った。

「ありがと」スーザン・キャロルは答えた。「週末の様子を書きたかったの」

「それで、まだなにか書いてるの？」スーザン・キャロルが流れるようにタイピングしているのを見て、スティービーはきいた。

「今までに起こったことを書きとめてる。バックアップコピーがあった方がいいでしょ」

「そうだね。ＦＢＩに送るつもりなんだろ？」

「まだ早い。でも、そうするかも」

二人は四時ちょっと前にホテルを出た。ウィンザーコートホテルはヒルトンからほど近い位置にあったため、二人はまたシャトルバスに飛び乗った。なんともしゃれたホテルだった。ロビーの床《ゆか》にはペルシャ絨毯《じゅうたん》が敷《し》きつめられ、油絵や花でかざりたてられている。二人は入り口近くの、ビロードのソファに腰《こし》をおろしてブリルを見張っていたが、自分たちが場ちがいな気がしてしかたなかった。

腰をおろしてすぐに、二人の男が目の前を通って通りへと出て行った。その一人の声を聞いて、スティービーはハッとした。聞こえたのは「それでも、あれはスラムダンクだ」という言葉だけだったが、その声はすぐにわかった。顔を上げると、おそらくは金曜日と同じ灰色《はいいろ》のスーツを着たトーマス・Ｒ・ホワイティングが、もう一人の男のためにドアをあけてやっていた。

あれがユルゲンセンかも。

ステイービーは二人のあとを追って、急いでドアに近づいた。さりげなく外に出て、うまく前に出られれば、もう一人の男の顔を見られるかもしれない。けれど、そううまくはいかなかった。外には車が待っていて、ステイービーがドアを出る前に、ホワイティングも、もう一人の男も乗りこんでしまっていた。クソッ。

ステイービーがそのことを話すと、スーザン・キャロルはいい方法を思いついた。館内電話でステイーヴ・ユルゲンセンの部屋につないでくれとたのんだのだ。だれかが出たら、すぐに切るつもりだったが、その必要はなかった。四回目の呼《よ》び出《だ》し音で、伝言を残してくれという応答メッセージに切りかわった。

だからといって、ホワイティングといっしょだったのがユルゲンセンだということにはならないが、可能性はあった。

「そうね、一つだけホワイティングは正しかった。これはスラムダンクになるわ。彼《かれ》が思ってるのとはちがうけど」

ブリルは四時半ぴったりに、少し疲《つか》れた様子でロビーに入ってきた。「タクシーがつかまらなくてね。フィーリーは、遅刻《ちこく》してもかまわないという人じゃないんでな。さあ、行こう」

「ぼくたちもいっしょだって、話したんですか？」

「彼《かれ》の助手に伝言をたのんだから、それほど驚《おどろ》かれないと思うが。問題があるなら連絡《れんらく》してくれと伝えておいたが、携帯《けいたい》には来ていない」

三人はロビーを横切ってエレベーターに向かった。このホテルには選手もコーチも泊《と》まっていなかったから、保安係もいなかった。エレベーターに乗りこむと、ブリルは階数ボタンの上のプッシュボタンをおして言った。「彼はいわゆるペントハウスに泊まっているんで、コード番号を教えてもらったんだ」

エレベーターはまたたく間に、二十二階についた。おりたところには、保安係が待ち受けていた。

「ブリルさん？」

「そうです」

「フィーリー氏がお待ちかねです。こちらへ」

保安係は先に立って廊下《ろうか》を歩きだしたが、まようおそれはなかった――その階には部屋が一つしかないようだった。保安係がドアを軽くノックすると、すぐにドアが開かれ、ド派手な花柄《はながら》のシャツにカーキ色のズボンというでたちの、背《せ》の高いがっしりした男が出迎《でむか》えてくれた。

「ブリルさんと、ご友人方です」保安係は言った。

男はドアを大きく開いて、ブリルに問いかけるような顔をした。

「伝言を残しておきました」特別室の広い廊下《ろうか》に足をふみ入れながら、ブリルは言った。「この二人は、USBWAの記者コンテストの入賞者です。この週末、ファイナルフォーにおける記者たちの働きぶりを見学するために来ました。二人とも、フィーリー氏へのインタビューを見たいと言うので」

花柄シャツの男は、スティービーにもスーザン・キャロルにも目もくれなかった。「それはフィーリーさん次第です」男は先に立って、海岸地区を見わたす、目を見張るほど広い部屋へと入っていった。チップ・グレイバーの部屋の倍はあり、より豪華《ごうか》だった。

スチュアート・M・フィーリーは、窓際《まどぎわ》の大きなひじかけ椅子《いす》に腰《こし》かけて、見たことがないほど大きなテレビスクリーンでゴルフトーナメントを見ていた。人の入ってくる音が聞こえると、フィーリーは立ち上がって客を迎《むか》えた。片手《かたて》には葉巻《はまき》を持ち、「デューク大バスケットボール」とロゴの入った青いゴルフシャツに、短パン、裸足《はだし》といういでたちだった。ブリルが一人ではないのを見ても、その表情は変わらなかった。

花柄《はながら》が口を開く前に、フィーリーは手を差し出しながら、部屋を横切ってきた。「ビル、また会えてうれしいよ。お連れがいるようだが。お孫さん？　友だち？　それとも、助手かな？」

「どれでもありません」ブリルは言った。「でも、まあ、友だちかな」そしてブリルは、スティービーとスーザン・キャロルを紹介《しょうかい》し、連れてきたわけを説明した。

「そうか。君がわたしからなにかおもしろいことを聞けると考えているなら光栄だ。子どもたちは、なにか飲むかな？　ビルは？」

ブリルはビールをたのみ、スティービーとスーザン・キャロルはコークをたのんだ。花柄男ゲリーは明らかにとまどいながら飲み物を取りに行き、フィーリーはリモコンでテレビを消しながら、窓際の椅子《いす》をすすめた。

「首位はだれですか？」ブリルがきいた。

「ポール・ゴイドスという男だ」フィーリーは答えた。「聞いたことは？」

「ええ。何年か前に、本で読みました。まだプレーしていることは知りませんでしたが」

「残り三ホールで、二打差でデイヴィス・ラブとビリー・アンドレイドをリードしている」

スティービーは、たちまちスチュアート・フィーリーが気に入った。まちがいなく大富豪《だいふごう》なのに、自分を重要人物のように見せようとしていない。助手はスティービーとスーザン・キャロルをよく思わなかったかもしれないが、フィーリーはまるで気にしていない。飲み物を待つ間、フィーリーは二人にあれこれとたずねた。

「つまり、スーザン・キャロルのおかげで、君はコーチ・Kとデューク大を応援《おうえん》するようになったと」スティービーが話し終わると、フィーリーは言った。

「ええ、まあ少しですけど」スティービーは答えた。

飲み物が来ると、ブリルは新学長選出の過程について質問を始めた――フィーリーのねらいはなにか、サンフォードが辞任するのは、フィーリーとの確執《かくしつ》が原因だといううわさには根拠《こんきょ》があるのか。そんな質問を受けても、フィーリーは動揺《どうよう》するそぶりも見せなかった。「ビル、わたしはここで、トムとわたしに確執がなかったなどと言うつもりはないよ。確執はあった。だが、わたしに言わせれば、彼《かれ》は生涯《しょうがい》デューク大の学長でいてくれてよかった。大学のために尽力《じんりょく》してくれたすばらしい男だよ。これは、彼自身の決心なのだ」

スティービーには、フィーリーがきかれてもいない質問にまで答えているような気がしないでもなかった。ブリルは、サンフォードが辞任するように圧力をかけたかどうかなどきいていない。辞任には二人の関係が影響《えいきょう》をあたえたのかときいただけだ。インタビューの間、ブリルはテープレコーダーをまわし、スーザン・キャロルは二人の話に興味があるかのようにメモを取っている。ひょっとしたら、ほんとうにそうなのかもしれない。ブリルが、考えられる候補者《こうほしゃ》——フィーリーが明らかにふれようとしない質問だ——についてきき始めるころには、スティービーはこの週末で初めてあきてきた。

そして、数分後にインタビューは終わった。一同は立ち上がって、握手《あくしゅ》を始めた。それが、スーザン・キャロルへの合図だった。

「フィーリーさん、失礼なことはわかっていますが」スティービーは、スーザン・キャロルが南部なまり丸出しで話していることに気づいた——失礼なことはぁ、わかってぇ……。「二、三、まったく別の質問をさせていただいてかまいませんか？　ちょっと記事にしたいことがあるんです」

「ふむ」フィーリーは腕時計《うでどけい》に目をやりながら言った。「夕食の前に、カクテルパーティに出なくてはならんのだが……」

「時間はかかりません」

フィーリーはにっこり笑った。「わかった、かまわんよ」

次は、スティービーの番だ。「ブリルさん、ロビーで待つことにしませんか？」

ブリルは明らかにとまどっていたが、急に積極的になったスーザン・キャロルに気分を害した様子はなかった。「あまり長くなるなよ。ぼくもホテルにもどって記事を書かなきゃならないからな」

二人はスーザン・キャロルをフィーリーのもとに残して退出した。スティービーとスーザン・キャロルは、一対一で話す方がいいだろうと判断したのだ。

「で、これはいったいどういうことだ？」保安係にエレベーターまで送ってもらうと、ブリルは言った。

スティービーは目玉をぐるりとまわした。「彼女《かのじょ》、父親の教会の会報に記事を書いているんです。フィーリーさんに、宗教《しゅうきょう》とスポーツについてききたいんだって。大学生活における、宗教とスポーツの果たす役割《やくわり》とか」

くだり始めたエレベーターのなかで、ブリルはスティービーに笑いかけた。「宗教と聞くと落ちつかなくなるのか？」

「いえ、そんなことないです」スティービーは答えた。「ただ、それがそんなに重要なことかなって、驚《おどろ》いただけです。っていうか、神様とスポーツにどんな関係があるんですか？」

「たぶん、不安定さだろうな」ブリルは言った。「スポーツにおける成功《せいこう》はとてもはかないものだ。それにもろい。だから、なにかすがれるものを求めるんだろうな」

スティービーにもそれならわかった。やがて、二人はロビーについた。ブリルは腕時計に目をやった。

「ブリルさん、急いでるなら、ぼく一人で待ってますから」スティービーは言った。「それは助かる」ブリルは言った。「夕食の前に、インターネット用の記事を書かなくちゃならないんだ。二人だけでホテルにもどれるかい？」

スティービーはうなずいて、ドアから出ていくブリルを見送った。そろそろ五時半だ。スーザン・キャロルとフィーリーとの話がすみ次第ホテルにもどるにしても、父さんにもう一度連《れん》絡《らく》をした方がいい。

「いいか、アンダーソン牧師はおまえたちが子どもだけで一日じゅうほっつき歩いているのを、あまりよく思っていないんだぞ」父さんは言った。

「わかってる、わかってる。ほんとにいそがしいんだよ」スティービーは答えた。「彼女《かのじょ》のお父さんに電話して、スーザン・キャロルの取材が終わり次第もどるからって伝えてくれる？」

「わかった、伝えておく」父さんは言った。「だが、今夜はうろつくのはなしだぞ。パパといっしょにいるんだ」

「了解《りょうかい》、パパ」

上がどうなっているかによっては、うろつきまわるのもすぐに終わるかもしれない。スティービーは思った。

16 追いつめられる

スーザン・キャロルがロビーにもどってきたのは、六時近かった。スティービーは、ブリルがいっしょでなくてよかったと心から思った。何度か、部屋に電話してだいじょうぶかきこうとしたが、なんとか思いとどまったのだった。スーザン・キャロルの話は時間がかかるだろうし、スチュアート・フィーリーは山ほど質問をするだろうから。

ニューオーリンズ「タイムズ・ピカユーン」紙のスポーツ欄《らん》を読んでいたスティービーに向かって、ロビーを横切って近づいてくるスーザン・キャロルは、知り合って以来初めて疲《つか》れた顔をしていた。

「だいじょうぶだった？」スティービーは立ち上がりながらきいた。

「だと思う」スーザン・キャロルは答えた。「父さんが心臓麻痺《しんぞうまひ》を起こす前に、ハイアットにもどろ。歩きながら話すから」

その前にスティービーは、スーザン・キャロルの父親に連絡《れんらく》してもらうよう、自分の父親にたのんだことを話した。スーザン・キャロルの顔色がいくらか明るくなった。

「じゃあ、いいニュースね。フィーリーさん、ユルゲンセンに話してくれることになったから」スーザン・キャロルは言った。頭上で雷鳴《らいめい》がとどろき、また雨がふり出しそうな空模様《そらもよう》だった。

「悪いニュースは？」

「悪いっていうか、あたしたちにはその場に同席してほしくないって。ユルゲンセンには、個人的に申し開きをする機会をあたえたいんだって」

「申し開き？　なにを申し開くんだ？」

スーザン・キャロルは片手《かたて》を上げて制した。「むだよ、スティービー。最初のうち、フィーリーはすごく疑《うたぐ》り深《ぶか》かったの。だからあたし、チップの携帯《けいたい》番号を教えて、たしかめてくれてもいいって言った。そしたら、ようやく信じてくれたんだけど、一対一で話した方が、ユルゲンセンも自白しやすいだろうって。これがもし真実なら、ユルゲンセンを理事から追放するって言ってくれたわ。ただ、ファイナルフォーが終わり次第ユルゲンセンを辞めさせるから、FBIに告発するのはやめてほしいって」

「いつ話すって？」

「知らない。今夜、理事や寄進者を集めた大規模《だいきぼ》な夕食会があるそうよ。だから今夜は無理だって。たぶん、明日の朝じゃないかな。話が終わったら、電話をくれるって。フィーリーがあたしの話を信じたのは、ユルゲンセンが車で来てるって知ってたからじゃないかな。ユルゲンセンはバーミングハムに仕事があって、車の方が飛行機よりも楽なんだって」

「やつがそう言ったんだろ」

「そう。もどったらすぐにチップに連絡しなくちゃ。もう練習は終わってるころだから」

そして、二家族いっしょに食事をするよう両方の父親に持ちかけることにした。「なるべくいっしょにいた方がいいものね」スーザン・キャロルは言った。

ほんとうにそうする必要があるのか、スティービーにはわからなかったが、いっしょにいられるのはうれしかった。

スティービーが電話をして、フィーリーと会ったことを話すと、チップはホッとしたようだった。すでに部屋にもどっていて、夕食がすんだらすぐに寝《ね》るつもりだと言った。

寝られるのがうらやましいと、スティービーは思った。フィーリーが個人的にユルゲンセンに会うつもりでいることが心配だと言うと、チップは言った。「だいじょうぶだ。とても率直《そっちょく》な人みたいだから。一対一でユルゲンセンと話したいというのは理解できるよ」

「それで、事実関係や細かいことを確認《かくにん》したいと思った時のために、チップの携帯《けいたい》番号を教えておいたから」スティービーは言った。「スーザン・キャロルは、明日の朝話すんじゃないかって。そのあと、連絡《れんらく》が来ることになってる」

「おれたちは、十一時にアリーナで最後の予行演習をすることになっている」チップは言った。「そのあと、いったん部屋にもどって休むつもりだ。なにかわかったら、いつでも連絡してくれ」

「予行演習中にわかったら、アリーナに行った方がいい？」

「それは無理だな。なかに入れてもらえないよ。予行演習は非公開だから。それに、記者会見のあと、NCAAの連中は、親父《おやじ》にかなりきつく言ったみたいだ。親父にさんざん文句を言われたよ。二人の子どもと町じゅう走りまわって、いったいなにをやってたんだってな」

「なんて答えたの？」

チップは笑った。「ほんとうのことを――全部じゃないけどな。君たちが記者コンテストの入賞者だとか、日曜日の記者会見の前に、君たちのために時間をつくってやったとか」

「信じた？」

「たぶんね。決勝戦が終わるまで、あんまり言い合いはしたくないんじゃないかな」

スティービーは、携帯《けいたい》電話のチップには見えないことも忘《わす》れてうなずいた。

「なにかわかったら、すぐに電話するよ」

「了解《りょうかい》。もう寝《ね》た方がいいぞ」

「うん。チップもね」

スティービーが切ろうとすると、チップが言った。「おい、スティービー」

「なに？」

「ありがとな」

スティービーは電話を切り、スーザン・キャロルの待つ中央ロビーにもどっていった。スーザン・キャロルは、父親たちより五分ほど早くおりてきたため、今の話を伝えることができた。

スティービーが話し終わるころ、ビル・トーマスとアンダーソン牧師が姿《すがた》をあらわし、一行は、ビルがようやく予約できたモートン・ステーキハウスまで二ブロックほど歩いた。食事は静かなものだった。気がつくとスティービーは、これからどうなるのかとばかり考えていた。頭のなかで、フィーリーとユルゲンセンの会話を勝手に想像してしまうのだ。スーザン・キャロルも、あまりしゃべらなかった。

「おまえたち、ずいぶん静かじゃないか」ついにビル・トーマスが言った。

「疲《つか》れてるだけです」スーザン・キャロルは言った。「今朝は早かったし、一日じゅう走りまわって、いろいろな人から話を聞き、それを記事にしていたから」

「記者になるのは大変なんだよ」スティービーも言った。

アンダーソン牧師がにっこり笑って言った。「だが、楽しかったんだろ？　期待どおりワクワクしているんじゃないのか？」

スーザン・キャロルとスティービーは顔を見合わせた。

「期待以上です」スティービーは言った。


頭が枕《まくら》についたとたん、スティービーは眠《ねむ》っていた。もう体にはエネルギーもアドレナリンも残っていなかった。夜中に一度、夢を見て目がさめた。黒い大型セダンに乗ったスティーヴ・ユルゲンセンに追いかけられ、ベイ・セントルイスのウォジェンスキー学生部長の家の近くで、道がとぎれて砂浜《すなはま》になっていた。スティービーは起きだして水を飲み、悪夢を追いはらおうとした。

七時半にもう一度起きると、父さんのメモがおいてあった。散歩に行くが、八時の朝食にはもどると。朝刊がおきっぱなしになっていたので、スティービーはスポーツ欄《らん》に目を通し、「ファイナルフォー・ニュース」を見つけた。その三つ目の記事が目を引いた。「チップ・グレイバーが日曜日の記者会見に七分遅刻《ちこく》し、観光に出かけて渋滞《じゅうたい》に巻《ま》きこまれたと釈明《しゃくめい》した。NCAAメディア担当《たんとう》のデイヴィッド・カイリーは、グレイバーの遅刻によりMSUはバスケットボール委員会から罰金《ばっきん》を科せられると発表した。『われわれはどんな例外も認《みと》めない。規則は規則だ』とカイリーは語った」

スティービーには、カイリーの声が聞こえるようだった。たぶん、あのお題目のように同じ言葉を唱えていたカツラの男だろう。ところが、次の行を読んで驚《おどろ》いた。「カイリーの上司であり、NCAAトーナメント期間中のメディア活動の責任者であるビル・ハンコックは、もう少し同情的だ。『時々、われわれは、彼《かれ》らがまだ子どもであることを忘《わす》れてしまう。過去四年間、特にこの三週間における、カレッジバスケットボールに対するチップ・グレイバーの貢献《こうけん》を考えれば、七分の遅刻は許容の範囲《はんい》であろう』」

へえ、常識と温情を兼《か》ね備《そな》えたNCAA役員か。「きっと新入りかなんかだな」スティービーは声に出して言うと、笑いながら新聞をおいた。

その朝は、今までにないぐらい時間がのろのろと過ぎていった。朝食を食べ終わるころ、見かねた父さんが言った。「スティービー、どうして腕時計《うでどけい》ばかり見ているんだ?」

スティービーはできるだけさりげなく答えた。「だって、今日が本番だよ。試合の前に取材をしなくちゃならないし、スーザン・キャロルと二人で昼食に招かれてるんだ。バスケットボール記者委員会と、コーチ連盟《れんめい》の委員会の顔合わせだよ」

それはほんとうで、スティービーもスーザン・キャロルも招待されていた。スティービーは出席したかった。どちらになるかは、スチュアート・フィーリーからの連絡《れんらく》次第だ。できることなら、昼前に連絡があり、ユルゲンセンが屈服《くっぷく》してホワイティングと共犯者たちが計画を中止し、チップが心おきなくプレーできるということになってほしかった。

「だれが来るんだ?」父さんがきいた。

「テキサス大のリック・バーンズ、ウェイクフォレスト大のスキップ・プロッサー、ミシガン大のトミー・アメイカー、ノートルダム大のマイク・ブレイあたりじゃないかな」

「いい顔ぶれだな」

「うん。きっとおもしろいよ」スティービーは思わずまた腕時計《うでどけい》に目をやり、父さんが笑った。

「さっき見てから、まだ一分だよ」

朝食がすむと、父さんは開館したばかりのDデイ博物館(第二次世界大戦中のノルマンディ上陸作戦に関する資料を集めた博物館)に行ってくると告げた。そういえば、町じゅうに案内板があった。父さんは、父親の権限《けんげん》でいっしょに行こうと誘《さそ》ったが、もとより無理だろうとわかっていた。父と息子が共に過ごす週末の図ははかなく消えた。「ママには、ちゃんと誘ったんだと言ってくれよ」父さんは言った。

「わかった、パパ」


スティービーはひまつぶしにテレビを見ながら、電話が鳴るのを待っていた。ヴァイタルが土曜日のチップ・グレイバーの活躍《かつやく》を、「一九七三年のファイナルフォーで、ビル・ワトソンが二十一対二十二をひっくり返してメンフィス州立大をくだして以来の、途方《とほう》もなくすばらしいスーパープレーだ」と評していた。

そのとおりだ。スティービーは思った。チップはすばらしかった。今夜も、同じようにプレーできるといいんだけど。

その時、ついに電話が鳴った。デスクの上の時計は、十時四十分だった。

「チップだ」

「ああ、チップ。フィーリーからの電話はまだ来ないよ」

「わかってる。おれにかかってきた」

「ほんとに？」

「ああ。君たちからおれの番号を教えてもらったと言っていた」

そのことをすっかり忘《わす》れていた。「ああ、そうだった。フィーリーがたしかめたいと思うかもしれないから」

「たしかめる電話じゃなかった。ユルゲンセンと話したそうだ」

「それで？」

「それで、ユルゲンセンは、FBIに話したければ話せと言ったそうだ。そうなったら、自分とホワイティングは、即座《そくざ》におれの成績をNCAAに提出《ていしゅつ》して、今夜の試合に出られなくしてやると」

「そんな。NCAAは調べもしないで、そんなことをする？」

「ああ、するね。NCAAのやり方は、いかなる理由でも選手が不適格だと判断されれば、即座に出場停止にして、あとでその選手からの復権の申し出を受けるというものだ」

「だったら、それをすれば……」

「おそすぎる。今夜出られなければ、復権なんて無意味だ」

「でも、少なくとも、ユルゲンセンが黒だとわかったわけだし」

受話器からはなにも聞こえない。「チップ、聞こえてる？」

「ああ。考えてみたんだが、今の時点では、ユルゲンセンが黒だとわかっても、たいして役に立たないな」

チップの言うとおりだ――残念ながら。「じゃあ、どうすればいいと思う？」

「わからない。これから、シュート練習に行かなきゃならない。昼には終わるから、それから会おう」

「ホテルで？」

「いや、人であふれている。それに、ホワイティングがどこかでおれを見張っているはずだ」

「じゃあ、どこにする？」

「アリーナに来てくれ。きのう、NCAAの連中が君たちを行かせようとした報道入り口の外で。すぐにわかると思う」

「お父さんにはなんて言うの？」

「頭をすっきりさせるために歩いてくるって言うよ。試合の日はよくそうするんだ」

「わかった。じゃあ、正午に」

「その十分後がいいな」

「了解《りょうかい》」

スティービーは電話を切った。これは、意外な展開《てんかい》でもなんでもない。ユルゲンセンは脅《おど》しをかけてきたのだ。これでチップはふりだしに逆もどりだ。もしもチップがチームを勝たせて全米チャンピオンになれば、たちまち大学協会の徹底的《てっていてき》な調査を受けることになり、大学は保護監察《かんさつ》あつかいになり、チームは今年の勝利をすべて剝奪《はくだつ》され、父親の経歴も台無しになるかもしれない。もちろん、スニーカーの契約《けいやく》にも水を差されるのはいうまでもない。汚点《おてん》がついたと思ったら、あのボビー・モーがチップの肩《かた》を持つとはとても思えない。ウォジェンスキー学生部長が、チップの春期の成績が改ざんされたと証言してくれたとしても、まだ秋期にホワイティングのつけたFがある。勝つのは至難《しなん》の業《わざ》だし、大衆はどうなろうといっさい同情はしないだろう。けれど、もしも試合を放棄《ほうき》すれば、その事実を一生かかえて生きていくことになる。

スティービーはスーザン・キャロルに電話をかけた。ユルゲンセンが屈服《くっぷく》しなかったと聞いて、スーザン・キャロルもぼう然とした。「これからどうする？」

スティービーは、シュート練習のあと、チップが自分たちに会いたがっていることを伝えた。二人は、十一時半にロビーで待ち合わせて、ドームまで歩いていくことにした。

天気はようやく回復した――太陽が顔を出し、気温は二十三、四度まで上がった。何日か前とくらべて、心なしか通りも、より混雑《こんざつ》しているようだ。ただ一つちがうのは、人々の服装《ふくそう》が紫《むらさき》と白か、青と白に統一されていることだった。ユーコンとセント・ジョセフの応援団《おうえんだん》は、ごく少数をのぞいてすでに引きあげていた。

人ごみの間を縫《ぬ》いながら、スーザン・キャロルが小さな声で言った。「もうここまで来たら、あたしたちの手にはあまるのかも」

スティービーはうなずいた。捜査《そうさ》を初めて以来すべては順調で、スティービーも「なんとかなる」と思っていた。さっきのチップの電話までは。今は、それがなんともバカげて思える。

「ぼくたちの手にあまるとしたら、どうすればいいんだ？　どこにたよればいいんだ？」

スーザン・キャロルは、しばらくの間考えていた。「チップ次第だと思う。これは、チップの人生なんだから。でも、ＦＢＩか、少なくともボビー・ケルハーには話すように説得した方がいいと思う」

二人が橋をわたり、おなじみになった歩行路をまわりこんで報道入り口についたのは、十二時五分だった。あたりにはほとんど人影《ひとかげ》がなかったので、二人は人であふれかえる通りを見おろした。数台のパトカーと白バイが、ミネソタ州立大のバスを駐車場《ちゅうしゃじょう》から道路へと誘導《ゆうどう》している。あのバスは六時間後にもどってくる。そして、十時間後には、全米チャンピオンが決まっているはずだ。なにがどうなるにせよ、あと十時間でなにもかも終わる……。

「待ったか？」

二人がふり返ると、服を着がえたチップが立っていた――グレーのスウェットの上下に、ひもを結んでいないスニーカー、黒い野球《やきゅう》帽《ぼう》には「ＵＳオープン　ベスページブラック二〇〇二」と書かれている。

「チップ、こんなことになっちゃってごめんなさい」スーザン・キャロルが言って、チップを抱《だ》きしめた。

チップはにっこり笑った。「まだ終わったわけじゃない。だろ？　今朝、フィーリーと話したあと、もう少しでなにもかも親父《おやじ》に話すところだった。でも、思ったんだ。今日という日は、親父にとって生涯《しょうがい》最高の日になるはずだ。今、こんなことを話すわけにはいかないってね」

「その代わりに、自分一人で背負《せお》うつもりなのね」スーザン・キャロルは言った。

「いや、一人じゃない。この数日、君たちが助けてくれた」

「うん。たいした助けだったと思うよ」そう言いながら、スティービーは悲しくて情けなくてしかたがなかった。

「それでだ、おれはどうするか決めたよ」チップは言った。「実は、フィーリーに電話して、ユルゲンセンの携帯《けいたい》番号を教えてもらおうとしたんだ。ホテルの部屋に行ったが返事がない。伝言を残してきたけど、かかってこないってね。フィーリーは、携帯番号は知らないが、居場《いば》所《しょ》はつきとめられると思うと言った。それでおれは、じかに会いたいと言ったんだ」

「今日、これから？」スティービーはきいた。

「早ければ早い方がいい」

「でも、会ってなにを話すつもり？」

チップは笑った。「やつに言ってやる。やりたきゃ成績でもなんでも世界じゅうに公表しろ。おれはかまわない。おれは今夜、晴《は》れの舞台《ぶたい》で試合をする。どうせはったりに決まっている。なぜなら、もしも成績を公表しておれが出場停止になったら、試合自体が中止になり、だれも賭《か》けられなくなるぞってな」

「でも、動機がそうじゃなかったら？　ただ、デューク大を勝たせたいだけだったら？」スーザン・キャロルがきいた。

チップは首をふった。「バカげてる。今夜、おれが四十点取ったとしても、デュークが勝つかもしれない。知らないかもしれないが、彼《かれ》らはすごくうまいんだよ。ぜったいに金がからんでる。まちがいない」

スティービーは急に気が楽になった。そうだ、それが正しい方法だ。地獄《じごく》に堕《お》ちろと言ってやればいいんだ。

スーザン・キャロルが、スティービーを現実に引きもどした。「でも、もしユルゲンセンが『かまわんよ。試合をするがいい。だが、トロフィーがわたされる前に、成績表はメディアとNCAAの手にわたっているぞ』って言ったら？」

チップは大きく息を吸《す》いこんだ。「わからない」

悲しく情けない気持ちがもどってきた。「だったら、どうすればいいんだ？」スティービーは言った。

「待つんだ」チップは言った。「希望を捨《す》てずに」

三人は、ホテルのチップの部屋で様子を見ることにした。ところが、道路が大渋滞《だいじゅうたい》していたため、もどるのに四十五分もかかってしまった。チップは携帯《けいたい》電話に何度も目をやっている。そうすれば着信音が鳴るとでもいうように。三人はタクシーをマリオットホテルの裏《うら》に停めさせ、日曜の朝、出てくるのに使った裏口《うらぐち》に向かった。ドアはミネソタ州立大のメディアガイドがはさまって、数センチほど開いていた。「だれも閉《し》めなかったとは驚《おどろ》きだな」チップは言いながらメディアガイドを拾ってなかに入った。人に会わないように三階まで階段《かいだん》で上ってから、そこからエレベーターを使った。

エレベーターが上昇《じょうしょう》している間に、携帯電話が鳴った。チップはディスプレイで番号をたしかめてから通話ボタンをおした。「来た」そして、相手の話を聞いている間に、エレベーターは四十一階についた。

「おそかったですね。ちょっと待って、住所を書きます」チップはスティービーとスーザン・キャロルに向かって、なにか書くものをくれと合図をした。スーザン・キャロルが自分のメモ帳とペンを手わたした。

「あと、部屋番号は？」チップはメモを取りながら話している。「わかりました。おくれるなと伝えてください。おれは今夜試合に出なくちゃならないんで」そこで言葉を切ってから、チップは続けた。「もちろん、連れていきます。ユルゲンセンが気に入らなくても、そんなこと知りません」

チップは携帯を切ると、自分の部屋に向かって歩きだした。スティービーはどうなっているのかきこうとしたが、チップは首をふった。見れば、保安係が四人ほどいる。そのなかには、巨人《きょじん》マイクもいた。チップといっしょなのを見て、だれもスティービーとスーザン・キャロルを止めようとはしなかった。巨人マイクがこう言っただけだ。「親父《おやじ》さんに、あんたがもどったって言っておくよ」

「わかった。ありがとう」

チップが鍵《かぎ》をあけ、三人はなかに入った。ドアが閉まったとたん、チップは顔を輝《かがや》かせて言った。「四時にデイズ・インだ」

「それ、どこにあるの？」スティービーがきいた。

「高速近くの、運河の上だ。ユルゲンセンがそこに部屋を取った。人目を避《さ》けられるようにな」

「フィーリーさんは、ユルゲンセンがこっちの話を聞きそうだって?」スーザン・キャロルはきいた。

「いや、それはない。ユルゲンセンは、ただ『チップに来いと伝えてくれ。話を聞こう』とだけ言ったそうだ。それでおれは、君たちも連れて行くと言った」

スーザン・キャロルは椅子《いす》に腰《こし》をおろした。「チップ、あたしは気に入らない。どうしてそんなにおそく? それも、そんな場末のホテルで。なんか、悪い予感がする」

「おれだって気に入らないよ。だけど、ほかに方法があるか?」チップは言った。「あと数時間のうちに、もっといい方法を思いつくなら、喜んで聞くよ」


三人は落ちつかない午後を過ごしていた。ルームサービスをたのんでみたものの食欲《しょくよく》はなく、テレビをつけても見る気になれず、さんざん考えても代案は思いつかなかった。スティービーとスーザン・キャロルは、それぞれ父親に電話をしてみたが、幸いなことに両方とも不在だった。二人は、試合前に夕食をとれるようにもどると伝言を残した。口実までは頭がまわらなかった。それはあとで考えればいい。

「親父《おやじ》が試合前の朝飯をつくってくれてよかったよ」チップはルームサービスで注文したパスタをつつきながら言った。

「どうしてそんなことを？」スティービーはきいた。

「親父の験《げん》かつぎさ。トーナメントの最初の二試合は午後だったから、朝食をとったんだ。そしたら勝ったんで、親父は夜の試合でも、朝食をつくることにしたんだ。体育館に行く前に、なにか軽いものを腹《はら》に入れておけと言ってな」

「体育館？　それって、スーパードームのこと？」スーザン・キャロルが言った。

チップは笑った。「バスケットゴールが二つあり、おれたちはバスケットボールをする。だから体育館さ。やたらとでかいけどな」

「それで、選手は何時に体育館に行くの？」スーザン・キャロルはきいた。

「六時半だ。ちょっときついけど、なんとかなるだろ。やつらも、おれにプレーさせたいんだから」

チップはコンシェルジュに電話して、デイズ・インへの行き方をきいた。コンシェルジュは、歩きなら二十分、タクシーだと四十分かかると言った――通勤《つうきん》時間に試合が重なって大渋滞《だいじゅうたい》だという。

チップは電話を切って、スティービーとスーザン・キャロルに笑いかけた。「二人とも、まだつき合う気あるか？」

「当然」スティービーは、もう出かける時間ならいいのにと思いながら答えた。頭のなかでは、ユルゲンセンに脅《おど》してもむだだと言っている自分を思《おも》い浮《う》かべていた。

「ええ。でも、いいえ」スーザン・キャロルは答えた。

スティービーとチップは、とまどったようにスーザン・キャロルを見た。

「だれかにあたしたちの行き先だけでも知らせておいた方がいいと思う。ユルゲンセンは遊びでやってるんじゃない。本気でやるつもりよ——どんな犠牲《ぎせい》をはらってもね」

「でも、NCAAのことがあるから、FBIに知らせるのは危険《きけん》すぎるって……」

スティービーは言いかけた。

スーザン・キャロルは手をふって制した。「わかってる。でも、ほかのだれかに、あたしたちの行き先と、なにが起きているかを知らせておいた方がいい。なにかあった時のために」

「でも、だれに？」チップがきいた。

「さっき、スティービーと話していて思いついたの。ボビー・ケルハー」

「記者か？」チップは言った。「試合の前にそのネタを公表したらどうするんだ？」

「そんなことしないよ」スティービーは言った。「確認《かくにん》も取らずに、こういう事件を取り上げることはないから」

「それに、ケルハーはこういうことにはくわしいはず」スーザン・キャロルが言った。「ブリックリー・シューズのスキャンダルをあばいたし。これぐらいじゃ、あわてたりしないと思う」

チップもその気になってきたようだ。「それで、どうするんだ？　電話をかけるのか？」

スーザン・キャロルは首をふった。「いえ、携帯《けいたい》番号を知らないし、部屋にはいないと思う。金曜日の朝食会の時、Eメールアドレスを教えてくれたの。何時間かごとにチェックしてるから、なにかあったらEメールでって言ってくれた」そしてスーザン・キャロルは、デスクにおかれたパソコンの方にうなずいて見せた。「だから、チップといっしょに、八百長試合を仕組んだ連中を止めようとしてるって、メールを送ればいい。ケルハーなら、なんらかの理由であたしたちが試合開始の七時になっても姿《すがた》をあらわさないかぎり、だれにも言わないはず。で、あたしたちが姿をあらわさなかったら、FBIに通報して、ユルゲンセンとホワイティングを逮捕《たいほ》してもらう」

「七時までにおれがアリーナに行かなかったら、親父《おやじ》がFBI、CIA、それからニューオーリンズじゅうの警察《けいさつ》に通報するだろうな」チップは言った。

「それ、いいね」スーザン・キャロルは言った。「でも、お父さん、どこからさがせばいいかもわからないんじゃない。ケルハーにならなんとかしてもらえると思う」

「ほんとにユルゲンセンは、そんなバカなことをすると思う？」スティービーは言った。

「思わない」スーザン・キャロルは言った。「でも、ぜったいにしないとも言い切れないでしょ。身を守ることを考えておいた方がいいんじゃない？」

チップはうなずいた。「オーケー、わかった。保険をかけておくのはいい考えだ」そして、チップは笑った。「まさか、唯一《ゆいいつ》たよりになるのが記者たちだなんて状況《じょうきょう》になるとは、思いもしなかったよ」

チップはパソコンを起動して、スーザン・キャロルをログインさせてやった。スーザン・キャロルはケルハーにあてて、手早くメッセージを打ちこんだ。タイトルは、「緊急《きんきゅう》――記者コンテスト受賞者より」

「これならすぐに気づくでしょ」

スーザン・キャロルの書いたメッセージはかんたんなものだったが、事件の概略《がいりゃく》と、だれが首謀者《しゅぼうしゃ》で、どこで会うかまでおさえられていた。「これでいい？」肩越《かたご》しにメッセージを読むチップとスティービーに、スーザン・キャロルはきいた。

「送ってくれ。それじゃ、行動開始だ。まだ三時半だけど、ちょっと早く出た方がいい。道にまようかもしれないし、バーボン通りはこみ合ってるだろうから」そう言うとチップは、野《や》球《きゅう》帽《ぼう》を深くかぶり、ドアに向かいながらぶあついメガネをかけた。

「メガネをかけるの？」スティービーがきいた。

「人ごみのなかだけな」

こうしてみると、何年もテレビでプレーを見てきたくしゃくしゃ頭の選手とはとても思えなかった。「これでスーツとネクタイがあれば、親父《おやじ》でもわからないだろうな」チップはつけ加えた。

せまい通りには両チームのファンがあふれ、たがいに応援《おうえん》合戦をくり広げていた。お祭りさわぎの一帯を反対側にぬけるのに、十五分ほどかかった。人ごみの喧騒《けんそう》から離《はな》れると、スティービーはホッとしたが、周囲の町なみが貧相《ひんそう》になってきているのに気づいて気持ちがなえた。

「二ブロック行ったところで左折だ」みんなの気持ちを落ちつけようとでもいうように、チップが言った。

「ここだ」二、三分後、ふたたびチップが言った。

デイズ・インは木立にかこまれていたため、すぐそばまで行ってようやくわかった。スティービーは、そんなにひどくもないなと思ったが、ロビーに足をふみ入れると、ウィンザーコートホテルとはくらべものにならないことがわかった。ロビーはせまく、片側《かたがわ》にコーヒーテーブルと椅子《いす》が二脚《きゃく》、反対側にフロントがあるだけだった。

「ニューオーリンズの別の顔にようこそ」スティービーは言った。

「ビッグ・テンの遠征《えんせい》で泊《と》まったほかのホテルとそんなに変わらないよ」チップは言った。

「ウェストラファイエットや、インディアナや、アイオワシティなんかじゃ、これがあたりまえだ」

チップはロビー奥《おく》のエレベーターを指さした。

「よし、行こう」三人は指定された部屋に向かった。

「四時きっかりだ」ドアをノックする直前、チップは言った。「準備はいいか？」

「あたしたちよりも、チップは？」スーザン・キャロルが言った。

「そう願うよ」チップは言って、ドアをノックした。

一瞬《いっしゅん》、スティービーはだれもいないのかと思った。と、足音が聞こえた。三人は確認《かくにん》するかのように顔を見合わせた。いよいよだ。

ドアがあけられ、応対に出た男を、三人は目を丸くして見つめた。

「時間どおりだ。全員そろってるな」男は言った。

「ユルゲンセンはどこですか？」チップがきいた。

「入りたまえ。なにもかも答えてやろう」ベンジャミン・ウォジェンスキー学生部長だった。

17 出口なし

なかに入った瞬間《しゅんかん》、スティービーはまずいことになったと思った。部屋はおそらく続きの間になっているらしく、長椅子《ながいす》やテーブルがあるばかりで、ベッドは見あたらなかった。もう一つのドアが寝室《しんしつ》だろう。

長椅子にはトム・ホワイティングがすわっていた。三人を部屋に招き入れた時のウォジェンスキー学生部長と同じように、いやらしい笑《え》みを浮《う》かべている。そのうしろには、花柄《はながら》シャツの筋肉男、スチュアート・フィーリーの助手ゲリーが立っていた。

最初に言葉をとりもどしたのはチップだった。「ユルゲンセンはどこだ？」

男たちはいっせいに笑った。明らかに、チップたちが困惑《こんわく》するのを楽しんでいる。

「まあ、かけたまえ」ホワイティングが言って、長椅子の向かいにおかれた三脚《きゃく》の椅子を示した。

「ぼくはいいです」スティービーは言った。「電話をかけに行かなきゃならないんで」

ふたたび笑い。ゲリーが花柄《はながら》シャツの下から、小さなリボルバーをするりと取り出した。

「すわれ」

三人はすわった。

「いったいどうなってるんだ?」チップはきいた。「おれたちはスティーヴ・ユルゲンセンに会うことになってる。来ないのか?」

「ああ、来ない」ウォジェンスキー学生部長は、壁際《かべぎわ》の長椅子《ながいす》に腰《こし》をおろして言った。「だが、心配ない。彼《かれ》の役目は終わった」

「役目が終わった? どういうことだ、終わったって?」チップは言った。

「終わったは終わっただ」ウォジェンスキーは言った。「いいかね、チップ、ゆっくり話している時間はないのだ。君をホテルまで送りとどけねばならんからな……何時までだ、トム?」

「六時半だ」ホワイティングは言った。

「なら、もっと早く帰らないと」スーザン・キャロルが言った。「六時までにあたしたちがもどらなかったら、父さんたちが心配して、警察《けいさつ》に通報するかもしれない」

「それはどうかな」ウォジェンスキー学生部長は言った。「君たちのために伝言を残してきてあげたよ。今夜の子どもたちの仕事をあずかる編集者ですが、試合前の様子を取材してもらうために早く出てきてもらいましたとね。だが、心配はいらない。君たちをあぶない目にはあわせないから。チップにいい子になって、今夜言われたことをやってもらいたいだけなのだ」

「言われたことをやれって、まさか学生部長も……？」

「一味かって？」ウォジェンスキーが親指でホワイティングと花柄シャツを指して言った。「より正確には、彼らがわたしの共犯者だよ」

「でも、どうして？」チップがきいた。「ユルゲンセンを見つけるのを手伝ってくれたのに」

「ああ、手伝ったとも」ウォジェンスキーは言った。「君たちが的《まと》はずれなことをやっているとわかったんで、偽《にせ》の獲物《えもの》をあたえて追いかけてもらったのだ。その間に、君の協力を得るための計画を練りなおしていたというわけだ」

「なにを根拠《こんきょ》におれが協力すると思うんだ？」チップは言った。

「それはだね、君が試合に出ている間、友だちにはここに残ってもらうということだ。ゲリーも」ウォジェンスキーは花柄シャツに向かってうなずいた。「いっしょに残る。首尾よく事が運べば、試合が終わり次第子どもたちを解放する。だが、もしも……」

「いかれてる」チップは言った。「完全にいかれてる。今夜おれが試合を放棄《ほうき》したとしたって、明日真実を暴露《ばくろ》して、おまえたちを逮捕《たいほ》してもらうだけだ」

「いや、それはしないね。なぜなら、そんなことをすれば、君の成績が公表され、連鎖《れんさ》反応的に不幸な出来事が起こることになる。『脅迫《きょうはく》された』というのは、運動選手と学生、両方の過ちを隠《いん》ぺいするためのていのいい言いわけに聞こえる。だれも、信じないだろうな。そうだ、チップ、君にできるのは、おとなしく試合に負けるか、それともスキャンダルに負けるかだ。どちらにしても、君は負けるのだ」

スティービーは全身汗《あせ》びっしょりだった。スーザン・キャロルを見ると、驚《おどろ》くほど冷静だった。

チップは大きく息を吸《す》いこんだ。「なぜだ？　それぐらい教えてくれてもいいだろう」

ウォジェンスキー学生部長はうなずいた。「いいだろう。まだ少し時間がある。ゲリー、子どもたちに飲み物を。わかるか？　望みがかなえば、わたしはとても愛想がいいんだよ」

ゲリーはとなりの部屋に入っていき、缶《かん》コーラを三本持ってきた。口のなかがカラカラだったスティービーは拒《こば》まなかった。

「君たちがわからなかったとは驚きだよ。もちろん、目的は金だ」ウォジェンスキー学生部長は腕時計《うでどけい》を見ながら話し始めた。「チップ、君を脅迫するというアイディアは、わたしの思いつきではないが、それを聞かされた時、すばらしいと思った」

「だれのアイディアなんだ？」チップは怒りにふるえる声できいた。

「かつてわたしが君の学生部長であり、金に困《こま》っていることを知っている人物だ。トムは君の成績を変えることができたが、それ以前の失敗があれば最強の手になるはずだ」

「あなたはギャンブラーでしょ？」スーザン・キャロルが言った。

「今夜はちがう」学生部長は答えた。

「ホワイティング教授、どうしてあなたまで？」チップは言った。「大金を手に入れるために、あなたを信頼《しんらい》していた大学も学生も見捨《みす》てたんですか？」

「まあ、そういうことだな」ホワイティングは答えた。

「あんたは、ゲリー？」チップはきいた。

「ゲリーは、われわれが出ていったあと、君の二人の友人を監視《かんし》するためにここにいる」ウォジェンスキーが代わりに答えた。「正直なところ、君たちがスチュアート・フィーリーに泣きついてきた時には、少しばかりあわてたよ。君たち自身でユルゲンセンをさがしに行くだろうと思ったからな。幸い、それを逆手《さかて》にとることができて、今ここに君たちがいるというわけだ」

三人は顔を見合わせた。やってしまった――それもとびきりでかいヘマだ。フィーリーに助けを求めに行ったら、実はフィーリーが裏《うら》で糸を引いていた。黒幕《くろまく》はフィーリーだった。それともウォジェンスキーか。あるいは、両方か。

「質問があるんだけど」スーザン・キャロルが言った。

「なんだね、お嬢《じょう》さん？」

「今夜の試合に、いくら賭《か》けているの？」

「それぞれだ」ウォジェンスキーは答えた。「それぞれ、別々の場所で賭けているから、莫大《ばくだい》な金額がデューク大に賭けられているのにだれも疑《うたが》わないというわけだ。トムの考えたこの方法は実に有効《ゆうこう》だった。正確な数字はわからないが、仲間全員分で五百万ドルぐらいにはなるんじゃないかな。ということはだ、チップ、君に裏切《うらぎ》られると、非常によろしくないことになるわけだ」

「それがなにを意味するかは……」ホワイティングが言いかけたが、ウォジェンスキーにさえぎられた。

「なにを意味するかを言う必要はない、トム。チップにはよくわかっている。そうだろ、チップ？」

チップは答えなかった。

ウォジェンスキーは立ち上がった。「そろそろ時間だ」

「もう一つ、聞きたいことがある」なかば好奇心《こうきしん》、なかば時間かせぎで、スティービーが言った。

「なんだ？」ウォジェンスキーは言った。

「どうして今夜なんだ？　ＭＳＵは土曜日に負けることだってあり得たのに。そうなったら、あんたたちの計画は水の泡《あわ》だ。どうしてチップに、土曜日の試合を放棄《ほうき》させなかったんだ？」

ウォジェンスキーはほほえんだ。「すばらしい質問だ、少年。君はきっといい記者になる」

「で、その答えは？」チップがうながした。

「なかなか複雑《ふくざつ》でな」ウォジェンスキーは言った。「ゲリー、いいか？」

ゲリーはリボルバーをホワイティングにわたして、ガムテープを取り出した。

「ゲリーが君たちをおさえておけないということではない。よけいな心配をしたくないだけだ」ウォジェンスキーが言うと、ゲリーはスティービーの背後《はいご》にまわって、上半身と腕《うで》をガムテープで椅子《いす》の背《せ》にぐるぐる巻《ま》きに固定した。

スーザン・キャロルが早口でしゃべりだした。「こんなことしない方がいいわよ。あたしたち、行き先を言ってきたんだから。もしも、あたしたちが試合に姿《すがた》を見せなかったら、ここにさがしに来るわよ。そしたら、恐喝《きょうかつ》だけじゃなく誘拐《ゆうかい》の罪《つみ》にも問われることになるのよ」

しかし、だれもまともに取り合ってはいないようだった。スティービーにさえ嘘《うそ》っぽく聞こえた。ゲリーはてきぱきとスティービーの足首を椅子の脚《あし》に固定し、ほどなくスーザン・キャロルも同じように拘束《こうそく》された。ウォジェンスキーは布巾《ふきん》を二枚《まい》かかげて見せた。「ゲリーには、必要とあらばこれで黙《だま》らせろと命じてある。時間が来たら、試合を見せてくれるからな。終わったら、君たちは自由だ。もしも……」ウォジェンスキーはチップを見た。

「わかってる、よくわかってるよ」チップは答えた。

「どうかな。トムがいつでも近くにいるからな。ほかにも君を見ている仲間がいる。なにか裏《うら》切《ぎ》るそぶりでも見せれば、すぐにゲリーに電話する。助けを送ったところで手おくれだ」

スティービーには、チップが顔を赤くしてなにか言いかけたが、思いとどまったのがわかった。

ウォジェンスキーはいやらしい笑いを浮《う》かべた。「実際、君たちには感謝しないとな。こっちの切り札が成績だけでは、チップも心変わりしたかもしれんからな」

「ベン、もう行かないと」ホワイティングが拳銃《けんじゅう》をゲリーに返しながら言った。

「ああ、そうしよう」ウォジェンスキーはゲリーに言った。「なにかあれば、ゲリー、わかっているな」

ゲリーがうなずき、スティービーの体に寒けが走った。それでも、ホワイティングとウォジェンスキーに前後をはさまれ、うしろからおされるようにしてドアから出ていこうとするチップに向かって、スティービーは叫《さけ》ばずにはいられなかった。「チップ、勝ってくれ！　ぼくたちのことは気にしないで、試合に勝ってくれ！　ケルハーが見つけてくれる。すぐに来てくれるから」

スーザン・キャロルも加わった。「スティービーの言うとおりよ！　試合に勝って！」

チップの目には、涙《なみだ》が浮《う》かんでいるように見えた。ウォジェンスキーはチップをおしだしてから、スティービーをふり返った。「無意味なことはやめておけ」

そのまま出ていくかと思いきや、ウォジェンスキーはもうひと言言い残した。「教えてやろう。今夜ニューオーリンズで、君たち二人ほど熱狂的《ねっきょうてき》なデューク・ファンはいないはずだ」


二人はあきらめることなく、助けが来るとゲリーに信じさせようとした。

「なにもかも台無しにしたくないでしょ、ゲリー」スーザン・キャロルは言った。「今のうちに賭《か》けをキャンセルして、手を引いた方がいい」

「どうしてあんたが、こんなよごれ仕事をしなくちゃならないんだ？」スティービーも言った。「助けが来たら、子ども二人を監禁《かんきん》したかどでつかまるのはあんたなんだよ。あんたが逮捕《たいほ》されるんだ」

しかし、ゲリーは聞く耳を持たなかった。「おしゃべりはやめな」その気になればこれで黙《だま》らせるぞと布巾《ふきん》をふる以外には、ひと言そう言っただけだった。

スティービーは、窓《まど》の外の空が暗くなっていくのを見つめた。ケルハーはどこにいるんだ？ Eメールを見てないのか？ それとも、冗談《じょうだん》だと思ってるのか？

スーザン・キャロルに目をやると、落ちついているようだったが、こめかみを小さな汗《あせ》の粒《つぶ》が流れ落ちるのが見えた。

やがて、スーザン・キャロルは沈黙《ちんもく》をやぶって言った。「ゲリー、せめてテレビをつけてくれない？」

「試合が始まるのは八時だ」

「知ってる。でも、ほかの番組が見たいの」スーザン・キャロルはゲリーに笑いかけた。

スティービーは、なにか考えているのかと思った。ゲリーはテレビをつけてESPNにまわし、スーザン・キャロルに言った。「これでいいか？」

「ええ、ほんとにありがとう」スーザン・キャロルは言った。

ディック・ヴァイタルとディガー・フェルプスが言い合っている。ヴァイタルはデューク大が勝つのはまちがいないと主張し、フェルプスは、ヴァイタルはいつでもデューク大を選んでいると言い返している。「それのどこが悪い？」ヴァイタルがまくしたてる。「すばらしいコーチ、すばらしい大学、すばらしい選手たちだぞ……」

「だが、今夜は最高のチームではない」フェルプスが言い返す。「MSUが最高のチームだ」

そして、ミネソタ州立大オフェンスの分析《ぶんせき》を始める。そのすべてがチップ・グレイバーにもどってくる。

「ワオ」スティービーはさも驚《おどろ》いたという口調で言った。「今夜は、なにもかもチップ次第というわけだ」

スーザン・キャロルが鼻を鳴らした。「ほんと。あたし、試合の間、椅子《いす》から離《はな》れられそうもない」

スティービーは笑った。「あのさ、チップにインタビューでもしておけばよかったかな？おもしろい話が聞けたかも」

「ほんとだ」スーザン・キャロルはくすくす笑ってから、急にまじめな顔になった。「ファイナルフォーの取材って、思ったようにはいかないものね」

「その気持ち、よくわかるよ」スティービーは体に巻《ま》かれたガムテープを見つめ、それからスーザン・キャロルを見た。「それがわかった時、いやになっただろ？」

そして二人はヒステリックに笑い始め、ゲリーが耐《た》えかねて黙《だま》れと警告《けいこく》したほどだった。けれど、二人は止まらなかった——二日分の緊張《きんちょう》が、一気に切れた瞬間《しゅんかん》だった。

それからの一時間、二人はさまざまな観点からチームが分析《ぶんせき》されるのを聞いていた。八時になると、ＥＳＰＮではヴァイタルとフェルプスに代わって、チアリーディング・コンテストが始まり、ゲリーはチャンネルをＣＢＳに変えた。ジム・ナンツとビリー・パッカーが、これは近年まれに見るすばらしい決勝戦になるだろうと話している。

そして、試合が始まった。チップはいきなりスリーポイントを決めた。「やめとけ」ゲリーがテレビに向かって言った。スティービーとスーザン・キャロルは顔を見合わせた。スティービーの心のどこかでは、チップにシュートを全部決めてほしかった。しかし、別の部分では、そうなった時に自分たちがどうなるのか、こわくてしかたがなかった。時間は刻々《こくこく》と過ぎていく。試合開始の前にケルハーがＥメールを読んでいなければ、万事休すだ。まさか試合中にメールチェックをすることはないだろうから……。

それからの十分は見るに耐《た》えなかった。チップはあまりシュートを撃《う》たなかったのだ。二回、リングまでボールを運んで、シュートを止められた。それから、相手と競《せ》り合《あ》ったスリーポイントをはずした。ほかの二回は、速攻《そっこう》で敵コートに攻《せ》めこみながら、ボールをうばわれた。しかし、一度は、敵のスクリーンをうまくまわりこんで、J・J・レディックのジャンプショットのコースを変えてブロックした。七分四秒を残して、コマーシャルタイムアウトに入った時、デューク大が二十九対二十でリードしていた。「おまえら、助かりそうだな」ゲリーが言った。

「ゲリー、足首のテープだけでも切ってもらうことってできない？　足がつりそうなの」スーザン・キャロルは、にっこり笑いながら、わずかに下くちびるをふるわせて言った。

「だめだ」ゲリーは容赦《ようしゃ》なかった。「もういいかげんにあきらめろ。おれをマヌケだと思ってるのかもしれんが……」そこで言葉が止まった。ドアがノックされたのだ。「静かにしてろよ」ゲリーはささやいてから、ドアの方にすばやく近づいた。「だれだ？」

スティービーとスーザン・キャロルは顔を見合わせた。助けか？　声をあげた方がいいのか？

どう見てもちがった。ノックの主がなにを言ったかは聞こえなかったが、ゲリーは笑《え》みを浮《う》かべた。

「それを先に言え」ゲリーは言いながらドアをあけた。

次の瞬間《しゅんかん》、ゲリーがうしろに吹っ飛《ふと》び、手から拳銃《けんじゅう》が飛んだ。男が飛びこんできたかと思うと、反撃《はんげき》のひまをあたえずにゲリーに馬乗りになった。男はゲリーが防御《ぼうぎょ》できないほどの勢いで、続けざまにパンチをくりだし、ほどなくゲリーの頭がカーペットにころがった。超人《ちょうじん》ハルクは気絶していた。

男は立ち上がり、びっくりして口をポカンとあけているスティービーとスーザン・キャロルの方を向いた。男は背《せ》が高く、四十代といったところだったが、見かけよりはるかに強いのはたしかだった。

「あなたは？」スティービーがたずねた。

「わたしはスティーヴ・ユルゲンセンだ」男は小さなポケットナイフを取り出しながら近づいてきた。

「二人ともだいじょうぶか？」二人を椅子《いす》に固定しているテープを切りながら、男は言った。

「急いでドームに行かないと」

18
ラスト・ショット

たちまちのうちに、スティーヴ・ユルゲンセンは二人を自由にしてくれた。そして、ガムテープに気づくと、気を失ったままのゲリーを引きずってきて、長椅子《ながいす》にがんじがらめに固定した。口にもテープを貼《は》りつけ、呼吸《こきゅう》ができるかをたしかめた。

「こいつが目をさまして、仲間に連絡《れんらく》されるとまずいからな」ユルゲンセンは言った。「君たち、歩けるか？　血行はもどったか？」

スティーヴィーは少しふらついたが、だいじょうぶだった。背中《せなか》と足のいたみはすぐに消えるだろう。それよりも、スティーヴィーは混乱《こんらん》していた——なにがなんだか、さっぱりわからない。

「あなたがほんとうにスティーヴ・ユルゲンセンなら、どうしてあたしたちを助けてくれるの？」スーザン・キャロルは、こわばった肩《かた》をまわしながら言った。「あなたも一味なんでしょ」

「半分当たりだ」ユルゲンセンは言った。「いかにも、わたしはユルゲンセンだ。だが、一味ではない」

「だけど、きのうぼくたちをつけまわしたじゃないか」スティービーは言った。「ナンバープレートで確認《かくにん》したぞ」

「つけていたのは、チップがなにをしでかしたのかたしかめるためだ」ユルゲンセンは言った。

「それより、早く行かないと」

二人はテレビに目をやった。試合は前半残り五分を切っており、デューク大のリードは十点に開いていた。すぐにドームに駆《か》けつけて、チップに無事だと知らせないと、MSUは撃沈《げきちん》されてしまう。

スティービーとスーザン・キャロルはユルゲンセンについていき、三人ともユルゲンセンの車の前部シートに飛び乗った。ユルゲンセンは駐車場《ちゅうしゃじょう》を出たが、すぐにブレーキをふんだ。試合は始まっていたが、ダウンタウンの道路はまだ混雑《こんざつ》していた。ユルゲンセンは腕時計《うでどけい》に目をやった。「うまくいけば、後半が始まる前につけるな」

「少しは時間があるみたいだから」ユルゲンセンがまたブレーキをふむと、スーザン・キャロルは言った。「いったいなにがどうなっているのか説明してもらえる?」

ユルゲンセンはうなずいた。「なんとかやってみよう。事の始まりは、土曜日に君たちがチップに会いに行った時だ」

「どうしてそんなことを知ってるんだ？」スティービーが言った。

「廊下《ろうか》で君たちを止めた大男を覚えてるか？」

「巨人《きょじん》マイクのこと？」

「ああ、そうだ。彼《かれ》は、チップが口裏《くちうら》を合わせても、君たちの話を真に受けはしなかった。それで、チップの父親に子どもが二人訪ねてきて、一人はチップのいとこと名乗ったことを伝えた。もちろん、アランには、ニューオーリンズにチップのいとこなどいないことはわかっている。それに、この一週間、チップの様子がおかしかったことにも気づいていた。練習に身が入らないなんて、チップらしくない。それで、アランは自分の知らないところでなにかが起こっていると考えた。だが、チップにじかにきこうとはしなかった。話す気があれば、チップの方から来るだろうし、その夜の試合のことで頭がいっぱいだったからな。で、わたしに相談してきた」

「相談を？」スーザン・キャロルは言った。「よりによって、どうしてあなたにグレイバー・コーチが相談するの？」

ユルゲンセンは、運河通りに二重駐車《ちゅうしゃ》しているトラックをまわりこんだ。「一つには、友人だからだ。そして、わたしは彼の弁護士でもある」

スティービーとスーザン・キャロルは顔を見合わせた。もはや、なにを信じていいかわからなくなっていた。前方にパトカーのライトが見えた。事故が渋滞《じゅうたい》にさらに追いうちをかけていた。「デイヴィッドソン大で、コーチの座《ざ》をうばいとった男と友だちだっていうの？」

今度は、ユルゲンセンは笑った。「だれにそんなことを吹《ふ》きこまれたんだ？」

「ウォジェンスキー学生部長だけど」

「嘘《うそ》だったってわけね」スーザン・キャロルは言った。

スティーヴ・ユルゲンセンによれば、自分とアラン・グレイバーはデイヴィッドソン大でアシスタントコーチだったころからの親友だという。プリチェット・コーチが退任したあと、最初の予定ではユルゲンセンが後任になり、グレイバーは第一アシスタントに昇格《しょうかく》するはずだった。ところが、ユルゲンセンはコーチの仕事も、それ以上に新入生を採用《さいよう》するのもいやだった。

「一生、学生たちの気まぐれにつき合っていけるとは思えなくてね」ユルゲンセンは言った。

「それで、アランがコーチに就任《しゅうにん》し、わたしは法律畑《ほうりつばたけ》に進んだというわけだ」

「それで、グレイバー・コーチから土曜日に相談された時、あなたはどうしたんですか？」スーザン・キャロルはきいた。「なにを知ってるんですか？」

「あまりよくは知らない」ユルゲンセンは言った。「アランには、チップから目を離《はな》さずにいてくれとたのまれただけだ。たまたま、わたしの妻から、チップがベン・ウォジェンスキーの行方をさがしていると聞いたんで、チップが見つけたかたしかめてくれとたのんだ」

「じゃあ、あなたの奥《おく》さんは関係なかったってこと？」スティービーがきいた。「ウォジェンスキーの話では……」

「チップがクリスティンに連絡《れんらく》を取ったんで、わたしは絶好の目くらましになったということだろう」ユルゲンセンは言った。「まあ、わたしの推測《すいそく》だが。君から電話があったことは、クリスティンから聞いたよ、スーザン・キャロル。それで、翌朝《よくあさ》君たち三人が車に乗りこむのを見て、ベイ・セントルイスに向かったと思った。

わたしはずっとあとをつけたんだが、ドームでまかれてしまった。だから、なにが起こっているのか、まだわからなかった。それで、ベンジャミン・ウォジェンスキーのことをちょっと調べてみた。ただ、だれかのつてでもなければ、日曜日に公的記録を調べるのはむずかしい。それでも、ウォジェンスキーの家が限度いっぱいまで抵当《ていとう》に入っていることはわかった。そこで別の友人をあたって、彼《かれ》の電話記録を調べてみた。八百件にのぼる外国の胴元《どうもと》の番号が出てきたよ。そこでわたしは、山を張ってみた」

「どんな？」

「さまざまな回線から、市外局番六一二の異《こと》なる番号と、同じく九一九のいくつかの番号にかけられているのをみて、ピンときたんだ」

「あててみようか。スチュアート・フィーリーだ」スティービーは言った。

「そのとおり」

「それと、六一二はミネアポリスよね？」スーザン・キャロルが言った。「ホワイティングかな？」

「それもあたりだ」ユルゲンセンは言った。「トム・ホワイティングの携帯《けいたい》に山ほどかけられていた。だが、ほんとうに興味深いのは、別の六一二の番号だ」

車はドーム周辺に設けられた検問に近づいていた。建物周辺の道路をあけておくために、必要のない車を追い返しているのだ。スティービーは、すぐに動いてくれないと、なにもかも手おくれになると気が気ではなかった。

検問まではまだ距離《きょり》がある。「いいか、君たち、これ以上待ってはいられない」ユルゲンセンは急ハンドルを切って、右側のせまいわき道に車を入れると、消火栓《しょうかせん》のわきに停めた。「ここから走るぞ」

ユルゲンセンはダッシュボードをあけて、「自由通行証」と書かれた通行証を三枚《まい》取り出した。

「これをつけろ。必要になるから」ユルゲンセンは言った。

「ちょっと待って」車からおりながら、スーザン・キャロルは言った。

「残りはあとで話す」ユルゲンセンは言い、三人は走りだした。

「でも、ぼくたちの居場所《いばしょ》をどうやって知ったんですか？」スティービーはきいた。

丘《おか》を駆《か》けのぼりながらも、ユルゲンセンの顔に笑《え》みが浮《う》かぶのがわかった。「ボビー・ケルハーへのEメールだよ。君たちはそのおかげで助かったんだ。最初、チップと君たちがどこへ行ったのかわからなかった。そしたら、七時半ごろにあわてふためいたボビーから電話があり、君たちが事件に巻《ま》きこまれたという」

スティービーは話ができるように、息をととのえた。ドームまでは二百メートルほどだ。

「どうしてケルハーがあなたにかけるんですか？　ぼくたちはケルハーに、あなたが犯人だって言ったのに」

「幸いなことに、彼《かれ》はわたしをよく知っていてね。そんなはずはないと。それで彼は、わたしならなにが真実かわかるんじゃないかってね。あのEメールには、かなり参っていたよ。だが、その内容と、わたしがつきとめたことから、だいたい見当はついたよ」

スティービーはスーザン・キャロルを見た。自分やユルゲンセンよりも、軽々と走っているようだ。ケルハーにEメールを送ることを思いついてくれて、ありがとうと言いたかった。そのおかげで命拾いしたかもしれないのだ。ようやくスーパードームが近づいてきた。なんとか息は持ちそうだ。

裏口《うらぐち》に立つ警備員《けいびいん》は、後半戦が始まっている時に、自由通行証を持った人間が来たことにひどく驚《おどろ》いたようだった。しかし、この通行証を持った人間を問いただすことはできない。ロッカールームのならぶ通路についた時、三人の息は上がりかけていた。あたりにほとんど人影《ひとかげ》はなく、アリーナの方から歓声《かんせい》が聞こえてくる。三人はアリーナに出るトンネルへと駆《か》けつけた。向こうにスコアボードが見える。デューク大が五十九対五十でリードしている。残りは十二分を切ったところだ。

「どこかチップから見えるところに、君たちを連れて行かないと」ユルゲンセンは言った。

「だけど、自由通行証があるんだから」スティービーは言った。「次のタイムアウトの時にベンチに近づいて、円陣《えんじん》を組んでるチップの注意をこっちに向ければいい」

ユルゲンセンはうなずいた。「それならいけそうだ」

三人はトンネルのはずれまで進んだ。MSUのベンチは目と鼻の先だ。トンネルのわきに立って、審判《しんぱん》が笛を鳴らすのを待つ。「もう一つだけ」まだ少し胸《むね》を上下させながら、スーザン・キャロルが言った。「どうやってゲリーにドアをあけさせたんですか？」

ユルゲンセンはにっこり笑った。「ホテルの支配人ですが、フィーリー様より試合後のお祝いにシャンパンをお持ちしましたと言ったんだ」

「うまい！」スティービーは言った。

「車で向かうとちゅう考えたんだ」ユルゲンセンは言った。「君たちの見張りは一人だろうとふんでね。だが、拳銃《けんじゅう》のことまでは予想していなかった。運がよかったよ」

「あたしたちもね」スーザン・キャロルが言った。

その時、笛が鳴った。十分五十九秒を残してコマーシャルタイムアウトに入ったのだ。デューク大が六十三対五十三でリードしている。

選手たちはベンチにもどってくると、観客に背《せ》を向けてすわった。スティービーとスーザン・キャロルは行動を開始しようとした。

「ちょい待ち」ユルゲンセンは言った。「早すぎる。チップはちがう方を見ている。最初のホーンが鳴るまで待て」

タイムアウトの間に、ホーンが二回鳴らされる。最初のホーンは、あと三十秒でコートにもどれという合図、二回目のホーンは、残り十秒で、円陣《えんじん》が続いている場合はレフリーがなかに入ってやめさせるという合図だ。

「最初のホーンが聞こえたら、急いで行け」ユルゲンセンは言った。「スコアラーテーブルのわきに行くんだ。ボールは反対側だから、チップはその前を通るはずだ」

二人はうなずいて、待った。ついに、ホーンが鳴った。「行け！」ユルゲンセンが言った。

スティービーは走りだした。スーザン・キャロルもうしろからついてくる。ベンチ裏《うら》に立つ警備員《けいびいん》のわきを通り過ぎざま、スティービーは叫《さけ》んだ。「自由通行証だ！」

声が聞こえた。「おい、止めろ！　その子どもたちを止めろ！」

その声の主がだれなのか、ふり向いてみるまでもなかった。何度も聞いた声、トム・ホワイティングだ。ほかの人々もさわぎ始め、それを聞きつけてチップがふり返った。チップがこちらを向くとスティービーは立ち止まり、さわぎに負けじと声を張り上げて叫《さけ》んだ。「ぼくたちは無事だよ、チップ！　ぼくたちはだいじょうぶだ！」スティービーのうしろでは、スーザン・キャロルがピョンピョンとびはねながら、両手をふりまわして、同じように叫んでいる。チップは二人に気づいてにっこり笑った。そこへ警備員《けいびいん》が二人駆《か》けつけて、スティービーとスーザン・キャロルをはがいじめにした。チップがなにか言おうとした時、二回目のホーンが鳴らされ、審判《しんぱん》たちがMSUの選手にコートにもどれと大声で命じた。チップはためらった。

「プレーを続けて！」スティービーは叫んだ。「勝ってくれ！」

もう取りおさえられてもかまわなかった。スティービーが警備員に引きずられていきかけた時、別の声が聞こえた。「二人を放せ。自由通行証を持っているんだぞ。今すぐ放すんだ」

その声の主は、アラン・グレイバー・コーチだった。そういえばスティービーは、ユルゲンセンが自由通行証をどこで手に入れたのかきかなかったことに気づいた。でも、これでわかった。

「二人ともうちの人間だ」アラン・グレイバーが言うのが聞こえた。「二人を放せ。問題ない」

警備員はとまどっているようだったが、言い返すことなく二人を放してうしろに下がった。

「行こ、スティービー」スーザン・キャロルが言った。「ここから出た方がいい」

スティービーにも異存《いぞん》はなかった。グレイバー・コーチは二人に笑いかけてから、コートの方に向きなおった。ちょうどチームがボールをコートに入れるところだった。ベンチのはしにすわったホワイティングが二人をにらみつけていたが、なにも言えなかった。コーチの判断に異議《いぎ》を唱えることはできない。そのわきを通り過ぎる時、スティービーはなにか言ってやりたかったが、なんとかこらえた。チップに伝言は伝えた。あとはチップにまかせるしかない。

スティービーとスーザン・キャロルはユルゲンセンをさがしたが、別れた通路にはいなかった。そこで、記者席にいるはずのケルハーをさがしたが、こちらも姿《すがた》はなかった。しかたなく二人は、予備席の自分たちの椅子《いす》に腰《こし》をおろして、残り時間六分に満たない試合を見ることにした。この数分間は、スティービーの人生においてもっとも心を動かされる瞬間《しゅんかん》になるかもしれない。二人は、チップが少しずつ試合をコントロールし始めるのを見守った。スコアボードを見ると、グレイバーは十九点取っている。デューク大のリードは七十三対六十九までちぢまっていた。

「ちょっと前にチップは立ちなおったようだな」となりにすわる記者が二人に話しかけた。

「まるでだれかが活でも入れたみたいだ」

ＭＳＵとデューク大は最後の瞬間《しゅんかん》まで一進一退の攻防《こうぼう》をくり返した。残り十四秒で、チップはバランスをくずしながらもランニングレイアップを決めて、スコアを八十対八十のタイにした。シャシェフスキーは最後のプレーに賭《か》けるためにタイムを要求した。

「延長戦《えんちょうせん》になったら、とても見てられない」スーザン・キャロルは言った。「でも、点が入るのもいや」

スティービーにも、その気持ちはよくわかった。心臓《しんぞう》がまた高鳴りだした。タイムアウトは永久に続くかに思えた。ついに、両チームがコートにもどった。

デューク大がボールを入れる。ドームの全員が、ボールは華麗《かれい》なるシューター、Ｊ・Ｊ・レディックにまわるとわかっていた。ポイントガードのテリー・アームストロングがボールをコート中央まで運ぶ。刻々《こくこく》と時間が過ぎる。今や観客は全員総立ちだった。残り五秒で、レディックがフリースローゾーン近くで味方のスクリーンをまわりこむ。アームストロングがレディックにパスを送る。しかし、レディックにはとどかなかった。どこからともなくチップがあらわれた。それまでデューク大のもう一人のシューター、ダニエル・ユーイングをマークしていたが、最後の瞬間に賭けに出たのだ。チップの手がボールにあたり、ボールはコート中央に飛んだ。

時計は残り三秒から二秒に変わった。チップは大きく飛んでボールをつかむ。アームストロングがカットしようと駆《か》けよる。チップは、土曜日にウィニングショットを決めたのとほぼ同じ位置までドリブルで進むと、その場でジャンプしてシュート態勢に入った。駆けよるアームストロングが絶叫《ぜっきょう》した。「やめろ、やめろ、やめろっ！」

ボールがチップの手から離《はな》れた瞬間、アームストロングが飛びかかり、二人は床《ゆか》にころがった。スティービーはファウルかと思ったが、笛は鳴らなかった。まるで、セント・ジョセフ戦の再現を見ているようだった。しかし、今回はボールはリングの奥《おく》にあたって、空中高くはね上がった。延長戦《えんちょうせん》だ。スティービーは思った。ところがボールはまっすぐ落ちてきて、リングの手前に当たり、一瞬止まったかと思うと、ネットに吸《す》いこまれた。

ドーム全体がゆれた。

スティービーは歓声《かんせい》をあげながらはねまわった。およそ記者らしくないふるまいだったが、かまうものか。だれかがスティービーにぶつかってきて、体を抱《だ》きしめた。スーザン・キャロルだ。目に涙《なみだ》があふれている。もちろん、スティービーもだ。またしても同じことが起こった。デジャ・ヴだ。コートの同じ場所、同じシュート。

チップは歓声をあげて駆けよったチームメイトのなかにうもれて見えなくなった。しんぼう強く選手の輪がくずれるのを待っていたシャシェフスキーが、チップを称《たた》えた。くやしいが、実にみごとな動きだったたと。

その時、スティービーたちの前に、ユルゲンセンがひょいと姿《すがた》をあらわした。「おいで。やることがある」

二人はユルゲンセンについてトンネルに入った。人々が口々になにかを指示しながら四方八方に走りまわっている。三人は、デューク大の応援席《おうえんせき》の真下にいた。ドームのなかで、ここだけが狂乱状態《きょうらん》に巻《ま》きこまれていない。トンネルの上に、六人ほどのスーツ姿の男たちが見えた。

「リック、ご足労《そくろう》感謝する」ユルゲンセンはそのなかの一人と握手《あくしゅ》しながら言った。男は背《せ》が高く、はげあがっていて、笑顔などついぞ見せたことがないような顔つきだ。

「スティーヴ、ここへ来たのは、過去の君の言葉が常に正しかったからだ」リックは言った。

「今度もそれは同じだろうが、それにしても電話で聞かされた話は突拍子《とっぴょうし》もなかったな」

「すべて真実だ」ユルゲンセンは言った。「これがさっき話した二人、スティービーとスーザン・キャロルだ。こちらは特別捜査官《そうさかん》のリック・アップルボームさん、FBIのニューオーリンズ支局所属だ。過去にも、共同で事件を解決したことがある」

それぞれと握手をかわしてから、アップルボームは言った。「君たちは無事だったか?」二人はうなずいた。「それで、グレイバーが話をするというのはたしかなんだろうな?」アップルボームはユルゲンセンを見つめてきいた。

「もちろんだ。この二人もな。長い話になるぞ。それと、二人がホテルに拘束《こうそく》されていたことも証言するから」

「ああ。しばられていた男は確保したよ」アップルボームは言った。「いい手際だったな。よし、では残りも確保しよう」

ユルゲンセンは、犯人たちがいそうな場所を教えた。ホワイティングはチームと共にコートに。フィーリーはデューク大の応援席《おうえんせき》に。「それと、コヒーンはアリーナで、精いっぱいのつくり笑顔を浮《う》かべているよ」

コヒーン？　スティービーは聞き覚えがあったが、どこで聞いたのかははっきりしなかった。そうだ、思い出した。MSUのメディアガイドだ。しかし、スーザン・キャロルの方が一瞬《いっしゅん》早かった。「アール・コヒーン？　MSU学長の？」

ユルゲンセンはうなずいた。「それはまだ話していなかったな。ウォジェンスキーが市外局番六一二にかけた電話のもう一人がアール・コヒーンだったんだ。整理するのにちょっと時間がかかったが、最後になにもかもつながったよ」

「ちょっと待ってください」スティービーは言った。「メディアガイドには、プロヴィデンスカレッジでコヒーンの教授だったのって……」

「トム・ホワイティングですよね」スーザン・キャロルが代わりに言った。

「だったら、同時期にそこで教えていた人物をあててみるかい」ユルゲンセンは言った。

スティービーとスーザン・キャロルは顔を見合わせた。そういえばウォジェンスキーがなにか言っていたような。たしか、自分も妻もロードアイランドの出身だとか。

「ウォジェンスキーだ」スティービーは言った。

「正解だ」ユルゲンセンが言った。「そこですべてがつながったんだ。冬の間コヒーンは、トム・サンフォードをデューク大の学長の座《ざ》から追い落とそうとひそかに動きまわっていた。そのことは理事会で知ったんだ。そこへ、ふってわいたようにMSUとデューク大がファイナルフォーに進出した。コヒーンは、チップが成績上の問題をかかえていることを知っており、こ一、二年のフィーリーの経済《けいざい》状態がかんばしくないことも知っていた。わたしの推測《すいそく》だが、コヒーンはフィーリーに連絡《れんらく》を取り、取り引きを持ちかけたのだ。試合が始まったら、かならずデューク大が優勝《ゆうしょう》するように計らうからと言って。フィーリーが巨額《きょがく》の金を手に入れるのと引きかえに、コヒーンがデューク大の学長に収まるというわけだ」

「そして、ホワイティングもデューク大で要職を得ようと加担《かたん》したんですね？」スーザン・キャロルはきいた。「それで、八百長が今日の試合だったことの説明がつくわ。お金だけが目的じゃなかったんですね」

「そうだ。そして、コヒーンとホワイティングは、ウォジェンスキーが在職中からギャンブルで借金まみれだったことを知っていた。それで、計画立案の助けになると考えた」

「ウォジェンスキーだと？　そいつはどこにいる？」アップルボームが言った。

全員が顔を見合わせた。「ホワイティングかコヒーンといっしょだと思う」ユルゲンセンが言った。「それじゃ、顔見せといきますか」

一行はコートに向かった。FBIの捜査官《そうさかん》たちは、みんな自由通行証をつけていたが、どう見ても即席《そくせき》の代物だった。一行がアリーナに出て行くと、観客の目がいっせいに向けられた。そこからは、めまぐるしく事が運んだ。一人の捜査官が近づいていった時、ホワイティングはコートのわきで、選手たちの祝福の様子をながめていた。驚《おどろ》いたようには見えなかった。ユルゲンセンはみずから、アップルボームをコヒーン学長のもとへと連れていった。コヒーンは、NCAA男子学生バスケットボール委員会の議長であるボブ・ボウルズビーのとなりに立っていた。スティービーは、ユルゲンセンとアップルボームのあとからついていった。スーザン・キャロルは別の捜査官とともに、フィーリーを確認《かくにん》しに行った。

「アール・コヒーンだな？」アップルボームが言った。

コヒーンはけげんな顔でアップルボームを見た。明らかに、こういうことになるのを予想だにしていなかったようだ。

「わたしはリック・アップルボーム、FBIニューオーリンズ支局担当《たんとう》の特別捜査官《そうさかん》です。あなたに逮捕状《たいほじょう》が出ています」

「逮捕状？」ボウルズビーが、あっけにとられた顔できき返した。

「そうです。コヒーンさんに」

「コヒーン教授だ」面目《めんぼく》丸つぶれの学長は言った。

「いいでしょう。コヒーン教授」コヒーンの不遜《ふそん》な態度にも顔色一つ変えずにアップルボームは言った。「コヒーン教授、あなたを恐喝《きょうかつ》未遂《みすい》、州の公式記録改ざん、および二人の未成年の誘拐《ゆうかい》共謀《きょうぼう》の罪《つみ》で逮捕します」

「完全な出まかせだ」コヒーンは言った。「わたしに指一本でもふれてみろ、告訴《こくそ》してやる」

「やってもらいましょうか」アップルボームは言って、少々手荒《てあら》く向きを変えさせ、手錠《てじょう》をかけた。

スティービーは、今までコート上で表彰式《ひょうしょうしき》やネット切りの様子を撮影《さつえい》していた何十人ものカメラマンたちが、とつぜん手錠をされたコヒーンに注意を向けたことに気づいた。コヒーンはわめいた。「こいつらを止めろ！　だれか、こいつらを止めてくれ！　だれか弁護士を呼《よ》んでくれ！」

コヒーンをコートから引き立てていくアップルボームのあとを、スティービーはカメラマンの群れに巻《ま》きこまれないようにしながらついていった。ビル・ブリルとディック・ウェイスが、口をポカンとあけたままコートのはずれに立って、目の前を通り過ぎるコヒーンをながめているのが見えた。少し離《はな》れたところでは、捜査官につきしたがわれたフィーリーと、スーザン・キャロルが客席からおりてきた。

「スティービー、これはいったいどうなってるんだ?」ウェイスが言った。「君たちはいったいどこにいたんだ?」

「こみいった話なんで、あとで話します」

スティービーはそう言って、トンネルを駆《か》けぬけた。保安係たちが道をふさいで、記者やカメラマンたちに、出口へはコートの反対側からまわってくれと言っている。ところが、スティービーが近づいていくと、保安係たちはさっと左右に分かれた。スティービーには、それが自由通行証のおかげなのか、それともアップルボームがなにか言ったせいなのかわからなかった。

トンネルをぬけると、ホワイティング、フィーリー、そしてコヒーンが手錠をかけられて、捜査官たちにかこまれていた。そのわきで、スーザン・キャロルとユルゲンセンが待っていてくれた。スティービーが加わった時、背後《はいご》から足音が近づいてきた。ボビー・ケルハーだ。

「どうやらスティーヴは間に合ったようだな」ケルハーは言って、スティービーとスーザン・キャロルと握手《あくしゅ》をした。「タイムアウトの時に、君たちが走ってくるのが見えたんだが、話しかける機会がなくてね。スティーヴとぼくがＦＢＩを呼《よ》んだんだ。君たちとはじっくり話をする必要があるな」

スーザン・キャロルはうなずいた。「おかげで助かりました——ほかにもいろいろあるけど」

ケルハーは首をふった。「ぼくはなにもしてないよ。君たち自身が救ったんだ——それに、ファイナルフォーも。ぼくはただ伝言を伝えただけだ」

「ウォジェンスキーの姿《すがた》がどこにも見あたりません」ケルハーのうしろから来た捜査官《そうさかん》が言った。

「この連中の話では、今夜は試合に来ていないようです」別の捜査官が言った。

「自宅に車を向かわせろ」アップルボームが命じた。「そこにもいなければ、緊急《きんきゅう》配備を敷《し》け。

それでは、この方々の調書を取ろうか。コヒーン教授に弁護士を呼んでさしあげろ」

アップルボームはユルゲンセンに向きなおった。「君と、子どもたちと、グレイバー親子と、ケルハーさんには、明日の朝、署《しょ》に出向いてもらって、くわしい話を聞かせてもらいたい」

「いいですよ」ユルゲンセンは言った。

アップルボームは、スティービー、スーザン・キャロル、ケルハーに向かって言った。「君たち二人は、ジャーナリスト志望だそうだな。それからケルハーさん、ここにはニュースのネタはいくらでもある。わたしには命令はできないが、お三方とも今夜は、ここで起こったことを記事にしたり、だれかに話したりするのはやめていただきたい。だが、供述書《きょうじゅつしょ》を取り終えたら、話は別だ。わかっていただけたかな？」

スティービーとスーザン・キャロルはうなずいたが、ケルハーは納得《なっとく》しなかった。

「この逮捕劇《たいほげき》を記事にしてはならんということですか？　ぼくには、ＭＳＵのチームが全米チャンピオンに輝《かがや》いた数分後に、その学長が手錠《てじょう》をかけられて連行された事実を記事にする義務がある。その理由もふくめて」

アップルボームはうなずいた。「わかります、ケルハーさん。ただ、わたしはこの子どもたちに、われわれに話すよりも先に、あなたに事件のことを話してもらっては困《こま》ると言っているだけです」

「なら、問題ない」ケルハーは言った。「わかりました」

アップルボームは逮捕者たちとそのまわりの一団に向かって手をふり、手近の捜査官に声をかけた。「ジョー、この連中を署《しょ》に連行しろ。それから、弁護士協会に連絡《れんらく》して、だれかをよこしてもらってくれ。わたしは残って、グレイバー親子がメディアに話す前に、かんたんに事情聴取《ちょうしゅ》していくから」

ジョーはうなずいて、通路を先導《せんどう》していった。

出口につくまでには、口々にわめきたてる記者やカメラマンの間を縫《ぬ》っていかなければならなかったが、手錠《てじょう》をかけられた三人の著名人《ちょめいじん》は貝のように口を閉《と》ざしたまま、嵐《あらし》のなかを通りぬけていった。

19　事件解明

表彰式《ひょうしょうしき》が終わると、アランとチップのグレイバー親子は、試合後の記者会見に出なければならなかった。しかし、あのような勝ち方をした試合のあとおこなわれる優勝《ゆうしょう》会見において、ミネソタ州立大の学長がコート内で手錠《てじょう》をかけられ、ＦＢＩに連行されていったという事実を避《さ》けて通ることは不可能だった。

「なにが起こったのか、どうしてそうなったのかについては、わたしも百パーセントわかっているとは言えません」アラン・グレイバーは言った。「いずれにせよ、明日には明らかにされるとのことですので、この場では、試合のこと、全米チャンピオンの栄冠《えいかん》を勝ちとったこと、そして、わがチームとわたしの息子《むすこ》が成《な》し遂《と》げたことについてのご質問にのみお答えしたいと思います」

チップは首に、ラスト・ショットが吸《す》いこまれたネットをかけていた。最初の三十分での精《せい》彩《さい》を欠いたプレーについては、緊張《きんちょう》とデューク大のいいディフェンスのせいだと釈明《しゃくめい》した。

スティービーとスーザン・キャロルはスティーヴ・ユルゲンセンとボビー・ケルハーとともに、会見場の裏《うら》で耳をかたむけていた。そこへ、ディック・ウェイスとビル・ブリルが近づいてきた。

「君たちは知っていたんだな」ウェイスは言った。「そういえば、なにか言っていたような……」

ケルハーが代わりに答えた。「そう、二人とも知っているよ、フープス。だが、今夜は話すことはできない。今アランが言ったとおり、明日、すべてが明らかになる」

ウェイスとブリルは顔を見合わせた。「明日、かならず話すと約束してくれ」ブリルが言った。

「はい、約束します」スティービーは言った。

「なにもかも」スーザン・キャロルがつけ加えた。

記者会見が終わると三人は、選手やコーチを会見場へと入れるためのカーテンで仕切られた区画にまわりこんだ。カーテンの背後《はいご》を通りぬけても、やはりだれにも止められなかった。自由通行証は、近づいてくる保安係を魔法《まほう》のように消してしまうらしい。ゴルフカートに乗ったロジャー・ヴァルディセリが、グレイバー親子を待っている。二人は演壇《えんだん》からおりるとちゅうで足を止め、NCAAの人間と話をしていた。チップはスティービーとスーザン・キャロルに気づいた瞬間《しゅんかん》、走りだした。二人のもとに駆《か》けよると、チップは二人をかき抱《いだ》いた。

「やったぞ！　君らのおかげだ！」チップの目には涙《なみだ》が光っていた。

「あのラスト・ショット、すごかったよ」スティービーは言った。

「なにがあった？　どうやってここに来られたんだ？」チップはきいた。

「ユルゲンセンさんのおかげよ――なにもかもね」スーザン・キャロルは答えた。

「いや、そうじゃない」ユルゲンセンは言った。「君がケルハーあてにEメールを送ったおかげだよ」

チップはユルゲンセンと握手《あくしゅ》をかわした。「父から少し話を聞きました。お会いできて光栄です」

「ようやく若《わか》い二人の英雄《えいゆう》に面会がかなったのかな？」

アラン・グレイバーだ。息子《むすこ》のうしろから近づいてくる。チップは二人を紹介《しょうかい》した。

「とにかく、終わりよければすべてよしだな」アラン・グレイバーは言った。「だけどな、チッパー、真っ先におれに知らせてくれていれば……」

「これ以上の結末はないね」ユルゲンセンが割《わ》って入った。「もしも、チップが別の選択《せんたく》をしていれば、あの連中は刑務所《けいむしょ》に行かなかったかもしれない」

「それを言うなら、もしも、スティービーとスーザン・キャロルが、金曜日に立ち聞きしなければ、だよ」チップが言った。

「でもチップ、試合の最初にスリーポイントを決めてから、シュートをあまり撃《う》たなかったでしょ。あれは、どうして？」スティービーがきいた。

チップは笑って答えた。「おれは自分に言いきかせていた。ケルハーがEメールを見て、助けに行ってくれるってな。でも、最初の一本を撃《う》ったとたん、体に寒けが走った。もしも、そうじゃなかったら？　君たちはだいじょうぶだと必死に自分に言いきかせていたけど、椅子《いす》にしばりつけられた君たちの姿《すがた》をふりはらうことはできなかった……」

「じゃあ、試合を放棄《ほうき》したわけじゃなかったんだ」

「まあね。ただ集中できなかったんだ。だから、君たちの無事な姿を見たら、もうだいじょうぶだった。そしたら、急に腹《はら》が立ってきた。こうなったら、なにがなんでも勝ってやるってな」

「そして、そのとおりになった」スーザン・キャロルが目を輝《かがや》かせて言った。

チップはスーザン・キャロルの肩《かた》に腕《うで》をまわした。「そうだ。でも、君のデューク大には悪いことをしたね」

スーザン・キャロルはほほえんだ。「あたし、ずっとチップのこと応援《おうえん》してたわ。でも、コーチ・Kには言わないでね。デューク大なら、来年もきっともどってくるわ。ね、スティービー？」スーザン・キャロルはスティービーに笑いかけた。

スティービーはうなずいた。「たぶんね。その時、相手がフィリーじゃなかったら、ぼくも応援するよ」

スーザン・キャロルは背《せ》をかがめて、スティービーの頬《ほお》にキスをした。「どうだか」

スティービーとスーザン・キャロルがその夜やり残していたのは、両方の父親にいきさつを説明することだけだった。二人はホテル内にある終夜営業のコーヒーショップの片《かた》すみで、すべてを話して聞かせた。父親二人は、口をあんぐりあけたまま聞き入るばかりだった。父親二人は、どうしてもっと早く話さなかったとさんざん文句を言ったが、子どもたちが無事でホッとしているだけでなく、二人を誇《ほこ》りにも思っているのは見ればわかった。

「一つたのみがある」ビル・トーマスはスティービーに言った。「ママには、おまえがどこにいたか、パパはちゃんと知っていたということにしておいてくれ」

アンダーソン牧師は笑った。「うちも同じくだ、スーザン・キャロル」

翌朝《よくあさ》の新聞各紙には、共謀《きょうぼう》して選手を恐喝《きょうかつ》した四人の男が逮捕《たいほ》されたという記事が載《の》った。

事件の概要《がいよう》のほかにも、逮捕《たいほ》された四人の名前と、もう一人の共犯者は現在も逃亡中《とうぼうちゅう》というアップルボームのコメントも載《の》っていた。ということは、まだウォジェンスキー元学生部長は見つかっていないのだ。

CNNでは、「ワシントンヘラルド」紙（ケルハーのいる新聞社）によれば、恐喝共謀《きょうかつきょうぼう》事件に巻《ま》きこまれたのはチップ・グレイバーであり、二人の中学生記者の活躍《かつやく》がFBIによる事件解決の助けになったと報じていた。スティービーはうれしかった。それに、明らかにケルハーには第一報を伝える資格《しかく》がある。

朝九時に、二人は父親たちにつきそわれて、FBIの支局に出向いて事件の詳細《しょうさい》を語った。終わったのは昼近かった。チップとアラン・グレイバーもまだ残っていた。アップルボーム捜《そう》査官《さかん》は、ベイ・セントルイスにはウォジェンスキー元学生部長の消息を示す手がかりは見つからなかったと説明してくれた。妻の話では、チップのシュートが決まった瞬間《しゅんかん》に、ウォジェンスキーはテレビを消し、二階で荷づくりをして、しばらく町を離《はな》れると告げたという。妻は捜査官に、なにが起きているのか教えてくれとつめよったらしい。スティービーは同情した。

「かならず見つけ出します。おそかれ早かれ」アップルボームは言った。

「解明には時間がかかるんですか？」ビル・トーマスがきいた。「事がチップと子どもたち対大学学長と理事長ということになると……」

アップルボームは片手《かたて》をふった。「いや、そんなにかからんでしょう。これはオフレコですが、フィーリーはすでに自供《じきょう》しました。昨夜《さくや》のうちに洗《あら》いざらい白状して、こんなことに加わるべきではなかったと言っています」

「じゃあ、どうして加わっちゃったんですか？」スティービーがきいた。

「楽に大金が手に入る上に、ボーナスとして全米チャンピオンの栄光もつかめると思ったんだそうだ。それに、デューク大の新学長の椅子《いす》も手中に収めたと考えていたようだ。だが、ともかく、彼《かれ》は話している。加えて、ホワイティングは、刑務所《けいむしょ》行きを免《まぬが》れるならなんでもするとと確約している。よって、もしも彼がコヒーンに不利な証言をするなら、司法取引ができるだろうな」

「じゃあ、刑務所には行かないんですか？」スティービーはきいた。

「いや、全員刑には服することになる」アップルボームは言った。「だが、まずはコヒーンに対する直接証拠《しょうこ》がほしい。それには、ホワイティングの証言が必要になるだろうな」

一同は、記者会見用にセッティングされた部屋へと通された。なかに入る前に、スティービーはアップルボーム捜査官にたのんだ。だれか人をやってビル・ブリルとディック・ウェイスをさがしてほしい、もしいたら、なかに入る前に会いたいと。ブリルとウェイスが連れてこられると、スティービーとスーザン・キャロルは、記者会見が終わったらなにもかも話すと伝えた。

「ビルと話したんだが」ウェイスは言った。「もっといい考えがある。君たち二人で今回の事件を記事にまとめて、われわれの新聞に署名《しょめい》入りで載《の》せてみないか？」

スティービーとスーザン・キャロルは、それぞれの父親を見た。

「フライトは明日の朝に変更《へんこう》しておいたよ」ビル・トーマスは言った。

「うちも同じだ」アンダーソン牧師も言った。

「じゃあ、やるわ」スーザン・キャロルは言った。

スティービーはチップに向きなおった。「これで、ぼくたち記録に残るんだね、チップ？」

チップは笑った。「ああ、完全な記録だ。事件の全貌《ぜんぼう》だもんな。それを知っているのは、君たちだけなんだから」

アラン・グレイバーがチップを見た。「それでいいか？」

「親父《おやじ》がよければ」チップは言った。

「子どもたちはいいか？」アップルボームがきいた。

「でも、記者が事件の登場人物になったらまずいでしょ」スーザン・キャロルが言うと、スティービーは笑った。

「少なくとも、ぼくたちは『体育学生』とは呼《よ》ばれないだろうね」

「じゃあ、これならどうだ」アラン・グレイバーが言った。「記事を書くだけじゃない。君らは本を書くんだ」

スーザン・キャロルはニッと笑ってうなずいた。「どう思う、スティービー？　いっしょに本を書く？」

「でもその前に、まずはいい新聞記事を書いた方がいいんじゃないかな？」スティービーは言った。

すると、スーザン・キャロルは背《せ》をかがめてささやいた。「あたしたち、もう書いてるじゃない」

「おれを乗せるなよ、スカーレット」スティービーは言った。

スーザン・キャロルは、スティービーに笑いかけた。「じゃあ、執筆《しっぴつ》にとりかかる前に、さっさとこっちを片《かた》づけちゃお」

スティービーにも異存《いぞん》はなかった。というより、出来過ぎなぐらいだ。

二人はアップルボームとグレイバー親子について、テレビライトにまぶしく照らしだされた演壇《えんだん》へと出ていった。

スティービーには、最初からわかっていたことが一つあった。ぼくにとってこれは、最初で最後のファイナルフォーじゃない。そして今、もう一つわかったことがある。こんなファイナルフォーは、この先二度とないだろう。
少なくとも、そう願いたかった。

訳者《やくしゃ》あとがき

アメリカはプロスポーツの国だ。

野球、バスケットボール、アメリカンフットボール、アイスホッケーといった伝統的なものから、スノーボード、BMX（自転車競技）、スケートボードなど新たに登場したものまで、ありとあらゆるスポーツにプロがあるといってもいいほどだ。なかでも、三大スポーツといわれるのが、野球、バスケ、アメフトであり、それぞれ四月〜十月、十月〜翌年《よくねん》五月、九月〜翌年一月とうまく配分されていて、一年を通じてなんらかのメジャースポーツを楽しむことができる。

その三大スポーツの一つであるバスケットボールのプロリーグはNBA（National Basketball Association）であり、マイケル・ジョーダンや、スコット・ピッペンや、アレン・アイヴァーソンといったスター選手は、バスケットボールに興味のない人でも、名前を聞いたことはあるだろう。

しかし、ほかの競技と同様、バスケットボールもプロだけで成り立っているのではない。アメリカには本書にも出てきたNCAAというカレッジバスケットボールの組織があり、プロとはまた一線を画した幅広《はばひろ》いファン層《そう》に支えられている。ウィキペディアによれば、NCAAバスケットボールトーナメントは――

「出場校はNCAAディビジョンIに所属する六十八校で、三月から四月にかけて開催《かいさい》され全米の注目を集めるため、いわゆる『三月の狂乱《きょうらん》』(March Madness)と呼《よ》ばれている。

大会はトーナメント方式で一回戦から四回戦(地区決勝)までは四つの地区に分かれる。各地区の優勝《ゆうしょう》校四校が四月に行われるファイナルフォー(準決勝・優勝決定戦)で優勝校を決める。一回戦から数えて六回戦制のトーナメントとなる」

その『狂乱』の様子は、臨場感《りんじょうかん》たっぷりに描《えが》かれた本書をお読みいただければよくわかると思う。

それほどの人気を誇《ほこ》るカレッジバスケットボールには、独立したトーナメントとしての魅《み》力《りょく》のほかに、プロへの登竜門《とうりゅうもん》という性格も備わっている。実際、カレッジバスケの有力選手の多くが、本書に登場するチップ・グレイバーのようにプロを目指しているといっても過言ではないだろう。その夢《ゆめ》を実現するためには、なによりもトーナメントで優勝して全米チャンピオンになることだ。こうして、選手をはじめ、コーチやほかのスタッフたちは、優勝目指してより強いチームを作りあげようと全力を尽《つ》くすことになる。

もちろん、ほとんどのチームや選手たちは、本書にも見られるとおり、厳格《げんかく》すぎるとさえ思えるNCAAの方針《ほうしん》を遵守《じゅんしゅ》し、学生としての本分を忘《わす》れずに日々精進《しょうじん》しているだろう。しかし、残念なことに、時おり、不正な手段《しゅだん》をとってでも優勝《ゆうしょう》したいと考える不届《ふとど》き者《もの》もあらわれるようだ。そこには、「金の卵《たまご》」であるスター選手をめぐって、大金が動くことになる。そのような背景《はいけい》というか裏事情《うらじじょう》を頭に入れて本書をお読みいただければ、よりいっそうストーリーを楽しめるのではないだろうか。

ところで、カレッジバスケットボールにくわしい方ならとっくにお気づきのことと思うが、本書に登場するコーチ・Kことマイク・シャシェフスキーなどの有名コーチや、ディック・ヴァイタルのようなニュース解説者や、ディック・ウェイス、ビル・ブリルといった記者たちは、ほとんどが実在の人物である。興味のある方は、インターネットで検索《けんさく》してみるといい。写真や動画がいくらでも出てくるはずだ。

むろん、主人公のスティービーやスーザン・キャロルや、チップ・グレイバーなどは架空《かくう》の人物であり、ストーリー自体も創作《そうさく》である。

なぜ、実在の人物や背景のなかに、架空の人物をはめこむという物語構造にしたのかが気になって、あらためて作者の略歴《りゃくれき》をながめてみると納得《なっとく》がいった。

作者のジョン・ファインスタイン氏は、作家であると同時にスポーツライターでもあり、カレッジバスケットボールなどのスポーツ界を題材にしたノンフィクションを数多く手がけている。また、ワシントンポスト紙などのコラムニストでもある。

本書の大きな魅力《みりょく》の一つである生き生きとした人物描写《びょうしゃ》も、そう考えるとうなずける。

それにしても、主人公のスティービーとスーザン・キャロルは実にうまい組み合わせであり、名コンビであるといえるだろう。バスケ選手でありながら背《せ》が低いことにコンプレックスを持つスティービーと、才気煥発《さいきかんぱつ》な上にかわいいのに、背が高いことを気にしている（スティービーほどではないが）スーザン・キャロルが、特技を生かしてたがいに補《おぎな》い合いながら、窮地《きゅうち》におちいった憧《あこが》れのスター選手を救い出そうと奮闘《ふんとう》する姿《すがた》は、実にほほえましく、清々《すがすが》しい読後感の大きな要因になっている。スポーツを題材にしたフィクションとして、完成度の高い作品といえるだろう。

なお、本書で好評《こうひょう》を博《はく》したことにより、同じ主人公でほかにも三作が出版《しゅっぱん》されている。

唐沢則幸

ジョン・ファインスタイン John Feinstein
1956年、ニューヨーク生まれ。スポーツライター。作家。スポーツの世界をあつかったノンフィクション作品で知られる。バスケットボールを取材した『瀬戸際に立たされて―ボブ・ナイトとインディアナ大フージャーズの１年』（日本経済新聞社）は、全米でベストセラーとなった。ほかの邦訳作品に『天国のキャディ―世界で一番美しいゴルフの物語』（日本文化出版）がある。ティーンエイジャーのコンビを主人公とした『ラスト★ショット』で、2006年エドガー・アラン・ポー賞（ＹＡ小説部門）を受賞。同じ主人公でVanishing Act、Cover Up、Change Upの３作が出ている。

唐沢則幸 Noriyuki Karasawa
1958年、東京生まれ。青山学院大学文学部英米文学科卒業。翻訳家。児童文学の翻訳を中心に活躍中。絵本の翻訳に「ウォーリーをさがせ！」シリーズ（岩崎書店）、『びっくりどっきり寄生虫―だれかが、きみを食べている』（フレーベル館）、長編に『エヴァが目ざめるとき』（徳間書店）、『パイの物語』（竹書房）、「崖の国の物語」シリーズ、「ファニー・アドベンチャー」シリーズ（以上ポプラ社）、「2099恐怖の年」シリーズ（偕成社）など多数。

海外ミステリーBOX

ラスト★ショット
2010年10月30日　初版発行

●――著　者　ジョン・ファインスタイン
●――訳　者　唐沢則幸
●――装　幀　水野哲也（Watermark）
●――写　真　© Chuck Savage/CORBIS/amanaimages
●――発行者　竹下晴信
●――発行所　株式会社評論社
〒162-0815 東京都新宿区筑土八幡町2-21
電話　営業 03-3260-9409／編集 03-3260-9403
URL　http://www.hyoronsha.co.jp
●――印刷所　凸版印刷株式会社
●――製本所　凸版印刷株式会社

ISBN978-4-566-02426-7　NDC933　336p.　188㎜×128㎜

海外ミステリーBOX　エドガー・アラン・ポー賞傑作選

海外ミステリーBOX

エドガー・アラン・ポー賞傑作選

危険ないとこ

ナンシー・ワーリン 作
越智道雄 訳

あやまってガールフレンドを死なせてしまったデイヴィッド。高校生活をやり直そうとやってきた街でまた新たな悪夢が……傑作サイコ・サスペンス。

344ページ

ラスト★ショット

ジョン・ファインスタイン 作
唐沢則幸 訳

カレッジバスケットボールの準決勝と決勝戦に記者として招待されたスティービー少年。そこで思わぬ事件に巻きこまれ……さわやかなスポーツ・ミステリー。

336ページ

深く、暗く、怖い場所

(仮題)

続刊

メアリー・D・ハーン 作
せな あいこ 訳

闇のダイヤモンド

(仮題)

続刊

キャロライン・B・クーニー 作
武富博子 訳

クロニクル千古の闇シリーズ　全6巻

ミシェル・ペイヴァー＝作　さくまゆみこ＝訳　酒井駒子＝画

1 オオカミ族の少年

悪霊の宿るクマに父を殺された少年トラク。〈案内役〉の子オオカミ ウルフと共に〈精霊の山〉へと向かう。

2 生霊わたり

アザラシ族の島で、トラクのかくされた能力が明らかに。恐ろしい〈魂食らい〉がねらうものとは？

3 魂食らい

〈魂食らい〉が、大切なウルフを罠にかけ、さらっていった。目的は何？ ウルフを救うため、トラクは極北の地へ。

4 追放されしもの

胸に刻まれた邪悪なしるしゆえに、氏族から追放されたトラク。たった一人で生き残れるのか！

5 復讐の誓い

友人を〈魂食らい〉にうばわれ、復讐以外何も考えられないトラク。自分が生まれた深い森へと踏み入るが……。

6 決戦のとき

ついに最強の敵イオストラに向きあうトラク。決死の覚悟で幽霊山へ。壮大なスケールのシリーズ堂々の完結！